中国书籍文学馆·散文苑

一路走来

李建军 著

中国书籍出版社
China Book Press

图书在版编目（CIP）数据

一路走来/李建军著. —北京：中国书籍出版社，2014.3
（中国书籍文学馆·散文苑）
ISBN 978-7-5068-3980-8

Ⅰ.①一… Ⅱ.①李… Ⅲ.①散文集—中国—当代 Ⅳ.①I267

中国版本图书馆CIP数据核字（2013）第305198号

一路走来

李建军 著

图书策划	武 斌 崔付建
责任编辑	冯 瑾 刘 娜
责任印制	孙马飞 马 芝
出版发行	中国书籍出版社
地 址	北京市丰台区三路居路97号（邮编：100073）
电 话	（010）52257143（总编室）（010）52257153（发行部）
电子邮箱	chinabp@vip.sina.com
经 销	全国新华书店
印 刷	三河市华东印刷有限公司
开 本	650毫米×940毫米 1/16
字 数	209千字
印 张	16.75
版 次	2014年6月第1版 2019年1月第2次印刷
书 号	ISBN 978-7-5068-3980-8
定 价	48.00元

版权所有　　翻印必究

序

李敬泽

"中国书籍文学馆",这听上去像一个场所,在我的想象中,这个场所向所有爱书、爱文学的人开放,不管是白天还是夜晚,人们都可以在这里无所顾忌地读书——"文革"时有一论断叫做"读书无用论",说的是,上学读书皆于人生无益,有那工夫不如做工种地闹革命,这当然是坑死人的谬论。但说到读文学书,我也是主张"读书无用"的,读一本小说、一本诗,肯定是无法经世致用,若先存了一个要有用的心思,那不如不读,免得耽误了自己工夫,还把人家好好的小说、诗给读歪了。怀无用之心,方能读出文学之真趣,文学并不应许任何可以落实的利益,它所能予人的,不过是此心的宽敞、丰富。

实则,"中国书籍文学馆"并非一个场所,它是一套中国当代文学、当代小说的大型丛书。按照规划,这套丛书将主要收录当代名家和一批不那么著名,但颇具实力的作家的长篇小说、中短篇小说集和散文集等。"中国书籍文学馆"收入这批名家和实力作家的作品，就好比一座厅堂架起四梁八柱，这套丛书因此有了规模气象。

现在要说的是"中国书籍文学馆"这批实力派作家，这些人我大多熟悉，有的还是多年朋友。从前他们是各不相干的人，现在，"中国书籍文学馆"把他们放在一起，看到这个名单我忽然觉得，放在一起是有道理的，而且这道理中也显出了编者的眼光和见识。

当代文学，特别是纯文学的传播生态，大抵集中在两端：一端是赫赫有名的名家，十几人而已；另一端则是"新锐"青年。评论界和媒体对这两端都有热情，很舍得言辞和篇幅。而两端之间就颇为寂寞，一批作家不青年了，离庞然大物也还有距离，他们写了很多年，还在继续写下去，处在最难将息的文学中年，他们未能充分地进入公众视野。

但此中确有高手。如果一个作家在青年时期未能引起注意，那么原因大抵有这么几条：

一、他确实没有才华。

二、他的才华需要较长时间凝聚成形，他真正重要的作品尚待写出。

三、他的才华还没有被充分领会。

四、他的运气不佳，或者，由于种种原因，他的写作生涯不够专注不够持续，以至于我们未能看见他、记住他。

也许还能列出几条，仅就这几条而言，除了第一条令人无话可说之外，其他三条都使我们有足够的理由对这些作家深怀期待。实际上，中国当代文学的丰富性、可能性和创造契机，相当程度上就沉着地蕴藏在这些作家的笔下。

这里的每一位作者都是值得关注、值得期待的。"中国书籍文学馆"收录展示这样一批作家，正体现了这套丛书的特色——它可能真的构成一个场所，在这个场所中，我们不仅鉴赏当代文学中那些最为引人注目的成果，而且，我们还怀着发现的惊喜，去寻访当代文学中那相对安静的区域，那里或许是曲径幽处，或许是别有洞天，或许是，众里寻他千百度，蓦然回首，那人却在，灯火阑珊处……

目录

卷一 吾乡吾土

海里与海外 / 002

蟹脐沟 / 006

掌心丹 / 009

炸狐狸 / 013

东山根 / 017

牛　房 / 020

十月"沙光"赛羊汤 / 024

三百条鱼一盘菜 / 028

吃豆丹 / 031

就　子 / 035

米　香 / 040

石　枕 / 045

隔壁阿二 / 049

一把手 / 052

小村风流 / 060

小村即景 / 071

后　娘 / 082

云　姑 / 090

雪　雕 / 099

簖上的秋天 / 109

卷二 人生至爱

亲亲的外婆 / 122

外婆的海口 / 125

外公看簖 / 130

方向盘 / 132

进　步 / 140

母亲开店 / 144

一篮板栗 / 148

辣糊豆 / 151

沛泽稚语 / 153

鸟　缘 / 156

养狗记 / 160

卷三 一路走来

关于名字 / 178

千里走单骑 / 182

三十五岁是道坎 / 186

一路走来 / 188

在上海 / 192

简单生活 / 195

两个故事 / 198

虚惊一场 / 200

装修记事 / 204

表侄小海 / 208

月亮船 / 211

大　忙 / 216

光阴的故事 / 221

荷塘小记 / 224

清明三节 / 226

旅途随想 / 229

喜欢一个楼盘的理由 / 243

卷一 吾乡吾土

海里与海外

我家乡那一带，二百年前还是一片汪洋；北云台山，则是汪洋大海里的岛屿。

当地的一些地名，佐证了沧海桑田的变迁。比如说，我们蟹脐沟村往西二十多里的地方，以前叫黄九堰。这条堰，连接着北云台和中云台两道山脉。如今，在北云台和中云台，还分别有个叫堰头庄和堰南头的村子。

可以想见，当时，这条堰的东南方，也就是两道山脉之间，是波涛汹涌的海峡；西北方，也是一望无际、浩浩荡荡的大海。后来，历经黄河夺淮的泥沙淤积，大海远远地退去，西北边形成了大片的滩涂；东南方的两山之间，留下深深浅浅的湿地，深的是湖，浅的是滩。某个皓月之夜，人们从山上朝下俯看，感觉那大大小小五处水面，像五个洁白的羊群。于是，这一片湿地，有了个美丽的名字，叫五羊湖。

海水还在退去，五羊湖渐渐淤塞，连这个美丽的名字也随之消失。

小时候，经常听大人说起海外、海里这两处地名，感到很是纳闷：明明是灌云县的圩丰、四队、同兴一带，怎么成了海外？这些地方的人岂不成了"海外华侨"？而当地一些上了年纪的人，为什么称自己是海里人？

直到弄清了上述变迁之后，这些困惑才被解开：如果以中云台东南端的小板跳为界，中云台与北云台两山之间，是海里；往东，是现在的海岸线；往南的大片平原地带，便是老辈人所说的海外。

海里和海外，其实近在咫尺，根筋相连。

据说，海里最早的居民就是从海外过来的。他们共同的祖辈又都是因为"红蝇赶散"流落到这"在海一方"。

所谓"红蝇赶散"，实则是明朝初年的大规模人口迁徙活动。朱元璋称帝前，张士诚以苏州为根据地，自称吴王，与朱抗衡十余年。朱元璋围城十月，才把苏州城攻破，生擒了张士诚。所以，明朝建立之后，为了防止张士诚原有的臣民不服统治，聚众谋反，洪武皇帝便下令将苏州一带原来支持和拥戴张士诚的士绅商贾没收家产，并将其全家遣散到苏北沿海等偏远地方垦荒屯田、起灶晒盐。当时，这些来自江南富庶之乡的"有钱人"和"城里人"，拖家带口，背井离乡，被驱赶至海角天涯的荒芜之地，该是怎样一幅凄惨情景！因此，他们的后代就把发生在洪武年间的这场劫难诅咒为"红蝇赶散"。

听外公说，蟹脐沟张姓人家的先人就来自苏州阊门外。他们先被"赶散"到板浦以南一带充当盐民，后来兄弟几人渡海到北云台这片山坡上，垦荒种植，繁衍生息。到了上世纪初，海水退至东边十里开外，山脚下淤积的滩地也因雨水和山洪的冲刷，变成了可耕可种的薄田。一个小小的村落，就这样渐渐成形。

随着老辈人的离世，海里与海外的说法已经少有人提。

记得外公讲过有关海外的往事，那是他年轻时的一次惊险遭遇。

大约七十年前，那年大旱，海里一带庄户人家基本颗粒无收。外公眼瞅着家里快揭不开锅了，便将积攒多年的十几块银元从墙肚里掏出来，打算冒险到海外买粮。外公有表亲在海外。他把银元绑在腰间，推着一辆独轮车上了路。沿途经过大板跳、小板跳、马二份及圩丰等地，一路顺畅，就到了四队的老表家。

外公实指望腰包里的银元少说也能买到二百斤小麦，哪知海外这边也受灾严重，原本殷实的老表家同样度日艰难。老表到处张罗，十几块银元只换到两笆斗棒粒子。老表留外公吃了顿晚饭，住了一宿。第二天麻花亮，外公将棒子分装到两个布袋，搬上小推车，又砍了些柴草掩盖在粮袋上面，从原路返家。

到了马二份的时候，正值中午，十几里开外荒无人烟。外公又饥又渴，看到路边有一条小河，便放下车子，跑到河边喝水。等他喝过水，抄了把水洗洗脸，再回过身来，他一下子惊呆了。他的独轮小车跟前站着五六个人，个个身穿羽白大褂，手持盒子枪，吊诡的是他们的脸上都蒙着一块黑巾，只露出眉眼。外公心里一沉，糟了！他撞上传说中的土匪大褂队了，这些人不仅拦路劫财，还杀人不眨眼！

外公撒腿就跑。只听身后一声枪响，接着有人断喝："站住！再跑就打脑袋了！"

外公吓得赶紧就地趴下，一动不动。

那人又一声断喝："过来！"

外公抖抖索索地走过去，站到那帮人面前时，已是两腿筛糠。

为首的那人拿盒子枪点着外公的脑袋，说："跑什么跑？你两条腿能跑过枪子？"

外公结结巴巴，答非所问："大人饶命，大人饶命……家里人都快饿死了，这点口粮是救命的啊！"

那人听了这话，诡异地一笑："看你这劲头，不像快要饿死的人。你是海里哪庄的人？"

外公迟疑片刻，答道："蟹脐沟张家。"

"蟹脐沟的张家，祖上是苏州阊门外的？"那人念叨了一句，口气似有缓和。

外公连忙回答："正是正是，'红绳赶散'过来的。"

直到此时，外公才抬头瞄了那人一眼。黑巾之上，那人露出的眉眼看上去并不凶恶，反而有几分清秀，几分熟识。怪了，真的有几分熟识。外公不敢多想，赶紧收了目光，又低下头。

那人令手下从小推车上搬下一袋棒子，然后拍了外公一把，说："两袋棒子借你一袋，秋后归还。你可以走了！"他的声音听起来已不再恐怖，竟有几分耳熟。

外公如梦方醒，哪敢有半点犹豫，推起小车就跑。这一口气跑了二十里，到了小板跳的街面上，他才慢下脚步。

外公回到家，没敢把自己这次死里逃生的经历告诉家人，只说海外那边粮食也太紧张，十多块银元就换了一袋棒粒子。也算老天有眼，一袋棒子救了急，好歹熬过了最难的关口，家里大人小孩保住了性命。

这年秋后的一个清晨，外公起床后推开家门，赫然见到门口的石阶上堆着满满的两个粮袋，上面还用石块压了张纸。外公的心里，禁不住一阵颤动。念过私塾的他拾起那张纸条一看，其上写道：借一斗棒子救急，还两斗大米谢恩。

几十年之后，外公向我讲起这件往事。他说那个大褂队头目的眉眼让他想起一个人。我急问，哪个人是谁？外公说，是个亲戚。我又问，什么亲戚？外公沉默不语。往后再也未提此事。

蟹脐沟

我的家乡是云台山下一个小村，有个奇怪的名字，叫蟹脐沟。

这个村名的来历，我小时候专门问过大人。村里最有学问的张二舅比划着告诉我，老祖辈是依据地形起这个村名的。此地的整个地貌看上去像一只巨形螃蟹：村子东西两头延伸出来的山咀，是这只螃蟹的一对大螯；山咀上繁盛的树林，是大螯上浓密的绒毛；村子背后一大片青黛色石崖，是这只巨蟹坚硬的外壳。蟹有长脐、团脐之分，长脐是公的，团脐是母的，这只巨蟹当然是团脐，崖石下的黄泥塘，便是巨蟹肥得流油的蟹黄。远远望去，一条清溪如长长的白练，在这蟹脐部位喷薄而出。

这涧沟，就叫蟹脐沟。涧水顺流而下，到了山脚，向南四五里，穿过一片广袤的滩地，与一条宽阔的人工排淡河交汇，再向东七八里，流入黄海。涧沟两边散落百十户人家，形成一个村庄，村名也顺理成章地唤作蟹脐沟。

蟹脐沟的螃蟹曾经多得出奇，多得成了灾。老辈人说，早些年，到了夏秋季节，螃蟹像过大兵似的，黑压压地形成蟹阵，在水田里钻孔打洞。"蟹兵"所过之处，一夜之间能把水田翻个个儿，一季的收成叫它们糟蹋殆尽。

村里人说，这是因为蟹脐沟的水是甜水，是肥水，它的特殊滋味把千千万万的螃蟹吸引而来；还有人说，这只象形的巨蟹是蟹中之神，时节一到，螃蟹们成群结队蜂拥而至，是来朝拜蟹神的。

老辈人所说的蟹阵，我没有见过，但我小时候，蟹脐沟仍然盛产螃蟹，且大而肥。住在河边的人家，斤把重一只的大螃蟹爬进家门，是常有的事；早上起来做饭，见到锅灶里爬了只螃蟹，也不足为奇。

那时候，一到夏天，生产队便在蟹脐沟与排淡河交叉的河口下一围簖，逮些螃蟹出去卖，一斤两三毛钱，算是队里一项可观的副业收入。我外公为人老实勤快，队里信任他，每年都叫他去看簖。队里在河口搭了间丁头茅舍，外公白天黑夜都住在那里。

外公是编簖篓的高手。那些削得光滑的竹篾子在他手里银蛇一样舞动着，慢慢地缩短，簖篓则像变魔术似的一圈圈长起来。簖篓的高低一般依水的深浅而定，编成内外两层，内层呈倒立的漏斗状；篓的下半部开一大小适中的孔道，螃蟹和鱼虾一旦进入，蟹子会顺着篓壁往上爬，鱼虾留在底部，但不管在上在下，内层还是外层，再想逃出去是不可能的。在岸上，就能看到爬在簖篓上部的螃蟹，过上一两个时辰，外公就会顺着跳板去收获一排十多个簖篓。这种逮蟹方法纯属守株待兔，即便这样，有时一天下来，也有几百斤的收获。

还有一种逮蟹方法，叫照蟹。在我印象里，螃蟹是夜行动物，一般到了晚上才出来活动，它的视力敏感，一旦被手电筒的光柱照到身上，就会停在那里，扬起大螯，一动不动。此刻，只需上去捏住蟹壳两侧，就可以轻松将其捉拿。我跟随父亲到河边、稻田边照过蟹。记得有次在一个小闸口，过闸的螃蟹争先恐后，多得像赶集似的，父亲一照一个准，足足抓了两大铁桶。

热天里，我和小伙伴们常到家乡的河沟里游泳，脚下每每踩到硬物，一个猛子扎下去，摸上来的，便是一只张牙舞爪的大螃蟹。这是我童年最开心的时刻。

然而，上世纪八十年代，村里建了采石场，蟹脐沟这只巨蟹的一对"大螯"被开采了，青黛色的"蟹壳"和黄泥塘的"蟹黄"被蚕食了，山涧沟里的清泉也渐渐断了流。蟹脐沟的地形变得面目全非，加之水田里的化肥、农药用得多了，河水的污染日趋严重，螃蟹便逐年锐减，几近灭绝。

后来，村里有人承包水塘养殖螃蟹，我品尝了一回，但蟹已不是那个蟹，味也不是那个味了。

掌心丹

云台山多蛇，最厉害的是腹蛇，当地人叫秃灰蛇、土公蛇。灰褐色，短而粗，剧毒。

被腹蛇咬了，其命危矣！这时候，能救命的药叫掌心丹。

村里的张姓，是我的娘舅家，也是村里的大姓，有两户人家拥有掌心丹。那时候，四乡八里，只要有人被蛇咬伤，都要到这两家求治。后来，听说其中一家的药用完了，只剩下四舅一家。四舅家剩的也不多，大概有成人指甲盖那么大一块。放到现在，用克来计量的话，也就几克重吧。

掌心丹治伤，只要一星点儿。治毒疮、疔痈之类，用一根缝衣针，在火上燎一燎，针尖在毒疮四周均匀地挑几下，再用针尖在掌心丹上沾一星沫屑，点在挑伤处，贴上一块剪成小指甲大小的胶布，不几天，那毒疮必定消去。被毒蛇、毒蜈蚣咬伤，以同样方法，先截住毒液，以防蔓延；如毒已攻心，再用少许掌心丹调一小盅白酒喝下，命就可以保住了。

我八九岁时，看过四舅救治一个蛇伤病人。那人是邻村白果树的，据说是被蝮蛇咬着脚了，被一个壮汉背着，后面还跟着几个人，一路狂奔往四舅家赶。我和几个小伙伴当时正在村口玩耍，见此情形，便尾着看热闹。那人伤势危急，看样子已经昏迷过去，大小便失禁，我们隔得老远，就能闻到一股骚臭味儿。

那壮汉赶到四舅家，把伤者放下，便扑通一声给四舅跪下了："张四爷，求你救俺弟弟一命，俺这弟弟还没成亲了……"

四舅一把将他拉起："不用多说，救人要紧！"说罢，操起一把剪刀，将伤者的裤脚剪开，露出一条红肿的小腿。他不顾骚臭，凑近端详了片刻，又和壮汉一起把伤者抬进了里屋……

这个时候，闲杂人员是不许到里屋去的。我们等了一会，觉得无趣，便四下跑开了。大约过了个把钟头，见到那群人从四舅家出来了。伤者还是由壮汉背着，但已经清醒；一行人与刚才判若两样，皆喜形于色，步履轻松，危险已然解除。

四舅帮人治伤，是不收钱的。当然，那时候庄户人家一年只有年终一次寥寥无几的分红，平时也拿不出钱来。为了感谢救命之恩，伤者家人多数提一篮鸡蛋，或拎两只鸡来，四舅也不推辞。

四舅的儿子叫扣成，比我大几岁，因为常有鸡蛋吃，长得壮实。

扣成十三四岁那年夏天，变得神神秘秘。他的左手始终握着拳头，被一块手帕包裹着，见到人躲躲闪闪的。我们都觉得奇怪，说天气这么热，你手上还缠着个手绢干什么？你不嫌热呀？

在我们一次次软磨硬缠之下，扣成终于解开手绢，露出手掌里的神秘之物：一个煮熟的鸡蛋黄大小的小丸子。我们感到很失望，这是啥呀？能吃吗？整天握着它干什么？扣成说："这是掌心丹呀！我这是在炼丹，是俺爹叫俺炼的。"

掌心丹的神奇和威风我们是知道的，扣成承担的使命竟然是"炼丹"，他在我们的心里一下子高大起来。

直到成年之后，我对掌心丹的炼制过程，才有了更多的了解。原来，这种药丸由七八味中药配成，搓成鸡蛋黄大小。不炼，这玩意儿就永远是药丸子；炼了，才成为"丹"。炼就这种"丹"，既不需太上老君那样的炼丹炉,又不能任其自然发酵。需要的是一只手,将药丸子握在手心,过上整整三年的伏天。丸子被掌心里冒出的汗水煮熟了,被劳宫穴之精气攻透,颜色由蛋黄色变成了紫褐色,这时,如果没有意外的话,丸子才炼成掌心丹。

可是,掌心丹的传承太讲究,也太容易出意外了。首先是传男不传女,握药丸子的手,必须是十多岁童男子的左手,这童男子必须是自家的亲儿亲侄。这些还好办,最容易出纰漏的是,炼丹者将药丸子握在手中,绝不允许与家人以外的任何女性接触,万一避之不及,撞对面了,也要目不斜视,趁早远离。据说这是严防炼丹的童男子动了邪念,精气外泄;据说"丹"炼得成与不成,灵与不灵,关键在于此。难啦!这个年龄段的男孩正是青春萌动、想入非非、精神十足的时候,你锁他一天两天可以,十天八天还行,可这是三年的伏天呀,三三如九,九十个酷热的白天和黑夜,总不能把炼丹者整天锁在家里吧?

听说最初四舅让扣成炼"丹",儿子还是配合的;但到了第二年,扣成就不太情愿了;到了第三个伏天,扣成就跟他爹闹别扭了。那时,大我们几岁的扣成已经不愿意带我们"这些小毛孩子"玩了,他跟他爹如何吵闹的,我们没有亲眼所见,也没听他自吹自擂,只耳闻个大概。扣成的意思是,那块手绢裹住的不只是一只手,而是他的整个身体,叫他动弹不得,叫他失去了自由;他觉得很委屈,仿佛旧社会的小女子,被裹住正在发育的脚。他爹软硬兼施,最后答应为他攒钱娶媳妇,扣成这才把最后一个伏天坚持下来。

药丸子在扣成的手心里历练了三个伏天,炼成了紫褐色的"丹"。但这枚掌心丹的功效,却大打折扣。一般的毒疮及蜈蚣、蝎子乃至青梢蛇等咬伤,都还能够对付,而对蝮蛇咬伤,却基本无效。这到底是哪个环节出了问题,四舅疑惑重重。

村里有个传言,在扣成炼"丹"的第三个伏天,某一个燥热的夜晚，有人看到他溜出了家门，在清凉凉的涧沟边，跟一个光溜皎白的身影拥到了一起……那夜月色朦胧，那个姣美的身影是谁家的闺女还是小媳妇，传者讳莫如深。不过有人断言，那个夜晚过后，扣成就不再是童男子了……

上世纪八十年代，四舅家祖传的那点掌心丹用完了，四舅便再也不帮人治毒蛇咬伤了。有人提及扣成炼的那枚掌心丹，他便断然喝住：人命关天，绝非儿戏！那东西早让我扔了！

炸狐狸

每年冬天，狗咬子都要发一笔小财。

狗咬子姓张，是个三十来岁的光棍汉，刀条脸，小个子，精瘦。他大号叫什么，记不得了。论辈分，我应该叫他舅。他有个瞎老娘，我叫她三舅奶。

这人身体弱，干不动体力活，大人们一般不拿正眼看他，做庄稼活也不带他。他只好跟小孩玩。村里七八岁、十来岁的小孩在一起捉迷藏，他常混迹其中。晚上，我们一帮小孩在离他家不远的地方，喊一声"藏奔奔喽"，他只要听见，哪怕正在吃饭，也会把饭碗一推，跑出来跟我们玩。急得三舅奶摸到门口叫唤："狗咬子呀，你个没出息的，你三十大几的人，跟一帮小孩玩什么，你快给我回来……"

我们还在一起玩"捣拐"。这种游戏的玩法是这样的：一条腿金鸡独立，抱起另一条腿，膝盖对膝盖相互顶撞，谁撑不住了，直接倒地或两只脚都着了地，就算败下阵来。狗咬子个头小骨头硬，且身体刁钻，会躲会闪，往往让对手吃亏上当。对手一着急，便没大没小地叫唤："狗咬子，耍赖皮；大男人，没出息！"狗咬子并不恼火，照样跟孩童打成一片。

狗咬子家住在村子最西头。再往西两三里，是一个山坳，叫虎口岭，地形险峻，人迹罕至。传说多年前，这里曾有老虎出没。我小时候，也就是上世纪七十年代，虎口岭早没有虎了，但名头还在，偶尔还有狼迹，最多的是狐狸。夜幕一降，狐狸便出来活动，远远近近传来婴孩啼哭的声音，十分瘆人。那是狐狸发情求偶时发出的声音，相当于人类唱着甜蜜的情歌。

从古至今，狐狸成精的传说很多。村里人对狐狸多有忌讳，不到万不得已，一般不会打狐狸的主意。但狗咬子却不信这个邪，偏偏要跟狐狸作对。

狗咬子有个祖传的偏门绝技，就是炸狐狸。他的父亲因为炸了一辈子狐狸，被人诌了个诨名，叫"老狐狸"。他父亲死得早，狗咬子子承父业，甚至比他父亲还精于此道。

狗咬子炸狐狸用的小炸子，只有核桃大小，用火硝、木炭之类配制而成。配方是祖辈传下来的，看似精巧，威力却不小。外面涂上猪油或獾油，择好僻静地方布置下来。狐狸闻其荤香，垂涎而来，一口咬下去，只听一声闷响，它的尖脑袋就被掀开了盖，即使剩下一口气，拖着尾巴逃走，也不会长久，只要顺着血迹寻去，必定捡到"彩头"。

狐狸的狡猾是众所周知的，它们来无踪，去无影，不留一点痕迹。然而，道高一尺魔高一丈，狗咬子好似有种特异功能，能凭自己的鼻子，闻到狐狸的骚味，据此判断它们的活动路线。大凡在这线路上布下小炸子，过一个晚上，第二早再去捡彩，狗咬子从没有空手过。

炸死的狐狸拎回家后，狗咬子在其嘴上穿一根麻绳，挂在树杈上。又在炸伤的尖嘴上切开一个豁口，从皮下运刀，将皮肉分开，只一袋烟工夫，就把一张狐狸皮完好无损地剥了下来。

刚剥下的狐狸皮，要塞满当年的新鲜稻草，挂在通风干燥的地方晾晒。狗咬子家有处废弃的老屋,房顶早就揭了,只剩下空空荡荡的四壁,这时派上了用场。我曾经到那老屋里看过,狗咬子在墙框上钉了楔子,拉了几根线绳,上面都挂着一长溜儿狐狸皮,有黄褐色的,有白色的,足有二三十条。因为皮子由稻草撑着,加之毛皮鲜亮,那绳子上挂着的,恍若都是活着的狐狸。

冬天,是狗咬子的季节。这时节,山上的蛇虫都已入蛰,狗咬子在虎口岭满山遍野地转悠,不用担心被毒蛇、蜈蚣咬伤。而此时,狐狸为了御寒,在秋天脱了一层毛之后,已经换上了最厚实最光滑的毛皮。平常,一张狐狸皮的价格是五块钱,公社收购站的老陈吹毛求疵,还把皮子翻过来倒过去地看一遍;一张"冬皮"的价钱却是十块钱,老陈收到这样的皮子,拿在手里掂掂,便喜得嘴都咧到了脖根:"这皮子,够斤两!"

狗咬子发了小财,心里乐滋滋的,就顺便拐到供销社,称上二斤条酥、一斤红糖果子带回家。二斤条酥孝敬瞎老娘,红糖果子则分给村里的小孩,差不多人人有份。

上世纪七十年代末,村里开了个采石场,经常开山放炮,虎口岭的狐狸越来越少,狗咬子只好翻山越岭,到云台山更深处去下炸子。那年冬天,狗咬子进山后,当天没有返回;又过了一天,还是不见踪影。他的瞎眼老娘急慌了,第三天一大早,就摸摸索索地赶到大队部求救。大队支书也不含糊,当即打开广播喇叭,通知全大队所有青壮年上山搜寻。可是,当大伙顶着凛冽的西北风,赶到虎口岭的东山咀,竟看见狗咬子正一瘸一拐地从山上走下来……

对狗咬子这两天两夜的经历,村里有两种传言。一是说狗咬子下的炸子儿被神不知鬼不觉地挪了位置,在他进山必经的一处悬崖口,他一脚踏在自制的小炸子上。"嘭"一声脆响,狗咬子猝不及防,猛一跳,失足跌落悬崖。众人猜测,在那罕有人烟处,挪动小炸子的除了成精的狐狸,还能是什么?幸好狗咬子先是跌在一棵茂盛的大松树上，起了个缓冲作用，所以落地后并无大碍。

　　还有传言说，山上有积雪，路滑，狗咬子是自己不小心滑倒摔下悬崖的，当时就摔得人事不知。等他苏醒后，感觉身上暖烘烘的，睁眼一看，发现身前身后紧偎着一黄一白两只肥硕的狐狸。原来是狐狸以德报怨，救了他的命。否则，在这数九严冬里，他即便没有摔死，也熬不过两个寒夜，早就被冻死了。

　　对这两种传言，狗咬子既不点头也不摇头，连他老娘从他嘴里也问不出个究竟。但从此以后，狗咬子再也不炸狐狸了。

东山根

小时候，到新浦街走亲戚，亲戚家人总说我是东山根来的，语气中有些不屑。东山根指的就是北云台山那一溜山根的村落。

那时，中学是四年制，我是在云山中学读的书。班主任是教语文的张老师。他常说，我们云山公社是连云港市的"西伯利亚"。当时还没有实行市管县，云山差不多是全市最为偏僻的地方。当时学校里有两位家在新浦的年轻老师，毕业于海州师范的大专班，一个教数学，一个教化学。他俩也常常自嘲：被发配到"西伯利亚"来了。

我家居住的村子，在东山根的最东边，那时叫黄崖大队。大队下面是生产队，黄崖大队只有四个生产队，一队，二队，三队，四队，实际上是四个小自然村。这些自然村本来也都有名字，一队那边叫牛屄湾，三队叫蟹脐沟，四队叫秧池庄，二队住的都是刘姓人家，就叫刘家。一个大队还不足百户人家，大概三百多口人。

牛屄湾往东去二里，就是大板跳。大板跳有座闸，闸东是大海，闸西是排淡河。一队是全公社最偏远的生产队。我上中学时，有个王姓同学，就是一队的。我从三队蟹脐沟动身去学校，大约要走十里路，王同学到学校的距离，则差不多是我的两倍。上中学时，我们每天都要从家里走到学校，晚上再从学校走回家，王同学一天要比我多走二十里路。

云山有五个大队，公社驻地是一溜山根中间的李庄大队，中学在李庄与白果树两个大队的交界处。我们黄崖的学生，过了虎口岭，横穿白果树全境，就到了学校。

虎口岭是黄崖与白果树之间的僻静山湾，三四里路没有人家，光听名字就挺吓人的。不过老虎只是传说，老辈人倒常见野狼在此出没。最多的是狐狸，满山遍野的叫声如婴孩啼哭，听来十分瘆人。

我们那一届黄崖小学的毕业生，一共八九个人，但分布极为不均，三、四两个生产队，只有我一个。天麻麻亮去上学，或者晚自修回来，我经常是只身一人，经过虎口岭时，难免有些胆怯。其实我上学时可以在四队的打麦场上等一等，而放学时可以在学校约好，等一二队的同学一起走，但一个十多岁的男孩子，不知虚荣心为什么会那么重，生怕这样做，别人说我是胆小鬼。

虎口岭的风特别大，别处轻风拂面，那里就会刮大风；别处刮大风，那里就会狂风大作。碰到刮大风天气，我们黄崖的学生就得结队而行，几个人手牵着手，风来时，赶紧抱成一团，以防被大风刮走。到了冬天，那风像刀子一样朝怀里钻，我们照样风雪无阻。

东山根最西边，是平山大队。当时，平山小学"戴帽子"，设了个初一班。上初二时，才到云山中学就读。但只上了一个学期，平山的学生就转到墟沟街上了。

平山与黄崖的学生碰到一起，经常争论谁个上学的路途更远些，争来争去，还是牛屁湾的王同学最远。但平山的学生有天然的优越感：我们离墟沟街近！

当时，墟沟街在我们的心目中，可是了不得的地方！那里有家电影院；电影院对面，有家饭馆。这家饭馆里的杂烩面，是我此生记忆最早的美味佳肴。每逢农历三月二十，学校会放一天假，给我们到墟沟赶庙会。那里人山人海，热闹非凡。看人看景，看一场电影，再花几毛钱，吃一碗杂烩面，便是一年又一年的盼头。

上世纪末某一天，跟王同学见过一面。高中毕业后，分别已二十年，王同学的变化很大。他在广州、武汉等城市的大超市租赁柜台做生意，据说资产已达百万。他跟我说，我们那一班中学生在家乡都很风光，云山乡五个村，其中四个村的书记是我们班的同学。

又过了十年，有天我在平山一家酒店就餐，席间有人提起这家酒店的主人，我一听，正是我上初二时的同学，他的妻子是白果树村的，也是我中学四年的同窗。这家数千平方的大酒店只是我这位同学多个产业之一，他的总资产恐怕已是数以亿计了。

如今，云山乡已经改叫街道办事处。不管是新浦街，还是墟沟街的，谁还会小瞧东山根人？

牛 房

童年时，每到冬天，有个特别快活的去处，是生产队的牛房。

生产队里大大小小的水牛有十多头。这些大牲口是队里的宝贝，春耕夏种，秋收冬运，都要依仗它们。所以牛们在队里享受的待遇不低，队部边上的一溜瓦房，两道门、五个通间，就是生产队的牛房。要知道，那个年代，队里的大多数人家，住的还是草房子，牛们却提前住上了大瓦房。

队里安排了两个人养牛，一个有五十多岁，是我母亲的本家哥，我叫他五舅；另一个十五六岁，头脑有点问题，名叫小愣子。

五舅念过私塾，是队里的土秀才。队里安排他养牛，相对来说是个轻快活，有照顾他的意思。五舅是个明事理的人，干起活便尽心尽职，把牛养得膘肥体壮。小愣子脑子转不过弯，是个犟筋头，亲娘老子的话都不听，却专听五舅吆喝。一老一小，倒也配合默契。

每年收秋之后，为了让牛们安全过冬，队里都特许五舅带上几个壮劳力，到山上刨树根、砍松枝，用以一冬天在牛房里烤火取暖。

牛房的冬夜，因为有了这个火塘子，全队的老少爷们趋之若鹜，自然成了这个小山村的热闹中心。

记得我那时候特别巴望天黑，晚饭碗一丢，就爱朝牛房里跑。这时，大人们来得还少，牛房俨然成了孩子们的天下。

我们以牛房为大本营，兵分两派，玩捉迷藏游戏。牛房里光线昏暗，烟雾袅绕。靠北的墙根，是一排食槽，十几头牛都拴在这一溜儿，这里是胆大的小伙伴首选的"埋伏点"；靠东的墙根，堆着供牛食用的稻草和豆秸，也是伙伴们的藏身妙处；西墙根，摆着五舅和小愣子的床铺，还堆了些队里的农具杂物，那床底，也常有小伙伴傻乎乎地朝里钻，但最容易被对方"捉拿归案"。

火塘子，就在牛房的西门旁，边上围着几条长凳子。来早的人，就坐在床沿或长凳上；来得晚了，随便找个地方蹲着，反正柴火烧旺起来，一屋子都是暖烘烘的。

大人们陆续来得多了，晚上的节目才正式开始：听五舅讲古。这时，捉迷藏的孩子们也都一下子聚拢过来，一个个屏声静气，翘首以待。

五舅点上一袋烟，又端起大茶缸子喝口茶，清清嗓子，先来段开场白：

> 讲古讲古，讲到板浦；
>
> 板浦筛锣，讲到黄河；
>
> 黄河打卦，讲到老大；
>
> 老大挑水，讲到小鬼；
>
> 小鬼泥墙，讲到大娘；
>
> 大娘扫地，咕呱两大屁……

牛房里顿时笑声一片。

现在想来，五舅的记忆力和嘴皮工夫都好生了得。他凭着记忆，把年轻时读过的《三国演义》《水浒传》和《三侠五义》等等讲得头头是道、滴水不漏。但是，他家仅有的这几本书也在破四旧时烧掉了，他无书可读，也就没有新内容可讲了，只好翻来覆去、年年如此，都是这几个故事。

五舅讲古的时候，有人给他点烟，有人给他续水，给牛槽里添草加料的事情，也不用他发话，就有人替他干了。别人帮忙时，小愣子在一边指指点点，俨然成了牛房的当家人。不过小愣子有件事做得特别敏捷，大凡牛群里出现骚动，或有一头卧槽的牛突兀地站起来，他就会警觉地拎起柳条筐跑过去，那泡热气腾腾的牛粪便准确无误地进了他的柳条筐。

临近春节，牛房越发热闹。村里在外面做事的子弟陆续回乡，这里面有个在邻县做中学教师的丙钧大哥，通晓古今，博闻强记，最擅长讲古。只要他一回来，五舅便会专门请他到牛房开讲。丙钧碍于长辈的面子，从不推辞。

我在牛房里听丙钧大哥讲过《基督山恩仇记》《悲惨世界》，讲过《林海雪原》《暴风骤雨》《苦菜花》，至今记忆犹新，我后来听过一些评书大师的广播，觉得丙钧讲故事的水平不比他们弱。丙钧在邻县做过教师，后来据说做了县科协的副主席，他的媳妇也是个教师，南方人，他们有两个儿子。一到寒暑假，大儿子跟他回老家蟹脐沟，小儿子便随母亲回她的南方娘家。

大年三十的前几天，牛房又多了一项功能：临时澡堂。队里的男男女女、老老少少，都要到这澡堂里洗把澡，以一个崭新面目迎接新年。

这个澡池子实际上就是给牛们储备饮水的两口大缸。那缸有七八岁的孩子高，缸径约有一庹长，一次可容两个大人或三五个孩子在里面洗澡。队里在牛房外面支了口九印大锅，有专人烧水。前两天，让全队的男人先洗；女人们洗得仔细，一般得延续三四天时间。这几天，五舅和小愣子也最为忙活，他们把牛房里的火塘子烧得旺旺的，让那寒冷的冬天变得暖意融融。

十月"沙光"赛羊汤

在家乡连云港沿海,有种特别的鱼,叫沙光鱼。

这鱼头大体长,形似鼓棒,以小鱼小虾为食。从每年五六月份出世,到了寒冬腊月,就能长到一尺长。

沙光鱼的生命像野草一样,只有一年的寿限。家乡有首民谣,说的是它在这一年光阴里盛衰转换的过程:正月沙光熬鲜汤,二月沙光软溜当;三月沙光满墙摞,四月沙光干柴狼;五月脱胎又还阳,十月沙光赛羊汤。

童年时,父亲常带我到离家不远的运盐河钓沙光鱼。运盐河连着盐场,水是咸的。而与它相隔几十米的排淡河,却很少见到沙光鱼的踪影。

在我看来,父亲钓沙光鱼,纯属"姜太公钓鱼,愿者上钩"。父亲的钓具是一根长竹竿,系一根尼龙线,线头上扣着一个锥形的锡坠;钓饵是蚯蚓或沙蚕(又叫海蚂蟥),串成一圈,系在锡坠下面。父亲的钓竿,居然不需要鱼钩!

父亲站在河边,将钓线甩出去,钓饵随着锡坠的重力迅速沉到河底。他一手拿着舀网,一手握住竹竿,慢慢拖动钓线,让鱼饵在水底缓缓地平移;凭着手感,判断鱼在咬饵,快速拎竿;在鱼被提离水面的一刹那，另一手将舀网迅速伸到鱼的下方，即使这时候鱼松了嘴，它也掉落在舀网里，无处可逃。

我曾好奇地问父亲，为什么钓沙光鱼不用鱼钩？父亲说，你看沙光鱼这模样，是不是头大嘴阔、特别凶猛？它在水里就是称王称霸、专吃鱼虾的主儿。它一般贴在水底活动，看到饵食后，不像有的鱼那样嗅来嗅去、试探再三，而是迫不及待地张开大嘴巴，一口咬住食物。等到它被提到水面上，发现上了当，再松口已经迟了。钓这样的大傻子鱼，还用得着鱼钩吗？要是鱼钩钩住了鳃，就得收线，取钩，换饵，那要耽误多少工夫！

父亲这一说，让我恍然大悟。难怪有人把这有勇无谋、嗜吃如命的沙光鱼叫着"傻瓜鱼"。有一次，我亲眼看到父亲一竿儿钓上来三条沙光。原来这三条鱼争先恐后地抢食，同时咬住了饵食串儿，还都迟迟不肯撒嘴。

父亲还告诉我一个传说，讲的是沙光鱼一年寿限的来由：

很久以前，沙光鱼就生活在海州湾沿海。因为吃得多长得快，便自鸣得意，很以为了不起。有一年，东海龙王举行鱼类竞长选拔赛，参加竞赛的沙光鱼狂妄无比，摇头晃脑地对老龙王说："我一年长得一尺长，十年赶上你老龙王。"老龙王一听，勃然大怒，当即写下玉旨："骄傲自满小狂孩，忘乎所以太轻率，罚你一年一脱胎，十年还是我小乖乖。"从此，沙光鱼的寿限变成只有一年光阴。每年五六月份破卵出苗，至秋后成鱼入窟产卵，来年三四月份便自行消瘦而亡。

当然，这只个传说，意在告诫人们，凡事不能太贪心，贪婪过度，就会自取灭亡。其实沙光鱼的生存状态完全是天然形成的。海州湾地处我国沿海脐部，北方之寒冷，南方之温湿，皆于此交汇。沙光鱼喜温惧寒，既不能承受南方的炎热高温，又不能忍耐北方的严寒冰冻。这里的浅海和滩涂最适合它的生息。

到了初冬时节，寒风乍起，凉意袭人，运盐河里的沙光鱼打洞入窟，不好钓了，父亲就带我去海边掏沙光。

海里生长的沙光鱼，叫海沙光，这个时节最肥，大多长到七八两甚至一斤多重。它们不像大多数海鱼一样，迁徙到大海深处，而是选择了留守过冬。为了抵御严寒，产卵繁衍，这些沙光鱼拿出看家本事，在近海浅滩上钻洞做窝，或单独居住，或集体群居。

离我家十多里的大板艞闸下游，有一片海滩，因为经常开闸放水，加之潮汛的作用，形成了一道道裂沟，沙光鱼的洞窟多在这些裂沟里。海潮退去后，裂沟里的水浅浅的，正适合掏沙光。父亲将裤脚高高卷起，自己赤着脚，下到裂沟里去找鱼窟，叫我拎着鱼篓在沟边上跟着他。父亲走着走着，脚下不时踩到鱼窟，试到有鱼了，窟不深，他就用手掏，窟深就用脚去掏。有时碰到鱼窝子，一个窟里能掏出四五条大沙光！父亲掏到鱼后，接二连三地扔到沟岸上，让我朝鱼篓里捡。不到半天工夫，能装二三十斤重的鱼篓就已装满了。此时，太阳西沉，海潮涨起，我们带着大海的馈赠，满载而归。

成年之后，我自己很少有机会去逮沙光鱼，但庆幸的是，家乡的鱼市上，一年总有大半年能买到活蹦乱跳的沙光鱼。不过，如今的沙光鱼野生和海产的很少，大多是养殖户在对虾塘里混养的。据说沙光鱼喜爱捕食病虾，对虾塘的生态环境很有好处。

《食物本草》记载，沙光鱼"暖中益气，食之主壮阳道，健筋骨，利血脉"。它肉质细腻，无鳞少刺，或红烧或炖汤，味美异常，滋补营养，是家乡人的待客上品。每到秋后，家乡的餐馆、饭店纷纷对外叫卖沙光鱼，沙光鱼汤的诱人味道开始弥漫，就连空气里都带着三分鲜味。

用沙光鱼烧汤，可先过一下油，然后做法和普通鱼汤无异。做出的汤色白如奶，无腥味，其肥美可与羊肉汤媲美，稍微冷却后便结成透明的胶状鱼冻。沙光鱼长得龙头凤尾，用以红烧，即为家乡名菜"烧龙头",肥而不腻,鲜嫩可口。另外,清淡素洁的清蒸沙光鱼、皮脆肉糯的沙光鱼球、味浓肉紧的松子鱼米等,也皆脍炙人口。沙光鱼还可晒成鱼干,四季备用。

到连云港,如果没吃沙光鱼,定是一大遗憾。

三百条鱼一盘菜

花果山下的猴嘴镇，离市区十余公里，是淮盐主产区台北盐场场部所在地。近年来，每到春季三四月份，市区的美食行家都会为品尝"小滴跟"奔向这个小镇。

"小滴跟"是一种不知名的鱼类。即使是连云港当地人，见识过这种鱼的，也并不多。几年前，听说猴嘴镇几家饭店的"红烧小滴跟"卖到五六百元一盘，我着实感到吃惊。于是，随朋友李先生专门去了趟猴嘴，见识一下正宗的"小滴跟"。

李先生的老家就在盐场，不少亲戚在猴嘴一带谋生，有个连襟在镇上开了家餐馆，"红烧小滴跟"是店里的招牌菜。

一进猴嘴镇，便看到一些餐馆的门口打出"小滴跟"招牌，有的写成"小的根"或"小敌根"。我有点纳闷，问李先生，为什么会写法不一？他也说不出个所以然。后来，我又问了几个当地人，才大致弄个明白。

"小滴跟"这种叫法，本来就是盐场一带的土话，各种字典、文献均无记载，所以据其读音，写法各异，都没有错。"小的根"，可以理解为小小的命根子，鲜嫩得很，令人垂涎三尺；"小敌根"，则多少含有风味独特、天下无敌的意思。不过，把它写作"小滴跟"，我觉得更符合这种鱼的特性。

台北盐场地处海州湾沿海，这一片海域盛产鱼虾，叫上名、叫不上名的数不胜数，其中有一种蚂蚁大小的虾子，叫"蚂蚁虾"（学名磷虾）。这种小虾喜欢成群结队随着水流往前赶，因此当地流行一句谚语，叫"蚂蚁虾滴流"，喻意是取笑小孩子总是跟在大人屁股后面走，有随大流的意思。而"小滴跟"与"蚂蚁虾"有一样的习性，也会滴流跟进。

在李先生连襟胡老板开的餐馆，我头一回见识"小滴跟"。应该说，有一种似曾相识的感觉。"小滴跟"看上去像个缩小版的沙光鱼，比本地另一种"小肉狗"鱼还要小一号。沙光鱼和"小肉狗"在海州湾沿海较为常见，而"小滴跟"头大尾小，圆溜溜的身子，连头带尾才有一寸长，至少要二三百条才能做一盘红烧大菜。说实话，即使我以前见过，也因为它太不起眼了，根本就没有引起我的注意。

与胡老板等人交流后，对"小滴跟"的特别之处多了一些了解。"小滴跟"之所以珍贵，首先是因为它的生长区域特殊。每年三四月间，只有台北盐场才会有"小滴跟"出现，与此相邻的淮盐其他几大盐场却几乎看不到它的影子。原因是台北盐场属于堆积性海岸，每年都会派生出上百亩滩涂，这里的沙化土质和半咸半淡的"阴阳水"给各类鱼虾的生息提供了得天独厚的条件。

再者，"小滴跟"是永远长不大的鱼，其生长周期只有短短的两个来月。每年第一场春雨过后，它会悄然出现。起初，约半寸长，栖息在水流口的低洼处觅食。捕鱼者循着水流而来，用细眼网具捕捞后，直接送到餐馆。

新上市的"小滴跟"非常紧俏，成了各家餐馆、饭店的抢手货，也引得饕餮食客闻香而至。听说有的饭店为了保证货源供应，早就提前联系了当地的捕鱼高手，几千元定金也早早地揣进了人家的口袋。物以稀为贵,"小滴根"卖到五六百元一盘,也在情理之中。

"小滴跟"在沙土水域生长,喝的是清洁流动的水,身体呈半透明状,显得特别干净。人们烧制"小滴跟"前,不必清理它的内脏,吃的时候,也是整个儿吃下,无须吐刺。几场春雨过后,"小滴跟"逐渐长大,吃在嘴里有种淡淡的苦味,这时的价格就会下滑。尽管如此,食客还需提前预约,否则是没有口福享用的。大约延续个把月时间,"小滴跟"就会逐渐从餐桌上消失,也给人们留下了对来年的期待。

胡老板推出的"红烧小滴跟",主料"小滴跟"约需斤把重,配料是时令蔬菜蒜薹,作料仅需盐、料酒、酱油和胡椒粉。用"穿汤下"的方式烹制,下锅后尽量不去翻动。当一盘热气腾腾的大菜端上桌来,诱人的鲜味便开始弥漫,再看盘中金黄的小鱼,翠绿的蒜薹,叫人立刻口舌生津,欲罢不能。但吃"小滴跟"要有雅致,一口一条,细细咀嚼,那透鲜的滋味会让你入心入肺,长久难忘。

随着城市的扩张以及盐田的开发利用,可供"小滴跟"生长繁衍的水域日趋狭小,加之人们没有节制的捕捞,也许要不了几年,"小滴跟"就会越来越少并永远在人们的视线里消失。想到这里,我的心里有种隐隐的疼痛。

吃豆丹

豆丹，也叫豆虫，长约一寸，小指头粗细，以黄豆叶为食，通身绿色。许多人想到它蠕动的模样，恐怕心里都不舒服。但在连云港灌云县一带，这虫儿，却被做成了一道绝佳美食。

二十多年前，我刚参加工作不久，在市交通局编写《交通志》。编志办主任老顾是个老交通，山东人，特热心，领我去过几次灌云。第一次吃豆丹，就是那个时候。

豆丹上桌时，服务员不知是有意还是无意，没有报菜名。我那时是二十岁的毛头小伙子，对吃哪有什么讲究，人家端上来一盘菜，就下筷子一通猛吃，连吃下肚的是什么都来不及理会，更别说细品什么滋味了。直到老顾笑眯眯地问我："这道菜味道如何？知道这菜是什么做的吗？"我这才注意面前这道菜。主料像炒鸡蛋，黄黄的；配料是碧绿的丝瓜，切成寸把长、筷子粗；味道似炒鸡蛋，又似豆制品，更有种特别的香味和鲜味。

我端详了一会，又夹了两口品尝，猜了蛋类、豆腐等几种，老顾和桌上的当地人笑而不语。后来，还是老顾自揭谜底："你肯定猜不着的，告诉你吧，这道菜的主料是豆丹。"

我吃了一惊，不免有些反胃。豆丹，不就是黄豆地里常见的那种绿色爬虫嘛，肉嘟嘟的，看起来特瘆人，怎么弄成这么好吃的美味，还看不出原先的模样？

这时，老顾笑着说，别紧张，豆丹肉的主要成分是蛋白质，营养丰富，你们年轻人多吃无妨。

第一次吃豆丹，给我留下很深的印象。记得当时灌云县做"烧豆丹"的饭店只有寥寥几家，十块钱能烧一大盘，吃豆丹的人也不多，外来的客人乍吃这道菜，颇需要点英雄气概。

后来，听说过一个传说，讲的是灌云人吃豆丹的渊源。

从前，此地的大户人家收完豆子后，会让一些穷人到地里捡拾遗漏的豆粒，在方言里这叫"放门"。一等放门，大人小孩便一窝蜂地涌进地里，抢拾黄豆。有一次放门后，拾黄豆的人群里来了个名叫"簸箕奶奶"的叫花子。正当大伙累了半天、饥肠辘辘之时，她对孩子们说，我给你们弄点好吃东西。说罢，她将肩上的簸箕拿下来，朝地里一插，端起一簸箕泥土，再一簸，簸箕里留下许多豆虫。她又点了把火，把豆虫放到火里烧，一会儿便飘起一股奇异的香味。簸箕奶奶从火堆里扒出烤得脆黄的豆虫，一口一个，吃得津津有味。孩子里有胆大的，捡起一个放到嘴里，也连声叫好。孩子们便一下子围上去，把烧熟的豆虫儿吃了个精光。这时候，人们去找那个簸箕奶奶，却再也找不着了。人们猜想那簸箕奶奶是个仙人，是来指点迷津、给人间送美食的，于是纷纷在地里找豆虫吃。因为是仙人所赐，妙若仙丹，小小豆虫也得道成了"豆丹"。

"烧豆丹"的滋味让人食之难忘，加上它是高蛋白、低脂肪，据说对胃寒等疾病颇有疗效，在提倡有机天然食品的今天，它自然越来越吃香走俏。在灌云县乃至连云港地区，豆丹已是高等宴席上的一道名菜，它的身价也早已今非昔比。刚上市的豆丹卖到一二百元一斤，"烧豆丹"高达七八百元一盆。

每年农历七月至十月，是豆丹批量上市的时节，价格逐渐降到二三十元一斤。这时，不妨自己采购，自己动手，在家烹制一大盆"烧豆丹"，与家人一道大快朵颐！

到市场选豆丹，要尽量选大而饱满的。如果胆子大一点，可以用手捏住它的中段，活泼的豆丹就会随即弯成弓型，整个身体会绷得很紧，绷得越紧说明它的肉越结实。豆丹买回家后，要先浸泡在水里，等它们都被淹晕了，再捞出来，用擀饺皮子的小擀面杖从上而下轻轻一推，鲜嫩的豆丹肉就被擀了出来。一般十斤重的青豆丹可以擀出二三斤豆丹肉。当然，也可以直接买回加工现成的豆丹肉。七八月份的豆丹以鲜嫩爽滑为特色，更好的豆丹则在秋天。当黄豆收割完毕，翻地播种小麦时，从泥土里刨出已经入蛰准备冬眠的豆丹，清洗干净，和夏天的做法相同。刚刚入蛰的豆丹体内储备丰厚，肉质肥美，更富营养。

灌云县名厨孙先生曾给我演示"烧豆丹"的全过程。先切好生姜、大蒜末、红辣椒这些淮扬菜中最常见的配料，即上灶点火，加热油锅；将一干配料倒入油锅，拌炒几下，闻到葱姜的香味后，只听"嗞"的一声，主角豆丹也下了锅。"豆丹本身鲜美非常，不需要放入太多作料，只需盐、料酒、胡椒粉就够了。不过，烧豆丹的油最好是压榨的豆油。"孙先生说话时，锅里已升腾起一股鲜香。

几分钟后，孙先生将新鲜的丝瓜块倒入锅中，随即盖上一个木制锅盖。又过五六分钟，随着锅盖揭开，诱人的香气令人如醉如痴，汁浓肉嫩、鲜香合一的"豆丹烧丝瓜"就可以出锅了。此时，即使是最挑剔的食客，恐怕也难以拒绝这来自大自然最淳朴的诱惑。

除了丝瓜烧豆丹，配菜还可以选用吊瓜、菜瓜、小青菜、大白菜等等。炸豆丹、炒豆丹、和清焖豆丹等做法也可一试，口味特别，毫不逊色。另外，擀豆丹时留下的汁液，凝固后用以烧汤，也是一道不可多得的美味。

"吃豆丹"在连云港一带时兴后，南京、上海等地一些大饭店也推出了豆丹菜肴，但一直不温不火。有人说，只要一出连云港，烧豆丹就没有十足的原味了。我就此请教孙先生，是什么原因。孙先生略作思索，答道："一方水土养一方人，烧豆丹的滋味跟这一个道理"。看来，要想吃到纯正美味的豆丹佳肴，就得亲自到连云港来了。

就 子

就子，海州土语，意为下饭菜、下酒菜。

比如说，腌咸菜、腌萝卜干、虾酱豆等等，可统称为咸就子。

比如说，炒个小菜，可说炒个小就子。

有几个故事，早就听说，多年不忘，可作"就子"的终极注释。

故事一

海州地面上，爱吃煎饼的人不少。

煎饼卷大葱，是最简单最流行的吃法。

一张煎饼，是主食，一棵大葱，是就子，一顿饭这就齐了。

不过，有这么一个抠门的财主，一棵大葱，都省之又省。

话说这天财主父子俩外出，晌饭就是煎饼卷大葱。儿子饿得急了，一张煎饼三口两口就下了肚。财主的一张煎饼也下了肚，手里却还攥着一棵大葱。

财主教训儿子："有你这样败家的？一张煎饼就一棵大葱，这还了得！"

儿子感到委屈，一张煎饼就一棵大葱怎么呢，人家不都这样吃么？又没让你弄点蚂虾酱给我卷卷，也没让你弄点鲜虾皮给我卷卷，更没让你弄个韭菜炒鸡蛋给我卷卷，我这吃得不过分啊！

不过，儿子纳闷的是，明明看到大葱卷在煎饼里，被老爷三下五去二地吃下肚，为什么煎饼吃光了，一棵大葱却还变戏法似的攥在他手里呢？

财主看出儿子的疑惑，语重心长地说："看见了吗？我这张煎饼下肚，手里这棵大葱没见少吧？煎饼卷大葱，大葱是个就子；就子是下饭的，饭下肚了，就子能省下来，这才叫本事。"

说罢，财主又摊开一张煎饼，把手上的大葱朝里一卷，露出短短的一小截。

"看仔细了！"财主一边吩咐，一边拿起煎饼卷儿咬了一口。

儿子分明看到，就在老爷张嘴吃煎饼那一瞬间，老爷的手不经意地捏住了那一小截露出的大葱，轻轻地朝下一抽……

故事二

农户老王父子，好酒，海量。

这年秋季，他家种的十来亩高粱熟了，人见人夸。

父子俩咧着嘴笑："收成好是好，可掂量掂量，还不够咱爷俩一顿酒的。"那意思是说，这十亩高粱的收成，换了酒回来，不够爷俩过足一顿酒瘾。

这话传到酒坊主老刁的耳朵里，他不以为然：这爷俩能有多大的能耐，倒要见识见识。于是带人找到这父子俩，声称："你俩不是说十亩地的收成不够一顿酒钱么，咱打个赌，这十亩地的收成作抵押，到我家去喝酒，放开肚皮喝，这一顿不管喝多少我都认！"

老王父子把牛皮吹出去了，只好打肿脸充胖子，应承下来。老刁得寸进尺,当时就要他俩订下日子,告示乡邻,当众检验。

眼看就要开镰秋收,父子俩瞅着沉甸甸的高粱穗子,后悔不迭:总不能为了一顿酒搭上一季的辛苦血汗吧?往后的日子咋过?这天晚上,父子俩辗转反侧,睡不着觉。直至半夜,王老汉终于急中生智,忍不住从床上跳起来:"好计谋啊好计谋!"

儿子迷瞪着眼,一脸不解。王老汉扯过他的耳朵,吩咐明天到了酒坊后,该如何如何……

父子俩连夜行动,炒了一面袋盐豆。第二天一早,背着这袋盐豆赶到酒坊。此时,四乡八里已有多人闻风赶来看热闹。

见看客挤满了酒坊,老刁满面春风,喜气洋洋。他命家丁搬上两坛陈年老酒,让老王父子开喝。

父子俩不慌不忙,把鼓鼓囊囊的面袋随手一丢,席地而坐。

两人把面前的大海碗各自倒满,又把面袋解开,旁若无人地喝起来。有好事者凑近一看,见面袋里装的都是炒得喷香的盐豆,知道这便是他俩的下酒菜。

一碗酒三口就下了肚。这时,儿子不经意地捏了颗盐豆放到嘴里。

老王一声断喝:"慢着!"上前掴了儿子一个耳光,"败家子,有你这样喝酒的吗?这酒才湿湿嘴,就吃咸就子了?"

围观的人一片骚动,惊嘘不已:"乖乖!这下有好戏看了,撞上酒筛子了!"

老刁一看这阵势,大吃一惊。这还了得,一大碗酒下肚,才是湿湿嘴,连一粒盐豆都不让就,这不就是传说中的酒筛子嘛!这样的人喝起酒来,比喝水还轻巧;不管多少酒下肚,都从汗毛孔里朝外筛;照这样下去,那一面袋盐豆要喝多少酒啊!自己这间酒坊岂不被喝倒店了……

老刁越想越怕,连忙上前,打躬作揖:"鄙人有眼不识泰山,二位这等海量，小坊实在担当不起。打赌的事算鄙人不识好歹，再送两坛好酒孝敬二位！"

老王父子斜睨了老刁一眼，会意一笑，各自捧起面前的酒坛子，咕噜咕噜喝了个精光。

在众人一片惊呼声中，父子俩背起那袋盐豆，还各拎一坛老酒，扬长而去。

故事三

海州地面上，酒风盛行。某人如在酒桌上喝酒不多，吃菜为主，就会被讥笑为"菜酒"。

张三和李四，皆劳动人民，好酒，但不贪杯。每每在收工之后，聚到一家小卖部，各掏两毛钱，打一碗散酒，碰一下杯，便一饮而尽。

一天，张三饮酒之后，见柜台边有一盐缸，便顺手捏了一颗大盐过过嘴。

李四见了，当即嗤之以鼻，指着他说："菜酒！"

张三甚感羞愧，悻悻而去。

故事四

杨大和王二，亦一对酒友。

杨大住在盐河边的一间丁头小舍里，看跳。

有天傍晚，王二前来造访。杨大炒了两盘小就子，一人一瓶当地的洪门大曲，连酒盅都没要，就喝开了。

不一会儿，两瓶酒见了底，两人都有些醉意。再看面前的两盘就子，也已吃得精光。

杨大过意不去，踉踉跄跄地站起身，说："我再去炒个就子，继续喝！"

王二一把拉住他，说："喝酒喝酒，要什么就子！"

两人坐下，又开了两瓶酒，一人一瓶，继续操练。

此时天已黑定，丁头小舍里不通电。他们只喝酒不吃菜，也就无需点灯。

忽然，杨大脚面上一阵酥痒，似有什么东西爬过。他伸手一把抓住，原来是只黄钳小蟹。

黄钳蟹虽小，就酒一等！杨大把蟹子一扳两下，递一半给王二。

两人唖吧唖吧，小蟹就囫囵吞枣地下了肚。

酒喝到这个份上，口舌已经麻木，吃什么都是一个味。

不知什么时候，杨大的手里摸了一根蟹腿样的东西。他喝一口酒，就把那"蟹腿"放到嘴里唖吧唖吧，仿佛滋味无穷。

又不知什么时候，那根"蟹腿"又到了王二手里。他也喝一口酒，再把那"蟹腿"放到嘴里唖吧唖吧……

第二天一早，两人皆酒醒。杨大收拾小酒桌，见桌上一根二寸长的铁钉，似刚刚打磨出来，油光发亮。

杨大一阵疑惑……

米 香

十九岁的米香嫁到白果村,是她老姑做的媒。

米香嫁的是柳三宝。那会儿三宝是村里唯一的那辆小手扶驾驶员。

新娘米香过门那天的模样,让村里的男人们回想起来,至今两眼痴迷、嘘叹不已。新娘长着鹅蛋脸,白里透着淡淡的红,脸上始终笑吟吟的,一边一个小酒窝。她上身穿了件裁剪得体的红棉袄,把圆鼓鼓的胸部勾勒得恰到好处,两条乌黑油亮的大辫子拖到腰际,尤其那腰肢,走起路来那真叫风摆杨柳,还有那滚圆的翘臀……一个个赶来看热闹的大小伙子眼都直了。

米香把一村男人的梦搅乱了。

米香把一村小媳妇的醋坛子打翻了。

一时间,村里的男子汉们不管是打光棍的还是有家室的,有事没事,都爱朝三宝家里凑。米香对谁都不远不近,不咸不淡,让人不知如何下手。

谁也没想到,一直闷不叽叽、见了女人就脸红的连平竟成了好事。

那是米香嫁过来半年光景,男人堆里几个有心人就看出眉目来了，米香和连平说话的腔调语气，看连平的眼神儿跟别人不一样。那阵子村里指派连平跟三宝学开手扶，连平便顺理成章地常往三宝家跑，对三宝的行踪也就掌握得一清二楚。那天傍晚，三宝开车替采石场送石子进城，米香一个人在家，连平摸进她家，随后门就关上了。过了两个多钟头，天黑定了，连平才从她家屋里溜了出来。

事情让一帮心有不甘的男人传得沸沸扬扬，终于传到三宝的耳朵里。三宝简直气昏了头，先是冲到连平家，抄了他家的锅底；回到家就把米香吊了起来，小麻绳沾上了水，一顿猛抽。

米香只是哭，就是不开口。

三宝更恼了，上去一把将她的衣服扯个精光。三宝觉得从没有过的兴奋，一边折腾，一边咬牙切齿："看你告不告饶，看你告不告饶……"

米香只是哭，就是不告饶。

事情自然闹到媒人也就是米香的老姑那儿。做姑的这时候岂能护短，当着三宝的面，免不了把侄女好生责备。

但米香的秉性老姑心里多少有点数，私下里，便问道："米香，跟姑说实话，是你主动，还是连平先下的手？"

"是他嘛。"米香不敢朝老姑看。

"你咋就不跟他撕，跟他打？你硬是叫喊一声，他不就跑了？"

米香埋着头，说："俺想推他，可浑身没一点劲；俺想喊，可嘴不做主；俺叫唤一声，他更来劲哩……"

老姑瞪了她一眼："你那是叫喊呀？那是招惹他！"

"那俺咋办哩？"米香的声音猫叫似的细小，"俺那阵子浑身麻酥似的……"

老姑正色道："这事不是一次两次了吧？"

"嗯。"

"那你再跟姑说实话，是不是三宝那方面不行呢？"

"他呀，狼似的！哪夜不把俺折腾得够呛。"

"那俺就不懂了，连平咋就把你魂都弄没了？"

"俺也不知咋的，他盯着俺看，俺浑身就麻酥似的……"

"唉！俺早就看你这丫头太妖孽了，原指望柳三宝凶头巴脑的能把你压住，还是不成。米香呀，你往后说啥也得收敛了，要不受罪的日子还在后面。"

但男女间的事，既开了头，哪能刹得住闸？

因为连平的得手，村里的男人似乎得到了启发，更加咬住米香不放。结果光棍章大丁在这场角逐中又出乎意料地战胜了诸多对手，再占花魁。

世上没有不透风的墙，白果村的风流逸事不隔夜就能传遍全村。这事又让柳三宝知道了，米香被他揍得差点起不了床。

老姑心里惦着侄女，又觉得脸上无光，只好趁三宝不在家时，偷偷跑来看她，不免又是一通数落："米香，你是好了伤疤忘了疼啊！俺是怎么交代你的？你咋又招惹大丁那个光棍？"

"姑啊，俺哪是招他惹他了？大丁就要尾着俺，俺有什么法子？"

"咋就没办法！母狗不掉腚，公狗不上身。"

"你不知道，你不知他那猴急的样子，他说这辈子从没碰过女人……看那样子，俺心不忍哩。"

"呸！哪个男人不猴急？你不忍心，三宝可就忍心打你呗！"老姑掀开米香的衣服，看到她的伤处。三宝这次真是发坏了，专朝女人的隐处打。

"三宝他毒怪啊，怎能下这毒手！"老姑忍不住落下泪来，骂道："三宝他是懵懂坏啊！"

米香实际上并非有意要跟三宝作对，但她的生性就是吃不住男人的哄，这辈子注定要闹出几桩绯闻来。

在往后的几年里，因为接二连三又出了几档子事，连她老姑也无可奈何地叹了气：都说人是泥捏出来的，俺看别人兴许是，米香这丫头的身子却是水做的，心也是水做的，整个一汪水，拢是拢不住了。

米香在村里十二年，给柳家生了两个儿子，一个闺女。说来也怪，村里别的女人是十八一枝花，三十豆腐渣。米香却不一样，生养了三个孩子，没少受罪，可那眉眼，那身段，那肤色，跟姑娘家比，还多些韵味。对此，一村的小媳妇耿耿于怀，连平家的说得最刻薄："她呀，一村男人的精气都让她一人吸饱了，哪能不养人吗？"

这些年来，米香动辄被三宝揍上一顿，村里也有女人发狠说要把她撕了吃了，米香因此也有过跟三宝离婚离开此地的念头，但经老姑的开导，自个一忍再忍，也就忍过去了。

结果，却是三宝的一桩交易，彻底伤透了米香的心。

这天，三宝把一个买石料的外乡人带回家来。

三宝此时早已不开手扶了，他开的是一辆专为采石场拉石料的翻斗汽车。那外乡人是常来采石场买石料的老客，整天油头粉面，一肚花花肠子。结识三宝之前，他就耳闻了米香的妖艳过人之处，后来见了米香的面，简直就痴了。一天跟三宝在一起喝酒，喝得多了，酒后吐真言，肮脏面目就出来了。他说要是能跟米香这样的女人睡上一回，就是花上千儿八百的也值。三宝当时听了，上去就给他一个耳光。那人挨了揍，酒有点醒，但仍借酒卖疯："柳三宝你个乌龟王八蛋，你女人能跟这个玩那个玩，为啥不能跟我玩？别人玩是白玩，让我玩一次贴你一千块……"三宝本想狠狠揍他一顿，可转念一想，与其让连平、大丁这些浑帐吃白食，倒不如真让眼前这家伙出出血……

三宝不禁为自己的如意算盘暗暗叫好。

一桩交易就这样达成了。

三宝将那外乡人带回家，先把几个小孩支出去玩耍，接着一边叫米香准备饭菜，一边借故出了院门。

那外乡人心急火燎，也不问三宝有没有与媳妇沟通好，上前就把米香的后腰搂住了。

米香又气又恼，挣扎着朝屋外跑，一边跑，一边使劲地喊三宝。

那外乡人追过来，嬉皮笑脸道："喊什么喊？俺跟三宝说好了，俺花了一千块钱，让你陪俺玩玩……"

米香想从院子跑出去，可打不开院门，院门叫反锁上了。

米香一时什么都明白了。她一边跟那外乡人厮打，一边撞着门骂道："柳三宝你瞎了狗眼，你拿我做生意，你算瞎了狗眼……"

一向逆来顺受的米香简直变成紫了眼的母狗。

米香后来执意跟三宝离了婚。两个儿子判给了三宝，她带着小闺女回了娘家。打那以后，米香再没有回过白果村。

后来，她娘家那边传来消息说，米香嫁了个城里人。那男的岁数大了点，但有钱有地位。

再后来，在城里做鞋匠的连平看到过她，回来后说米香白了胖了，一副贵夫人派头。但他没有说下文，米香那天也看到他了，不过没跟他打招呼，仿佛并不认识他似的。

石　枕

白果村唯一出过国的人是大扣。要说他出国去的地方，那别说村里乡里，就是全县也不一定还有别人去过。

他去的是玻利维亚，南美洲一个遥远的国度。

大扣他爹在玻利维亚。

大扣他爹是黄埔军校后期的毕业生，授了个少校军衔，却并没有实职，长时间在家赋闲。四八年冬天，海州解放，大扣他爹撇下妻儿，夹着尾巴逃跑了。

一去三十多年，杳无音信。村里人都把这人给忘了，以为他早已不在这世上了。他爹逃走那年，大扣三岁。大扣是独子，他娘再没嫁人，一手把他拉扯大。孤儿寡母，家里成分又不好（划成分时，他家被划为富农），日子的艰辛可想而知。好在大扣争气，念书念到高小，再念不起了，十三岁开始学石匠手艺。他为人勤快，手又出奇的巧，采石场汇集了村里村外百十号石匠，他是公认的能工巧匠。

在石匠活里，大扣还有一绝，他最会凿青石枕头。

石枕看上去简单，凿起来可有奥妙。经过大扣凿出的石枕，凹凸有致，线条柔和，光滑如镜。周遭有患失眠、夜游一类病症的，请大扣帮忙，做个石枕枕上，大扣有求必应。他只要朝那人看上一眼，就能根据其性别、年龄、个头、头形，做出一个合意的石枕。那枕头枕起来舒适宜人，真的能叫你梦乡安宁、朝气如虹。村里的交杠大爷，八十多岁时请大扣凿了个石枕，一年枕下来，满头白发转成乌黑，腰板也硬朗了许多，如今九十六岁了，还活得自在，一口好牙，吃嘛嘛香。

大扣有个能挣饭吃的手艺，人又长得清清爽爽，虽说成分高，讨媳妇却颇为顺利。他媳妇叫云枝，是外村的，家里成分好，长得俊俏，大眼溜灵，却直心眼儿，只见了大扣一面，就不问家庭成分高低，认定这辈子非他不嫁。

两口子勤劳持家，日子过得清苦而有滋味。村里刚搞责任制那会儿，大扣和他媳妇的勤快发挥了优势。白天，他俩一个在山上采石头，一个下田干活；到了晚上，两人披星戴月朝山下抬块石。一揸厚、一米见方的块石，卖给那些收石料的外乡人，一块钱。三四年攒下来，他们家盖起了村里第一幢两层小楼。

他们生养了四个小孩，大的是个闺女，二的是男小子，第三胎是对双胞胎闺女。四个小孩都由大扣娘照应着长大，老人对孙子小培疼爱有加。女孩大了是别家的人，而唯一的孙子小培才是他们家传宗接代的独苗，这不难理解。

村里上了岁数的人还发现，小培的眉眼越长越像他三十年前失踪的爷爷。

大扣家的平静日子叫一封信搅乱了。信是大扣一个嫁在外乡的老姑专程捎来的，据说是从香港转道而来；信并不是写给大扣和大扣娘的，而是写给大扣老姑的。

信是大扣爹写来的，他还活着。

原来大扣爹从村里逃走后，先到了上海，几个月后又跟船到了台湾，在台湾混了十多年，也没混出什么名堂，后来干脆去了南美，先是在巴西、阿根廷落脚，直到七十年代才在玻利维亚扎下了根。在巴西的时候，大扣爹跟一个祖籍上海的女子成了家，生了一男一女，女孩十八九岁了，男孩只有十二三岁（跟大扣家的小培年纪差不多），他在玻利维亚经营着两爿店，日子过得富足。信中还夹了一张来自国外的彩色全家福，照片上的大扣爹比早些年发福了，看上去跟大扣差不多年轻，他的后妻的容貌可以说是仪态大方、端庄美丽。

这消息让大扣一家人又惊又喜。大扣娘却隐隐地生出些许担心。

两边既通了音讯，来往的信函就越来越多。果不出所料，大扣爹思乡心切，但因自己年岁已高，那边又有家室及生意所累，行动不便，回乡探亲看似无望，就不断来信嘱咐大扣和孙子孙女到玻国去；随后，又三番五次寄来美元，催促大扣去官方办理探亲手续。

到底是去还是不去？一家人分成两派，支持大扣去的是几个孩子，反对的是娘和媳妇。

大扣自己的意思是：爹把钱寄来了，话也说到家了，小的去看望老的也理所应当。如果硬是不去，反而不在理，让别人讥笑。

大扣娘为了阻拦儿子出国，还寻了一回死——当着一家人的面喝敌敌畏。当然，这一虚张声势的行为被立即阻止。

媳妇虽然持反对意见，但不似娘那么坚决。在内心深处，她藏着一种自信，她想大扣到了那边的花花世界，是不会习惯的；他的根拴在这里，就是飞到天边，也会回来的。

最后，还是媳妇去劝婆婆："娘，让他去吧，俺把小培和三个丫头照看好了，俺就不信他不回来。"

"他爹不是照样抛下俺娘俩，一去不回头？"

"那会儿是什么时代？爹想回也回不成嘛。"

"你不懂那老鬼的脾气，牛脾气呀，死犟筋。到时候，就怕他逼着大扣留下去。"

"大扣他又不是三岁孩子，逼能逼得住吗？"

大扣娘让儿媳劝得没了话，眼泪汪汪地叹了口气。

大扣上北京，下广州，折腾了半年，总算把探亲签证的一应手续办齐了。后来从广州到香港，又从香港飞往南美。

村里人都以为大扣这一趟出国，总要呆上个一年半载。没想到不过两个多月，大扣竟回来了。

大扣带回很多黑糊糊的叫咖啡的东西，还有很多花花绿绿的衣服和裙子。他挨家挨户，把全村人家都送了个遍。

村里人喝过咖啡之后，多数是大摇其头："这是啥东西，这不是苦不叽叽的糊锅巴么？怪不得大扣在那外国待不住，成天吃这玩意儿，不得要命么！"

大扣还带回很多奇闻轶事，让白果村的男女老少大饱耳福。不过，人们最关心的还是到那边以后，他爹是如何待他的。

看来，大扣娘对离别几十年的丈夫还是最了解的，她担心的事确实发生了。大扣爹见到儿子之后，颇费心机地想把大扣留下来，甚至立马要给大扣找个华人女子做媳妇，并许诺把两爿规模不小的商店交一爿给大扣……大扣就是不买账，甚至跟他爹吵了一回。

不久，市里来了个女记者采访大扣。她问道："是什么原因促使你放弃国外优越的生活条件，坚持要回到并不富裕的家乡？"

大扣想了半天，说："俺睡不着觉，在那里俺整夜整夜都睡不着觉！"

大扣说这话后，忽然眼圈发红，不易察觉地叹了口气。他好像想起了什么。

半个月后，大扣精心雕琢了一对石枕，还特意请人做了个木箱子。这天，他赶到市里，把装着一对石枕的木箱寄往玻利维亚。

这对石枕的邮寄费，花了大扣两个月的工钱。

隔壁阿二

阿二是我的朋友。

穿开裆裤时就是朋友。

阿二家就在我家隔壁。

阿二小时候就是个精灵鬼。我们一起和烂泥，我捏小猫小狗小人人，他却捣鼓出一个小汽车，十轮卡，真的一样。

阿二说俺长大了要开汽车，跟雷锋叔叔一样，当个汽车兵。他说这话时好大口气，不像十岁的娃。

其实阿二那时就见过一回汽车，和我一起去看的。我们翻了一座山，坐在那条大路边上，足足等了老半天，才有几辆车开过来。那时候汽车真少。

一晃我们都长大了。我考上外地一所大专学校，阿二验上了兵，天各一方。

阿二来信告诉我，他如愿以偿，当上了汽车兵。信里还附了一张照片。照片上，阿二坐在驾驶室里，一手握方向盘，一手向窗外挥手致意。军装和军车都很新，很神气。相片后面，还有一行题字：童年的梦，变成了现实。

我为阿二高兴。我回信说阿二你别太牛气，你两手把方向盘握得牢牢的。

阿二又来了信，他说哥们你放心，这方向盘是打雷锋那接过来的。

一晃又过去四年，我毕业回到眼下这座城市。阿二在部队入了党，复员回了乡。

村部有辆小工具车，司机是个令人眼热的肥缺。我给阿二出主意，我说阿二凭你在部队的表现，你有把握把那工具车磨到手。

阿二没理这个茬。他说那玩意儿能叫汽车吗？俺要玩就玩辆大的。

看来阿二不再是十几年前那个瘦精精的阿二了。几年兵当得他五大三粗出口不凡。

阿二说你愣着瞅俺干吗，你忘了俺小时候就是这脾气？

阿二说干就干，东凑西借，又到信用社贷了款。等我又一趟回老家，听说阿二已经开着自己的东风车跑长途去了。

阿二成了村里第一个运输专业户。

阿二成了大忙人。我几次回乡，都见不着面，虽然他家就在隔壁。他娘对我诉苦说，他跑起车来没得谱儿，昼夜不分。

我想阿二是拼命挣大钱了。这年月，各忙各的，也就顾不上什么交情了。

没想到有一天阿二突然找到我的办公室。他的驾照叫交警队给扣了。他说，交警队里你有熟人，帮俺一把。

我说，阿二，你老实说，你的驾照怎么叫人家扣去的？

阿二支支吾吾好一阵，才说是他的车超载了。

我说，阿二，你好贪心啊，既然违了章，那就等候处理吧。

他说，哥们你不知道，照扣去了，车子跑不成，撂一天在家，俺都揪心疼啊。

我说，你呀，自作自受，谁让你这么贪。

话虽这么说，朋友一场，忙还得帮。驾驶证总算回到他手里。

哥们你帮大忙了，弄条烟犒劳犒劳吧。阿二临走时从包里拿出一条好烟。

我说，阿二，你混账。

阿二说老兄你差也，这时间就是金钱，你帮俺省了时间，这条烟就应归你。

我扑哧一笑。我说，阿二你哪来的理论，你这几年财迷心窍，把我也当啥人了，你知不知道你这么做纯粹是狗屁。

阿二不恼也不多言，笑笑把烟收起了。

阿二后来更没了音信。我想他该是闷声发大财了。

最近一次看到阿二，竟是在电视上。

这些日子洪水泛滥，电视里尽是抗洪救灾的报道。

这天的电视新闻里有这样一组镜头：本市一处涵洞突然倒塌，洪水直泻市区，形势万分危急，蒲包、沉船都用上了，最后有一辆装满碎石的大卡车冲进了决口……

这是一辆农民工的运输卡车。电视镜头给那个在紧要关头自愿献出汽车的农民工来了个特写。

是阿二。

正是那个视车如命、视时间如命的阿二！

俺是个农民工，更是个退伍军人。到这时候，俺只有一个念头：保卫家园……面对记者的录音话筒，阿二的声音嘶哑而坚定。

我坐在电视机前一阵发呆。那一夜我怎么也睡不着，头脑里尽是那辆汽车缓缓沉入洪水时的镜头。猛兽一样的洪水，巨大的漩涡……

还有那张熟悉而又陌生的脸……

一把手

花坛

靳书记八年前还是该乡一个小小通讯员，因通讯报道在省里市里频频见报，县里发现是个人才，就被调进县政府办公室，历任秘书、副科长、科长、政府办副主任。最近，一纸任命下来，成了这个乡的一把手。所谓"八年抗战，终成正果"。

一把手做起来，滋味的确不同。上任伊始，乡政府大院里发生的一件不大不小的事，便让靳书记尝到了这种美妙的滋味。

这天中午，县委党校的李校长下来检查工作，一班人作陪，在乡政府对面的金海棠酒家吃过喝过，一同回到大院。金海棠酒家的卫生间凑巧搞维修，不便使用，大家都胀了一肚子，不约而同地朝大院东南的厕所走过去。

李校长也在县政府办公室做过科长，和靳书记的关系非同一般。上任后第一次接待昔日同僚，靳书记有些莫名的兴奋，不免喝得有些高。从酒店出来，就一脸红光，脚下轻飘飘的。

他深一脚浅一脚地走到厕所跟前，突然放慢脚步，左右望了望，说："这一块空地闲也闲着，不如砌个花坛搁这儿。"

走在一边的李校长随口附和道："美化美化好，能让人赏心悦目。"

一班人都忙着上厕所，好像谁也没有在意他们说了什么。大家方便过后，顿觉轻松愉快，又一路簇拥着两人往办公楼去了。

第二天一早，靳书记带着车到县里开会，会期三天。开过会，车子一进乡政府大院，他就觉得不对劲，大院的格局好像发生了某些变化。下了车再仔细一打量，原来在办公楼与东南角那个厕所中间的空地上，砌起了一座圆溜溜的大花坛。

这个花坛有半人高，直径大约十五六米，把那块空地塞得满满当当，看上去有种说不出的别扭。花坛的四周已经贴上了白色的瓷砖，在冬日的阳光下，显得凉飕飕的特别刺眼。花坛外的地上散落了一些新鲜的山土，想必里边连山土也已经垫上了。

靳书记怔怔地望着这座突兀而起的花坛，好一阵，才想起几天前自己上厕所时不经意间说的那句话。

他不由得暗暗叫起苦来，是谁拿鸡毛当令箭，这么快就把他随口一说的话落到了实处？拍马屁的本意也许不坏，却显然拍得不是地方，这花坛怎么看怎么别扭。他把那天在场的几个班子成员一一想过，一时想不出谁会有这样的敏感性。

又转念一想，自己刚上任，正是树立威信的时候，说话有这般分量，应该说是个好兆头。当时头脑发热一闪而逝的念头，连他自己都没当回事，却被细心的下属一下子捕捉到了，不声不响，利利索索，转眼操办成了现实，这不能不让他为之一振。所谓官场无小事，事虽小，意义却重大。当一把手与做配角的就是不一样，一把手就应该有一把手的威信嘛。这么一想，他心里还怪滋润的。

只是花坛砌在那个位置，不仅看着别扭，不久竟惹出不少麻烦。

乡政府大院里唯一的这座办公楼已经盖了有些年头了，纯属粗制滥造，连一处卫生设施也没有。一大院子的人要想方便，都得上东南角那个厕所。本来,从办公楼到厕所有一条笔直的水泥路,花坛砌在那儿,路便被拦腰截断了。这个冬天雨雪格外得多,花坛两边是烂泥路,从暖和和的办公室跑出来上一趟厕所,只好从花坛两边包抄过去,脚下又烂又滑,众人平白遭这等罪受,叫苦不迭。

这天一早,乡政府的出纳会计小孟走到花坛跟前,因为地上结冰,脚下一不小心,就一个大掼掼了下去。这一掼跌得满身是泥不打紧,一颗门牙也磕断了。人家小孟还是个没出嫁的大姑娘,这门牙一断,不是破了相么。

小孟坐在地上号啕大哭:"什么人出的馊主意,这么大的院子,哪里不好砌花坛,偏偏在这里把路断了。呜呜……"

院子里的人都围过去看热闹,等小孟嚷嚷够了,才把她拉起来,送乡卫生院去了。

花坛惹出这样的麻烦,是靳书记始料不及的。他当初一闪而逝的念头,仅仅是看着这块空地浪费了可惜,与其空在那儿,倒不如种些花花草草,美化美化环境。

事到如今,合乎民意的做法当然是把这个花坛扒掉。

靳书记便把党委秘书叫了过来。

谁知秘书听说要扒花坛,吃了一惊:"书记,这花坛不是你让砌的么?一班人好一阵忙乎,才将它砌起来,你转脸又要把它扒掉,这样做恐怕不太妥当吧?"

他这一说,靳书记觉得确实有些道理。现在满大院谁个不知,这花坛是按照你靳书记的指示砌起来的?几天没过,你又要下令把它扒掉。做一把手的岂能如此朝令夕改?这以后谁还会听你的?

秘书的言外之意,他听得出来。

再朝深处一想,靳书记更是倒抽一口冷气。操办此事的绝不是一个人,难道他们都没有看出这里不适合砌个这么大的花坛么?如果当时就能看出这一点,却又故意围绕他的一句话做文章,把一个明摆着的标志性错误竖在这儿，岂不是专门设个圈套，让人们指着决策者的脊梁骨骂么？其用意未免太阴险了！

靳书记陷入一片迷惘之中。

这花坛看来扒也不是留也不是啊。

一年过后，花坛还在那里。

花坛里没有花，只有一簇簇枯萎的杂草。

支书

村中两大姓，一章一汪。

解放前，章姓统治汪姓。解放后，汪姓翻身做主。

支书姓汪，已经"支书"了不少年头。

做久了官，自然就有了策略，官威于一举一动中流露出来，就是坐着不动，官的气息也会弥漫开去，直透人心，叫你打哆嗦。汪支书在这方面是有真功夫的。比方这会儿，汪支书躺在办公室的真皮沙发上闭目养神，春兰空调打在摄氏二十八度，黄大氅披在身上，何等惬意！外面，零下十几度，一干人已经领了他的指示去奔忙，并不因为天寒地冻而有半点怠慢。

领衔任务的副支书汪大喜，是支书的近侍。其他几个人分别是村会计、治保主任、妇女主任和村电工，还有一个是村部预备驾驶员学军，支书没有指派他，他是自个非要跟去的。学军是支书儿子，说他是预备驾驶员，是因为村里已经花钱让他学了驾驶照，但一时又没有适合的车让他开，他只好预备着。学军有过话，低于桑塔纳这个档次的车，他是不屑开的。

五天前，村里开进一辆崭新锃亮的桑塔纳，车主叫章四坤，村里采石场的承包人。村民买轿车，这在本村乃至全乡，还是头一宗儿。

学军看那车，心痒痒，手也痒痒，实在忍不住，第二天就去找四坤。

"四哥，把车给俺遛一圈试试。"村里拐弯抹角都沾亲带故，学军想好事，嘴放得鲜甜。

"你那二角毛子手，还想开俺这车！"四坤坐在高靠背转椅上，眼皮抬都不抬，脸上也呈现出一片官的气息。四坤的办公室足有七八十平方，地上铺的是一种叫紫罗红的大理石，他面前的桌子也大得惊人，有两张八仙桌那么大，桌面是一种叫黑金沙的大理石。他是采石场的场长，有的是这石那石。办公室里有一台立式空调，温度打在最高档。四坤的态度，与这屋里的温度形成强烈反差。

学军哆嗦一下，像遭了霜打似的。他没想到四坤会这么不给他面子。

"四坤，俺操你祖奶，叫你这么狂！"学军心里骂道。他不知道自个是怎么走出那间大办公室的。出了门，他才听见自己的牙咬得咯嘣响。

汪支书表现出的涵养毕竟比儿子强得多。

学军窝了一肚子火，一路骂骂咧咧回到家。支书看在眼里，并不表态。支书毕竟支书了这么多年，看问题可谓入木三分，干什么事都要讲究个策略。四坤这小子能有今天，没有他支书的关照能成吗？四坤当初承包采石场，是他支书点的头。四坤把事业做大，逢年过节，从来没敢怠慢过他。细账不算，现钱哪年也总有万儿八千的，他还兼着采石场的名誉董事长嘛。四坤要改造办公室，也先到村里请示了。当时正值三伏天，他只不过暗示了句"这屋里热得坐不住人"，四坤便把意思领会了，没过两天，就先帮他办公室安了空调，连真皮沙发也顺带配了一套。尽管后来四坤把自己的办公室收拾得跟宫殿似的，让支书感到一丝不快，但支书目前这条件早超在别的村支书前头了。支书对自己的权威性更有了由衷的满意。

四坤这次买轿车回村,连个招呼都不打,支书的不快是有的,但长期积累的官场艺术和涵养让他镇定自若,并没有把不快暴露出来。他稳坐钓鱼台,他想四坤会很快开着桑塔纳,到村部来向他报到的。

但是出乎意料,支书等了一天,四坤没有来;等了两天,四坤还没有来。到了第三天,副支书大喜来到他的办公室:"俺叔,俺看四坤这孩欠收拾。"

"他招你惹你了?"

"头上长角了。"

"不至于吧?"

"哼!看他狂的,买了辆小轿车回来,学军要开出去遛一圈他都不让,这孩不是眼里太没有人了!"

"哦……学军他手痒痒,你别跟他一般见识。"

"这个不说,这几天下来,他连到你这打个招呼都不打,他这不是瞎了狗眼么!"

支书摆摆手,说:"不慌。"

姜毕竟是老的辣,这话没说错儿。到了第五天上午,四坤还没有来,支书于不动声色中,一套方案已成竹在胸。

他把大喜叫了过来,说:"看来,是该给他点颜色看看了。"

"早该收拾他了。俺叔,干脆俺带几个人把他车子开过来,他给也得给,不给也得给。"大喜兴奋得一副磨刀霍霍向猪羊的样子。

"不妥,凡事要讲究个策略,动手来硬的,性质就变了。"

"那这事……"

"这就要策略了。你说四坤这几年屁股底下干不干净?不用说吧,还是那句话,说他有他没有也有,说他没有他有也没有。"

大喜让支书绕口令似的话绕得有些糊涂。

支书敲了敲桌子,一字一顿地说:"既然他屁股底下不干净,就要想办法掀他的老底,跟他打个心理战。"

支书随后点了几个人的名字,说:"你把这几个人带上,只管到他那儿去一趟,坐在他办公室里闲扯就成。"

"闲扯?"大喜还有点云里雾里。

支书对侄儿的言传身教可谓用心良苦,不厌其烦。他说:"你想想,俺的这几个人是干啥吃的?"

大喜摸了摸头,想道:支书点的几个人,一个是村会计,算经济账的;一个是治保主任,管抓赌抓嫖;还有一个妇女主任,管的是计划生育;电工嘛,管拉电闸……嘿!大喜大腿一拍,真的一阵暗喜,这几条追究起来,要找他四坤的茬子还不是小菜一碟。他不得不为支书的策略所折服。

不出所料,大喜领人到采石场转了一圈后,第二天一早,四坤开着桑塔纳来到了村部。

"章厂长呀,你现在越来越不简单啊。"支书的话意味深长。

"有啥不简单的,还不是靠你老栽培……天这么冷,这车子就先留给你老用着。"四坤的态度很诚恳。

支书当然就笑纳了。

几天后,由学军开车,送支书到乡里开会。支书这辆桑塔纳,让别的村支书好一阵眼热。支书脸上光彩照人。

散了会,吃过喝过,支书刚准备上车打道回府,乡长走过来把叫住了,乡长的身边还站着乡纪检书记。

乡长说:"老支书呀,你村里那个承包采石场的章四坤,跟我在党校经济函授班是同座位的同学,在你手下,往后给我点面子,照顾照顾哟。"

"咦?没听四坤说过这事呀!"学军在一边插嘴道。

支书瞪了儿子一眼,说:"四坤嘛,不错,这孩心眼灵,不错的,既然乡长关照,俺心里还能没数。"

回来的路上,支书闷闷不乐,一言不发。

到了村口,支书对儿子说:"把车开给四坤。"

学军瞪大眼望着他,大感不解。

"听见没有,开采石场去!"

小不忍则乱大谋,这样的策略支书当然烂熟于心。不过这话他没跟儿子讲,这孩没经历过多少事,他不懂这个道理。

支书下了车,只觉得一阵寒风袭来,浑身冻得直打哆嗦。

小村风流

勾大

勾大因勾妈得名。

勾大本名章文丙,只因娶了个女人是一头勾毛,生了三个儿女也个个一头勾毛,都像黑种人似的自来勾,且家里家外都由女人当家。女人被人叫着勾妈,他就被顺带唤作勾大。

勾大其实一头黑发,不勾也不黄,却随女人的某个特征被人叫唤,心里不舒服。

心里不服嘴上却不敢不服,勾大是个怕女人的角色。

勾大身上,确有些女人习性:说话女人腔,好吃,行为举止软不郎当,受点委屈还好哭,哭着哭着就晕倒。

勾大在院里养一窝小鸡,汪大宝家的狗溜进院子,叼一只就跑。勾大抄根棍跟在后面追,边追边喊。追着追着狗逃没影了,勾大就一屁股瘫在地上,腔调也变了,一把鼻涕一把泪地哭。

勾大养鸭子,鸭子在河边掉了个蛋,叫汪小愣路过拾到,勾大赶来要。

汪小愣斜着头,说:"这蛋咋是你家的?"

勾大说："俺明看着俺家鸭子下的蛋。"

"就你家鸭子下蛋？"

"俺家鸭蛋俺识得，绿壳蛋。"

"就你家鸭子下绿壳蛋？"汪小愣把鸭蛋攥在背后，就不给他看。

勾大继续要："俺明看着俺家鸭子丢的蛋，刚才试了鸭腚，知它有蛋，俺跟着它出来的。"

"就你家鸭子能下蛋？"汪小愣仍歪着头。

"俺家鸭子下的蛋，俺识得。绿壳蛋，俺识得。"

"就是绿壳蛋，偏不给你看！"

勾大急了，出手去抢。汪小愣左躲右闪，故意一撒手，蛋掉地碎了。

勾大气得直哆嗦，捡起碎蛋壳给路过的人看，一边诉说一边已泣不成声。

路人便劝："你跟十四五岁的孩子争斗什么？"

勾大跺着脚骂："这个小愣子，跟他爹一个样，害人精！"

路人便有些意会，借故走开，不再搭理他。

勾大还在骂，骂着骂着就晕倒了。

勾大有些女人气，队里派他男劳力的活，他做不动，别人也懒得带他；派他妇女的活，他又十八个不愿意。队里权衡再三，便分派他养猪，还配了副手，就是汪小愣。小愣脑瓜有点不好使，又是民兵连长汪大宝的儿子，队里照顾他干点轻快活，算半个劳力。

勾大给队里养猪，还在猪圈边砌了鸡圈鸭圈，用猪饲料养了十多只鸡鸭。鸡鸭下蛋，别人看不见一个，他说全给猪们加强营养了。但小愣揭发说，看见过勾大生吃鸡蛋，就在蛋壳上敲个洞，嘴对嘴一口就吮到肚里了。

禽蛋到底是全给猪们吃了，还是被勾大与之共享了，队里拿捏不准，但倒是从没见他朝家里拿，也就未作追究。

不过，圈里的一头种猪叫勾大伺候得膘肥体壮，四乡八里闻名。三天两头，就有人赶来发情的母猪，求其打窝配种。这当儿，勾大便忙得特欢。种猪精力旺盛，证明他加强营养的说法不假。

种猪肥壮，打窝时，一般母猪吃不住压，勾大就专门给种猪定制了一副架子，并在一旁亲手服务。勾大的名声随着种猪一道，在四乡八里叫响。

汪小愣跟着勾大打闲杂，一见猪打窝就浑身起劲，眼睛直勾勾的，还"操操"地吆喝。

勾大在养猪场呆得久，擅长为猪们服务，倒把自己床上的事摞荒了。

这就让汪大宝钻了空子。

这事情不是一时两时了，白果村多数人心知肚明，只瞒了勾大一个，但终于还是让他撞上了。

勾大这天回家，到了门口，见门关着，没上锁。一推，没推开；再一推，还没推开。

大白天闩门干啥？他有些警觉。竖耳一听，屋里一阵杂响，有吱吱呀呀的床声，有零零碎碎的脚步声，就更生疑，拍着门问道："哪个在家呀？"

"俺呀。"是勾妈的声音。

"闩门在家作甚！"勾大心火陡生，不知哪来的勇武之气，抬脚就去踹门。

"你等……等俺去开门。"女人的声音急急慌慌。

接着听到拔门闩声，门"吱呀"开了。

女人乱发蓬松地探出头来："你急甚？失火啦？！"

"是失火了！"勾大将女人一搡，进了屋，直奔里房。

床铺上乱糟糟的，里房的后窗敞开着。

勾大一阵懊悔，转身盯着女人。

勾妈的脸煞白。

"是哪个？"勾大突然喝道。

勾妈扭过脸，不吭声。

勾大恼了，上去揪住女人的一头勾毛，吼道："叫你勾人！叫你勾人！招不招你这骚货！"

女人猛一甩头，一掌将他推开，骂道："孬种孬种，你打吧！你没本事你还打人？你打试试！"

勾大一个踉跄过后，两眼发直，还没等上去和女人交手，就一个大憋气，晕倒在地。

从此，勾大跟女人呕上了气，更懒得回家。

汪小愣这时跟勾大已经相处得很好，有时也在养猪场住，夜里跟他通腿儿。不久，发生了件蹊跷事，由此酿成一场大祸。

汪小愣这时已经十六岁。十六岁的少年晚上睡觉极不老实。夜里，小愣心里发燥，翻身打滚，摸来摸去。

勾大叫他折腾醒了，暗里发笑，一把将小愣的手按住，说："笨蛋，你不是见过猪打窝么，还要人教你？"

小愣尝到了自娱自乐的甜头，一发而不可收。

后来，小愣那里肿成了水萝卜，尿都尿不出。事情就弄得大岔了，让汪大宝一家知道了。

小愣哭诉道："是勾大教的。"

汪大宝咬得牙齿咯嘣响，说："好你个章文丙，是时候了！"

事情就经了公安，勾大被捉拿归案。

玩童男子比搞女人的罪大，村人对这一点的认识毫不含糊。勾大罪有应得。

汪大宝

汪大宝这人下风不正。

此地方人把脐下三寸的作风问题统称为下风,下风不正也就是作风不正派。

那时,汪大宝当民兵连长,常常把民兵带到虎口岭拉练。虎口岭在白果村的东头,呈喇叭形,两边山势陡峭,喇叭口的岭头上林木茂密,周围十来里没有一户人家。这里常有狐狸出没,发情时像婴孩般啼哭,便很有些阴森诡秘的色彩。据说把民兵带到这里拉练,才能练出一副铁胆。

汪大宝的身边,总爱带上个把女民兵,着意进行培养。先是汪汉勤的大女儿宝花,在他的操练下,把肚子练大了。宝花叫她大一顿拳打脚踢,好歹把肚子打掉了,却没脸见人,一根细绳已经套在脖子上了,又被救下,匆匆忙忙嫁到外乡去了。

接下来,汪汉高家的小女儿毛桃,又被他留下来单独教练,几次三番,被人觉察,传到了汪汉高的耳朵里。汪汉高气得火冒三丈,摸根棍就去捣他家的锅底。汪大宝和女人双双跪地,哀告了半宿,好说歹说才私下了结。

这两桩丑闻都发生在汪家内部,且毛桃还是他没出五服的妹子,只因家丑不可外扬,才都不了了之。

人们都说兔子不吃窝边草,可汪大宝就连窝边草都不肯放过啊!

汪大宝闹出了丑闻,民兵拉练却并没有因此而停止。虎口岭那片茂密的树林,实在是打游击的好地盘。

这天拉练结束,队伍解散回家,汪大宝又跟章树弯的女人二嫂盘桓到了一处。两人一时色胆包天,把裤子都褪到了一边。等到事过起身,两人四下找裤子,却怎么也找不着。两人左思右想,捉摸不透问题出在哪里，于是抖抖索索一直熬到天黑定，才敢摸出虎口岭。此时，两边的山间，狐狸一声紧一声地凄叫，把他们吓得魂飞胆战。

当然，事情后来仍是不了了之。无非是二嫚挨了自家男人一顿饱打，汪大宝却毫发未损。

吊诡的是，汪大宝从此再也不带民兵到虎口岭拉练了。他曾私下对人说，虎口岭的狐狸成精了，可能不想让众人打扰，施了什么妖法，他只要一进山口，就两腿打飘，一点力气也没有。

汪大宝跟村里的女人搞搞破鞋，并没有闯什么大祸。村人除了指责他下风不好，但拿他没什么办法，人家的民兵连长照干不误。

"色"字头上一把刀。汪大宝胆大妄为，竟然打起女知青的主意，结果很快犯了事。

这个女知青住在大队的知青点，也是民兵连的基干民兵。这天，汪大宝约女知青谈话，趁机摸到她的屋里，正欲动手动脚，叫这女知青的同室好友开门撞见。好友当时集结一帮男知青，对汪大宝围追堵截，当场拿下。男知青们积怨爆发，下手贼狠。汪大宝这回饱尝皮肉之苦，不仅瘸了腿，民兵连长一职也被大队撸掉了。

瘸腿汪大宝干不了正经活了，被队里安排到离村几里路的河口看跳。

这块长约七八米的跳板，平时横担在运盐河上，可走人，推个独轮车也可经过。河里过盐船时，则需把它磨开。跳板的一头，坠了块石头，磨动时人要坐在这跳板头上，如玩跷跷板，稍加用力即可。这活儿轻快，公家还按月发给补贴，算是照顾他这个下台干部。

汪大宝虽然瘸了腿，却本性难移，风流轶事仍然不断。他在河边上有间看跳的小屋，比虎口岭的野天地要安全得多，他的老相好们经常往这儿跑。

这差事还有个好处，跟南来北往的运盐船打交道，村人通过他，可以跟船民做点易货交易，比如用蔬菜、瓜果换些大盐，所以村人和船户都有求于他。

有个叫关老四的船户，跟汪大宝混得熟了，主动提出与汪家结亲，将闺女毛丫嫁给汪家做儿媳。

毛丫长得一身好肉，眉眼也中看，只是跟汪小愣一样，有点儿缺心眼。但这不要紧，就凭这身好肉，汪大宝一眼就相中了。把儿子叫来一看，小愣也一眼相中。

这门亲事便定了下来。汪小愣很喜欢毛丫，拿她当宝贝似的。毛丫有了着落，就不大跟船走了。陆地上的生活毕竟比跑船自在，毛丫有事没事总爱呆在河口，帮未来的公公磨跳板，或者拾掇一顿晌饭。

一天又一天，毛丫犹如一颗透熟的果子随风招摇，在汪大宝跟前荡来荡去。

汪大宝哪里吃得住这般诱惑。于是，瞅准一个燥热的下午，他把这个未过门的儿媳压到了身下。

毛丫先是手抓脚蹬，连声喊叫，但此时的河口周围荒无人烟，任她喊破了嗓门也没人听见。不过毛丫的喊声渐渐变了调，最后竟成了快意的呻吟。

汪大宝的确好手段，几天工夫，就把一个愣头愣脑的女孩子操练得有声有色。

还是应了一句老话：世上没有不透风的墙。这种不清不白的事很快在村里传得沸沸扬扬。

"作孽啊！连没过门的儿媳妇都不放过，真的做出格了。"村人大摇其头。

事情既然出了格，怕就不会平平淡淡地收场了。

燥热季节即将过去的时候，意想不到的事发生了。

这天晌里，两人好事过后，毛丫说："俺给你拿东西擦擦。"汪大宝就四腿八叉地躺在凉席上等着。谁知毛丫竟摸出一把磨得锋快的剪刀,没等汪大宝有所反应,一剪刀已经下去。

汪大宝狼嚎似的叫起来……

毛丫抱着头逃了……

这件事后来被好事者传作"劫(截)机(鸡)事件"。

对毛丫作出如此举动,村人始终觉得是个谜。后来有人说这事是汪小愣一手策划的。小愣心眼儿并不愣,见一块好肉叫老大占了,心里不服,便暗地里威逼毛丫,不给老家伙点颜色看,这门亲事立马告吹。毛丫无奈之下,只好忍痛割爱。

事情平息后,毛丫还是跟盐船走了,并没跟汪小愣成婚。

汪大宝历经大风大浪,却在阴沟里翻了船。虽抢救及时,保住了根本,但从此风流不再。

大松

勾大犯案之前,村里还出了桩大事。平时老老实实的好青年大松,叫公安铐走了。

村人一时间莫不惊诧。大松是章文钱的儿子。章文钱早些年暴病而死,抛下的孤儿寡母,一直本本分分、小心翼翼地过日子。大松上边有个姐姐,下边两个妹妹,生性也像个丫头,跟人说话都脸红,从不像别的男孩那样顽皮惹事。村人根本想不到他会做出这等龌龊事。

到派出所告他的是汪汉通。汪汉通家有一对双胞胎闺女,九岁。汪汉通说他家一对双子叫大松毁了。

"懵懂人懵懂坏,老实人做龌龊事。"似乎正应了此地方的这句老话。大松那天的确把一对双子哄到了草堆根。他先把裤子褪了半截,给双子看,接着把其中一个弄得负痛地叫唤起来。

大松被铐走后，大松妈带着三个闺女跪倒在汪汉通家门口。大松妈一边磕头一边猛刮自己的耳光子："畜生啊，你这是自己找死呀，你动动你姐，你动动你妹，你不该动人家九岁的丫头呀。"

大松被关了十来天，就放了出来。有人说大松的岁数不够坐牢的，有人说是汪汉通得了什么便宜，撤了状子。双子以后的日子长着了，这种事能大事化小，小事化了，当然最好。

从局子里出来后，大松变得更加萎了。他当时还在念初中，这以后不能再进学校大门了，于是到村里采石场打石头。

十六岁的大松成天抡大锤，闷着头干活，很少与人交往。几年下来，村人把他那件事差不多遗忘了，大松也成了一个出类拔萃的石匠。石头缝里抠钱，叫他抠到了。他家的三间大瓦房竖起来了，还在外村娶了个媳妇回来。

这一年，大松买了辆小四轮，干起了运输专业户。他多数在采石场拉石头出去卖，一天能挣百十块钱，家里的小日子过得越发红火。

然而，大松的命运却在一天里发生了诡变。

这天，大松拉石子送到城里的一处工地，回家时天色已晚，他饿得饥肠辘辘。到了城郊结合部，有一家路边店，他便停车进去，想吃顿便饭。店里客人稀少，只从一个包间里传出嬉闹声。老板娘是个三十多岁的妖艳女子，见大松只身一人，便把他朝另一包间里拉："帅哥，想吃点啥？我这里好菜多着了，还有漂亮妹妹陪你一起吃。"

大松经常拉石子进城，也算有些见识，当时便知道这家饭店不地道。他想掉头就走，可手被老板娘紧紧地拽住了，"唉哟！你这帅哥别太小气哟，连吃带玩就收你一张大票子。"接着，她朝楼上喊道："大双小双，快下来陪陪帅哥！"

大双小双？大松脑子里"嗡"的一声，慌乱间，看到两个长得几乎一模一样的女孩朝他走来。

即便是女大十八变，大松也一眼就认出，这对双子正是汪汉通的双胞胎闺女！

大松夺路而逃。

大松心绪大乱，开车往家赶。不一会儿，车子拐到了乡道上。此时夜雾弥漫，车子却不见减速。到了虎口岭，雾越发变得浓，车灯根本照不远。突然，大松隐隐约约地看到，前面的路上站了一对穿红衣服的小人儿。他一个急刹车，没有刹住，又一个急刹车，还是刹不住，这时再拉手刹，已经晚了。他好像看到了电影中的那种慢镜头，小人儿在他车前一边一个缓缓地倒下……

车子依了惯性，向前滑行十几米，才停下来。大松觉得车轮下有一种很稠的东西，让他把握不住车头的方向。他的后脊梁直冒冷汗，浑身打哆嗦。迟疑了好一阵，他才跳下车。可左前右后一看，什么异常也没有！他的脑子里一片空白。

大松开车回到家，浑身还是冷，嘴巴哆嗦着说不出话。他妈和媳妇查问了半宿，他不是哀声叹息，就是恍恍惚惚地念叨："双子，双子……"

双子？媳妇莫名其妙。

大松妈心里却"咯噔"一声。双子怎么呢？汪家那对双子现在都是大姑娘了，听说都在城里打工……

大松妈感到蹊跷，心里忐忑不安，半夜里在亡夫的灵位前点了几炷香。

第二天一早，大松又要去拉石头。

媳妇说："在家歇歇吧。"

"没啥。"大松心不在焉地应着。

大松妈也说："你今天就别出去了，少拉几趟吧。"

"没啥，我今天拉一趟就回，顺便去给车胎充点气。"

大松还是开着小四轮走了。一车石子送进城，返回时路过城外的一处车铺，大松进去给车胎充气。大松常开车到这儿，跟铺主早就混熟了。铺主由他自己去充。

大松手扶着车䡔辘，脑子里晕晕乎乎。气充满了，充得很多了，他竟没有在意。只听"轰"的一声巨响，车胎炸了，一块钢片击中大松的脑袋瓜。

大松当场死于非命。

小村即景

某个晌里

正午,太阳很毒。

扣成猴蹲在门前的石阶上,说:"海了海了。"

女人坐在门槛上奶孩子,不经意地望他一眼。

扣成挠着头,又说:"海了海了。"

女人就问:"咋海了?"

"买这几袋肥,上人当了。扣柱,俺操你个祖奶!"扣成猛丁从石阶上弹起来。

女人叫他这动作吓一跳,怔怔地望着他;怀里的孩子也似乎受了惊吓,"哇"地哭起来。扣成厌恶地皱起眉头,冲冲地想走开。

"你上哪?你说上啥当了?"女人忙不迭拽住他。

"操,还不是你撺弄的好事!"扣成一甩手,女人打了个趔趄。小孩大哭。

女人看上去比男人来得壮,况且从来就不是省油的灯,这当儿怎能不明不白地看他这恶相,便将小孩朝地上一丢,一把扯住他的后领:"你吃饱饭撑得你朝哪个耍威风瞎了你的狗眼!"

"操,你给俺松手!"扣成好不容易挣脱女人的大手,转过身,开始轮到他发怵了。

"你说,你给俺说,俺啥事撺弄错了?"女人手指头戳到了他的鼻尖上。

"这事……这事也怨不得俺们,扣柱那狗日的赚钱赚黑了心。"扣成在女人面前明显软了劲。

"咋了?那肥有假?"女人这时才有所敏感,两腿开始软劲。

"咋不假,你硬撺弄俺进城去求他,来了事吧?只值三十来块一袋,他卖俺四十。"

"俺个天!"女人一屁股软到地上。

扣成见女人这个样,似乎有点幸灾乐祸,背着手看闲。

小孩没人问事,当然就哭得猖狂。

"哭,哭你奶个老腔!"女人巴掌一抡,小孩反倒不哭了,伸手扯她的怀。

女人敞胸露怀,一只硕奶叫小孩使劲地抓住,痛得呲牙咧嘴。扣成止不住想笑。

"你个鬼,啥当儿,你还甩大袖!"女人见他无动于衷,骂道。

"能怨俺?"

"你不是整天吹他如何能干么,他不是你叔伯兄弟么,这不照样坑你?你叫人当猴耍了,你个没用的鬼!"

"操,谁个晓得他进城几年就学海了。"

女人抱着小孩,从地上爬起来:"你说,这闷屁大亏,俺就干白白地吃了?事到如今,你说怎办吧?"

扣成垂头丧气。这个家里,凡大事还多是女人拿主意。

女人一阵撒泼,这会儿镇静下来,又回到门槛上奶孩子。

两人一阵枯坐。

女人终于开口:"你个鬼,你看这样行不?"

"咋样?"

"你推到俺娘家去咋样?"

"咋?"扣成眼睛瞪得多大。

"你个鬼,没听上回俺哥来说,那边化肥更缺。"

"可这钱?"

"钱就这样办,到那边就说俺是五十块一袋买来的,叫俺哥六十块出手,俺一袋落十块,俺哥也落十块。"女人叫自个的想法弄得很兴奋。

"操,你这哪里学的?"扣成听这一说,深受鼓舞。

"跟城里人学的呗。他扣柱能一袋赚咱十块,就不兴俺赚点?"

"操,你好手段啊!"扣成一时来了兴致,上去揪住女人闲着的那只奶。

"你个鬼,手不能轻点……"

村井

那口井不地道。

夏老太临死前还嘟哝这句话。

夏老太年近七十,却并不服老,又因和儿媳经常怄气,便一人另立锅灶。油盐酱醋柴一概自理,就连吃水都跟旁人不沾不靠。

那天,她拎了只木桶,在村头那口泉水井边上蹲了半晌,才将一桶水舀满。

刚摇摇晃晃地站起身,就被眼前一物吓呆了。

她起先以为自己昏花老眼没看清,怔了好一会,才确认无疑:是狼,一只邋邋遢遢的狼!嘴特大,舌头血红,正贪婪地盯着她。

"狼……狼大哥,你要做什么?"夏老太两腿一软,跪倒在地。

"狼大哥"被这个突然举动吓得掉头就跑,隔了老远,才回过身,蹲下来观望。

夏老太不敢抬头,一个劲地祷告:"狼大哥,你是不是渴了?你要不要喝水?……"

还把好不容易等满的一桶水倒回井中。

直到又有村人赶去挑水,见此情形,才将她架起来。所谓"狼大哥"早已不见踪影。

夏老太回到家,便一病不起,还时常一惊一乍,说是"狼大哥"托梦给她。且一再叮嘱家人,不得接近那口井。

夏老太死后不久,有人前往该井挑水,隔不多远,就听见井中传来婴孩啼哭声,凄凄惶惶,揪人心碎。却待奔跑过去,声音便戛然而止。凑近细看,也并无异样。

又有一胆大后生刘三宝,家住附近,一次走夜路经过井边,见井里白光鳞鳞一条大鱼,连忙跳下去捕捉,当时磕得鼻青眼肿而在所不惜。却一直折腾到第二天清早,竟抱了块圆溜溜的大石头,一颠一颠地往家跑。

有村人下地干活,正巧遇到,问他抱个石蛋子做甚。他便斜着头如斗架公鸡:"要你多管闲事!"

村人发现,从此以后,刘三宝的头再也正不过来。

如此这般,这口井的不地道便被公认了。

只是近来天气大旱,村中另外两眼井早已枯竭。村人无奈,只得走下五六里路,到邻村去挑水,也不愿沾上这口井的晦气。

这便让周寡妇犯了难,来回十多里路去挑担水,委实够她受的;两个孩子还小,一点帮不上忙。她便把挑来的水当成油,一点一滴算计着用。

还躲躲闪闪,到井边去洗衣服。

一回两回,也就罢了,但得了巧处后,越发肆无忌惮。

结果，天上飞来了横祸。

那天中晌，她收工回来，竟当着众多乡邻的面，挎着一提篮脏衣服，径直往那口井的方向走去。

"周嫂子，干什么呀？"有人明知故问。

"洗衣呗！"回答已经不加掩饰，神情坦然而自信。

众人目瞪口呆。

周寡妇朝井沿上一蹲，块石当着搓衣板，旁若无人地洗了起来。

中晌的天气很热。周寡妇撅着肥硕的屁股，"扑哧扑哧"搓揉衣服，还忙里偷闲，掬一把凉水洗洗脸，理摸一下头发，极显惬意。

忽然，她的屁股上针扎似的疼了一下。

她不情愿地腾出手，朝疼处一摸。

泡得粉白的巴掌上，竟沾满了殷红的血。

"啊呀！"她惊叫一声，瘫倒在地。

这时才觉得钻心的疼。

很快，村里的几个后生奔过来，争先恐后背着她，朝卫生院送。

到了卫生院，伤号放倒，再脱那裤子，因刚才后生们用力过重，早与伤处黏合，把个周寡妇疼得杀猪般嚎叫。

伤处开了刀，只听得"叮当"一声脆响，一粒子弹头落入手术盘。

众人不敢相信，取出来的竟是这等家伙！

周寡妇一直懵懵懂懂，这一看傻了眼，旋即哭闹不止："哪个黑心狼啊，谋害俺这苦命的人啊！"

事情很是蹊跷，众人争相探究，很快就水落石出。

原来，邻村民兵训练打靶，有一枪高出目标甚远，子弹呈抛物线状飞越山头，竟落到这团肥肉上。

合该周寡妇走运，医疗费用由邻村全包，她还净得一百块钱营养补贴。不过，从此她再不敢光顾那口井了。

天气依然旱得厉害，村中几个德高望重的长者就酝酿起祈雨的事来。

此地祈雨的法术与众不同，要的是一女人于月明星稀之夜，经由泉水洗礼，赤条条地匍匐在村井边上，绕着井沿进三圈、退三圈，磕头许愿，以求得老天开眼，降下甘霖。

议来议去，周寡妇竟成了最适合的祈雨人选。

理由有三：一则该女人肥硕的屁股早已在众人面前暴露无遗，无需忌讳；再则身为寡妇，不必担心他人强加阻扰；此外，据说天公也爱风骚……

理由这般充足，周寡妇自然推辞不过，况且有泉水洗礼，还有工分补贴。

于是，选定黄道吉日，月明之夜，周寡妇赤条条地上了井台。

机会难得，村里的男人们遐想联翩。但各家皆有戒备，男人们分身无术，只好望洋兴叹。

合计全村，唯独一人大饱眼福。

是刘三宝。

村人几乎将他忘却，自上次跳到井里捉鱼，此人变得十分乖张，整天孤身一人躲在屋里，极少与人来往。有人路过他那间祖传小屋，挨近窗台探头一看，见他竟还抱着那块圆溜溜的石蛋子，不知捣腾什么名堂。

这个晚上，刘三宝出门小解，听见井边有泼水声响，抬头望去，顿时就被勾魂一般，眼都直了。

眼前分明是一个裸体女人，如白生生的精灵，浑身水珠，无数碎月闪烁。

他被这诱惑牵引着，不由自主地跑过去。

那披散的长发，那水蛇般扭动的腰肢，那滚圆的屁股，渐渐变得清晰……

"啊，女人！"他怪叫一声，势如破竹般冲上去。

女人却像精灵一样消失了。

他扑了个空，神情恍惚，呆立不动。

不知从哪里冒出几个后生，不由分说冲他一阵拳打脚踢，将他放倒在地。

刘三宝挨了一顿打，却雄心不死。第二天晚上，他又出门观察，直至半夜三更，也不见女人的踪影，便失望地转到井边。

朝井里投石。

又"哗哗哗哗"地撒尿。

还不过瘾，干脆裤子一褪，朝井里拉屎。

井水四溅，喷到热腾腾的屁股上。

他长长地呼口气，极舒畅。

如是三五天，竟养成习惯，那口井俨然成了他的茅坑。

还飘一条胀死的白鳝。

恶臭。

墙鬼

"砰"的一声，油灯掉地碎了。

黑暗中，炳福一扫刚才的兴奋，盯着面前新抹的黄泥墙，呆若木鸡。

墙变得绿莹莹的，似无数个夜猫眼，直刺他的心。

狗小呢，业已吓得两腿打颤，不由自主地抽动某根神经，体验了一次紧张的快感，把裤裆弄得粘粘糊糊。他今年十四岁，还是头一回经历。接着便陡生与年龄不相符的惆怅，后悔自己将墙上一行歪歪斜斜的字辨认，一字一顿地念给父亲听。

忽然就有一道光柱划过来。必定是民兵连长周有德。

父子俩这才从痴态中惊醒，慌慌张张想移步。

光柱已从两人脸上晃过。周连长笑嘻嘻地凑过来："大喜的时候，你爷俩撇下客人，跑这里做甚？"

顿时把炳福的一身瘦肉惊得直颤，脚下如鬼打墙，前挪挪后退退，总不出半步。

是把他引开，还是就地向他禀报？炳福犹豫不决。

狗小早已溜到一边，怕的是手电光照到他的裤裆，那里潮乎乎的。

周连长自然觉出这两人的神情有些不对，立即警惕起来。

"他有德叔，你的酒喝好了？"炳福前移一步，脸上堆着笑问道。今天是他家的新屋落成，周连长是"请吃"的要客。

"酒足饭饱！"周有德淡淡一笑，象征性地打了个饱嗝。却并不放松警惕，把全村独一无二的那支"高光"手电又左前右后一照。

这就发现了那盏跌碎的油灯，同时见那两条瘦腿抖如筛糠。

当然更觉形迹可疑，手电光越发活跃，忽前忽后，忽上忽下，四处照射。

墙上那行宇很快暴露于光辉之下。

"打倒……"

果然见出修养，一句话念了一半，周连长倒抽一口冷气，眼便绿了："反标！"

他冲上去，当胸一把，将炳福揪住："好啊，你反动啊！"

还及时从腰间掏出一只口哨，"嘟嘟嘟嘟"吹得响声激越。

"他……他有德叔，慢着慢着，俺告诉你……这不是俺……"

"哼！你想抵赖？叫你抗拒从严！"就一巴掌扇在炳福脸上。

这突然一掌，打得炳福两眼由绿变红，猛地迸出一股热血。

"俺操你娘的，凭甚打人！"他反手将周连长的手腕卡住，猛地一推，竟让连长向后趔趄数步。

吃客们听闻哨声，争相赶来。

先头赶到的是两个基干民兵。眼前的情形让他们莫名其妙。

只见周连长踉跄过后,把手电筒直对炳福,一声令下:"给我抓住他。"

两个基干民兵便一边一个下了手。可怜炳福的两只胳膊立即被扭到背后。

一时,围观者大惑不解,暗中叽咕不停。其中一个斗胆发出疑问:"凭甚抓人?凭甚抓人?"

手电光便移到他的面部。

"给我滚出来,玻璃七!"周连长喝道。

玻璃七吓得缩住脖子,嗯嗯唧唧,从人群中滚了出来。

原来此人身子圆,脸圆,两眼也圆,极易使人想起小孩玩的玻璃弹子。

"你说什么?凭甚抓他?你给我看看这墙上写的啥!"

玻璃七被提着耳朵,拽到墙根。

他顺着光照,眼珠滴溜了半天,竟无半点反应。

周连长这才想起他是个睁眼瞎,扁担长的"一"字都不识,便一脚踢过,骂道:"眼睛跟牛蛋似的,鬼用没得。"

玻璃七"哎哟"一声,捂着屁股跑开了。

连长又一声断喝:"站住!你回来给我在此地照看现场。"

众人咀嚼不透"现场"一词的含义,仍旧疑道:"这墙上?……"

周连长一挥手:"都滚,给我滚开,这墙上出了反标,有甚看头!"

众人听了这话,如梦方醒,谁也不敢招惹是非,一时散尽。

随即就把炳福押解到队部审讯去了。

黑洞洞的三间新屋,只剩下玻璃七一人守候。

却说玻璃七在黑暗中坐了一会,陡然感到一阵阴冷,后脊梁渗出汗来。他再哆哆嗦嗦盯那墙,忽觉上面绿莹莹地发光。

这一下非同小可，他脑瓜里一闪，就闪出那贴墙鬼的故事：绿莹莹的身子，笆斗大的脑袋，血盆大口……

玻璃七心一慌，竟发觉一个贴墙鬼已到了眼前，张牙舞爪地朝他扑过来。

"鬼呀！"玻璃七怪叫一声，夺路而逃。

外面月光朦胧。他高一脚低一脚，一路狂奔，直到望见队部里的灯光，才慢下脚步，缓了口气，手还往后摸摸，发觉后脑勺尚在，未伤一根毫毛，就咧嘴一笑："我苦大仇深。"

当时又觉出一泡屎已夹在腔沟，便就地一蹲，闭上眼，专心致志地向下用力，尽情体会其中的快感。

过后自然轻松愉快，就慢慢悠悠地提着裤子站起来。却刚一抬头，便觉头顶白光晃动。定神一看，见是左右两杆枪上了刺刀，如临大敌一般直对着自己。

"我告饶啊。"玻璃七吓瘫了，一屁股坐下去，又被提住后衣领立了起来。

"好你个玻璃七，叫你看现场，你他妈的跑这来拉尿！"

听声音是周连长，他才稍许镇静："我，我……"

"你说，咋跑这来拉屎？"

"我骇死了，连长，那屋里有鬼，贴墙鬼！我看到墙鬼了，骇得跑出来的。"

"狗屁，有甚墙鬼！"

"真的有墙鬼，笆斗大的头，血盆大口，浑身绿莹莹的。"

"你小子作怪，有你好颜色！"连长当然不相信。

"我作怪？作甚怪？我苦大仇深！"玻璃七一着急，从连长的手里挣脱出来。

"唔……"周连长皱了皱眉头，若有所思。接着把手电往前一照，没好气地说："走吧，我们正要去察看现场，你走前面。"

于是一干人又直奔炳福家的新屋。由两杆枪开道,逼近那个墙根。

手电光忽上忽下,忽左忽右一通照射。光溜溜的黄泥墙上,居然一个字也不见了!

又去寻地上那跌碎的油灯,顺着墙根往上查看,仍然没有任何痕迹。

"咦?真他娘的撞上鬼了。"周连长似乎大失所望,气得一拳砸在墙上,落下深深一个窝儿。

一干人呆若木鸡,盯着面前的黄泥墙。

墙变得绿莹莹的,似无数个夜猫眼,直刺他们的心。

后 娘

太阳快落山了，却又不甘就此沉寂下去，便把剩余的火力一股脑儿发泄出来，燃着了西天的云，也燃着了面前的河水。

柳姐坐在河边的石阶上洗衣，觉得有些耀眼，便直起腰，抬头朝河岸上望。

照理小丫不会走远的，就在这一片视野里。然而她四下张望了几回，终没有看到那穿着红袄袄的瘦小身影。

她想，怕是耍回村了。听说今秋要送她去上学，小丫就常朝村里的小学校跑，看那些孩子坐在宽敞的教室里跟老师念书，忍不住地盼望时间过得再快些。

柳姐想象着小丫猴急的样子，不禁扑哧一笑，又坐下来继续洗衣。

小丫不是她生的，是那个死去的女人留下的。柳姐是外乡人，家里日子过得艰难，扣柱引动一个名叫花三婶的媒婆，在她爹娘面前天花地坠一番说合，花了五千块钱就把她领了来，稀里糊涂地做了小丫的后娘。

柳姐自小听过有关后娘的种种传说，可怕极了，仿佛当后娘的都是些心狠手辣的女人，类似母夜叉的角色。她做梦也没有想到，自己竟做了人家的后娘。她这才知道，那众多的传言，有的是多么荒唐。

她很疼爱小丫，这好像是先天就准备好的。她在娘家时是老大，下面有好几个弟妹，她最疼的就数小妹。嫁到这里后，她发觉这种情感莫名其妙地转移到了小丫身上。这孩子可怜，她娘生她时大出血，还没来得及给孩子起名字就走了；扣柱既当爹又当娘，好歹拉扯了六七年，委实不容易。倘若换在别处，柳姐不当这后娘，听说这样的事，也会心疼得流泪。

然而后娘难当，柳姐有时觉得别扭得很。

结婚不久，有次扣柱把小丫叫过来，叫她喊"妈妈"。小丫到了柳姐跟前，憋了好一阵也不吱声，冷不丁，头一扭跑了。

"唉！"扣柱摇摇头，叹道："这孩子……"

柳姐面上不在意地笑笑，心里却不是滋味。

还有一回，因为小丫死不开口，把扣柱惹火了，一巴掌下去，掼在她的屁股上。小丫被爸爸的举动吓住了，良久，才低声呜咽起来。柳姐好心疼，赶紧上去拉过小丫，但小丫却一把推开她的手。她发现，小丫的眼睛里闪着一种怨恨的光，她的心一阵战栗。那天傍晚，她从外面回家，却又看到扣柱正蹲在那儿，搂紧小丫，一把鼻涕一把泪地哭了。扣柱看见她，有些尴尬。晚上，扣柱坐在床上，长长地叹了口气，说："小丫懂事早，心大，怎么教她也不情愿喊你妈妈。"

柳姐什么都没有说，她感到一肚子委屈，半夜没睡着，泪水无声地流了出来。

柳姐开始想自己有个孩子。跟扣柱讲，他似乎犯了难，半晌不开口。

柳姐一横心，问："是怕我有了，就对小丫不好咋的？"

扣柱讷讷地说："怕……倒是怕外人说闲话。"

"问你,你咋想的?"柳姐一听这含含糊糊的回答,真有点来火。

她不相信,难道自己有了孩子,就会换了心改了肠,就会对小丫使坏?见鬼!

柳姐埋头洗着衣服,心里总有点不踏实。她下意识地朝左右望了望。毕竟已是初春,水边一片青绿,芦苇已经长了尺把高,叫风吹得微微摇摆。她这时感到手很冷,倒不如放在水里暖和。

她隐约记得,小丫刚才好像说要到滩地里摘野草莓。这里野生的小莓子,汁水多、酸甜,多长在水边潮湿的地方。柳姐近来下滩干活,走路时总爱寻几个野草莓朝嘴里塞。这也难怪,她的身孕有三四个月了,口里没味,就喜欢吃酸东西。小丫看在眼里,便记在了心里,自个摘到莓子,也朝她的手里塞。柳姐好生不安,不接,怕伤了孩子的心;接吧,真难为情。她想说:好小丫,你自己吃吧,你有心想着娘,俺心里比吃蜜还甜。

对面的一溜山跟,已有人家冒起了炊烟。她想赶紧把衣服洗出来,回家。小丫说不定早已饿了,早在家等饭吃了;扣柱在外乡干瓦工,今晚也可能回来……

柳姐娘家的门前有条大河,她是在河边长大的。嫁到白果村后,她有事没事总爱到村前的河边坐一坐。清澈的河水,能勾起她对往事的怀想。有时,她真想跟做姑娘时一样,跳下河,在水里痛痛快快地嬉闹。然而,这一带的女子却没有到大河里嬉水的,她们最多在天黑以后,到山涧沟去冲个澡。

一天傍晚,她在河边洗衣,看到花三婶也端了盆衣服,一步三扭地走过来。柳姐不想搭理这个女人,想起这位媒婆带着扣柱当初在自己家那一通胡吹,她实在恶心,还有点后怕。

对自己的婚姻,她已经不再提什么后悔了,况且后悔又有什么用呢?从她下决心嫁过来,少女时代的幻想便破碎了,尽管扣柱是个好人……现在，要紧的是安安稳稳过日子，做一个贤妻良母。

可是，花三婶远远地就跟她打招呼了。

"唉哟！柳姐，忙着啦……"

"哎。"柳姐无奈地抬起头，应了她一声。

"听说小丫一直不喊你妈妈？"没等走到跟前，花三婶就嚷嚷开了。

柳姐心一紧，想，她问这干什么？

花三婶踮着小脚赶到河边，一屁股坐在了柳姐边上，又道："那小东西缺少管教，野了性子，你要不拾掇拾掇她，往后更难伺候。"

"等再过些日子吧，慢慢来，她会喊的。"柳姐一边搓着衣服，一边低声道。

"哼！俺说的是实情话，看着吧，你做后娘的待她再好，她也不会跟你靠心的，你图个啥呀？……"

花三婶还说了些什么，柳姐听不进去了。她觉得心寒，觉得胸口有些发堵，像不小心吃了个苍蝇。她跑到河滩上呕吐不已，吐得心都空了。

那天半夜，不知咋的柳姐突然醒了，醒来后，心里也是空落落的。

她不明白，半夜的月光为什么那般明亮，甚至有些刺眼。月光透过不远处的一棵枣树，从窗口照进来，在墙上撒下斑驳的投影；外面有风吹动，墙上的影子便不停地变幻。听说那棵枣树是小丫的亲娘栽的，小丫经常端着水瓢给它浇水。其实那枣树已长成大树，根本不需要这样经常浇水了。

柳姐莫名其妙地紧张起来，禁不住推了扣柱一把。他睡得真死，咕哝了一声，又转了个身睡去。他累了，整天在外面干瓦工，着实累人的。她不忍心叫醒他，心里却越发感到不安，还是抱起他的手臂，摇了摇："睡得这么死！"

扣柱猛一惊，醒过来，问："作什么怪？"说着转过身，一把搂紧她。

"我心里发慌。"她把头靠在男人的怀里。

"怎么呢?"扣柱的两只臂膀铁箍子似的,把她搂得更紧。

"我怕……"柳姐指了指窗外。

"啥呀?瞎咋呼,睡你的觉吧!"

他们的声音不算高,因为小丫就睡在边上的一张床上,怕惊醒她。

可怪得很,小丫这时候突然哭了起来。他们以为刚才话都让她听见了,一时有些窘慌。

柳姐起了身,挨在小床上坐下,扑下身子问:"丫丫,你怎么呢?"

小丫听到声音,一把抱住柳姐的脖子,"怕,我怕……"

原来,她做了一个可怕的梦,陡然醒来,还是被吓哭了。

柳姐忽而感到一阵冲动,孩子跟自己连着心呀,连梦都做得如此相似!她把小丫紧紧搂到怀里,喃喃道:"别怕,别怕……到大床上跟俺睡一起!"

这以后,她发觉小丫对自己不再那么冷漠。

接着,又一件事,让她和孩子的心更加贴近。那天,小丫从外面回来,一身新换的衣服上沾满了泥巴,头发也乱糟糟的,还粘了几个藜狗子。柳姐有些愠怒,走过去一边帮她换衣服,一边呵斥道:"丫,看你在外面皮成啥样了!"

小丫低着头,不吭声。

"女孩子家,打小就要爱干净!"柳姐又数落了一句,忽而感到孩子浑身颤动起来,一低头,发现小丫哭了。

"丫,你哭啥?"她以为自己的言语重了。

"我想上学!"

"上学?……今秋你满八岁了,送你上学就是了。"柳姐有点意外,小丫突如其来地说这干啥?

小丫仰起头,一脸泪水,又说:"我要起个名字。"

"上学时,自然就起名字了……丫,你这是怎么啦?"柳姐看小丫这个样子,心里不是滋味,忙给孩子擦泪。

"他们打我,骂我臭丫头……说我没人管,打了没事。"小丫带着呜咽的哭声说。

"别听他们的,这些坏小子……让我给你拿藜狗子。"柳姐心酸起来,把小丫揽到怀里。

"他们还说,等我有了弟弟妹妹,你就不顾我了……"

"不,不……"柳姐的手颤抖起来。藜狗子缠在头发里,很难拿。

小丫似乎感觉出什么,说:"我不怕他们,等上学了,有老师管,他们就不敢打了……"

柳姐再也忍不住,泪水扑簌簌地滴在小丫的头发上……

然而,即使柳姐像亲娘一样对待小丫,也照样有人搬弄是非,说长道短。

就在前些日子,扣柱放工回来,一进门,就板着脸朝着她,说:"你真够馋的!"

"你说这啥话?"她闹不明白。

"小丫摘点野草莓,你咋也伸手要来吃,你就这么馋啊?"

"哪个嚼舌根的,造谣……"柳姐的脸一下子涨得通红。

"哼!造谣?人家眼睁睁看见的。"

柳姐悲哀起来,这真是有口莫辩呀!倘若是亲娘,即使让孩子去摘草莓来吃,别人也无话可说。后娘,只因自己是后娘呀,别人才会这么捕风捉影。

人言可畏,连这样的小事都不放过,居然连扣柱都相信了。

夕阳终于投入山的怀抱,西天褪去了刚才的华彩,变得灰暗。

柳姐莫名其妙地烦躁起来,想赶紧将最后一件衣服洗出来。她拿起棒槌急急地捶打着衣服，不料，一棒槌打在了手上。她疼得一哆嗦，丢下棒槌，两手揉了揉，怔怔地盯着水面。

忽然，她听到河的下游传来凄厉的呼叫声："妈妈……"她的心一紧，感觉这声音是那样的陌生，又是那样的熟悉……啊，这可是小丫的声音呀！她恍若做梦似的，好一阵才清醒，猛得从石阶上跳起来，直奔孩子呼喊的方向跑去。

柳姐顺着河岸狂奔，不一会便眼冒金星，下腹部抽搐似的疼痛。她知道自己的身子吃不消了，但仍然强打精神边跑边朝前方和河面上张望。她隐隐地看到，空荡荡的水面上露出两只小手，不时招摇几下……

她的脑子里"嗡"的一声，差点站立不稳、跌倒在地……天啦！小丫落水了！

"丫丫……"她啥也顾不得了，跌跌撞撞地跳下了河……

然而，刚游了几步远，柳姐的腿便抬不起来了，整个下身钻心地疼，接着变得麻木。她望着不远处的水面上，那双小手摇了摇，便再也看不见了。她的心好像破碎了，一边用僵了的手划着水，一边大声呼救。

她失去了知觉……

不知过了多久，柳姐睁开了眼睛，四周已经暗下来。她发觉自己躺在河滩上，有许多黑影在她面前晃来晃去。她听到有人在轻轻地叹息："可怜的孩子，说没就没了……"

接着，有个黑影朝她走过来，"她咋没淹死？……明明会水的人，咋没把孩子救上来？不是自个身上掉下的肉，就是不一样……"听声音是花三婶，又不像。

柳姐的脑子里一阵嗡嗡响，听不见那人又说些什么。她感到无边的寒冷和疼痛，身体好像不属于自己，一动也不能动。

她的身下一滩血。她流产了……

人们连拖带拽，总算把她架回到家。她呆呆地躺在床上，脑子是空的，耳际总是回响着"妈妈……"那一声凄厉的呼喊。

夜是那么漫长，那么清冷……

扣柱不知啥时回来了，立在柳姐的面前。忽然，他疯了似的，双手掐住她的上身，边搡边吼道："还我小丫！还我小丫……"

柳姐跟木头似的，一声不吭。待到扣柱放开手，把她推到一边，她这才突然发出一声揪人心碎的呼叫："丫丫！我的丫丫……"接着一头冲进那凄凉的夜色中。

她真的疯了。

从此，每到黄昏，总有一个年轻的女人在村前的河边辗转徘徊，一声一声地呼唤："丫丫，我的丫丫……"

那河边，长着紫红紫红的野草莓子，像一滴滴血……

云 姑

一

村里人都说,云姑头一回去柳跳口,就让盐大头把魂勾去了。

柳跳口离村子五六里,那儿的盐河边上有个小码头,过往的盐船到那,总要收了帆,停下来捎带一些块石,或西去猴嘴镇出手交易,或带回盐圩留着自家打地基、砌房子。

蟹脐沟的山石因此有了出路。

开山放炮采石头,是男人干的活。

到小码头背石装船,皆由女劳力出工。

云姑那年十八岁。十八岁的姑娘一枝花,花还太嫩太弱,叫她去背百十斤重一块毛毛糙糙的石头,实在有点残酷。

这活是队长指派的。队长汪大路说要让这丫头尝点苦头,不尝苦头她不识好歹。

汪大路看中云姑了,他想让云姑做他儿媳妇。汪大路想叫那个做他儿媳妇那个就应该感到光荣。

可云姑不。云姑说汪大路算什么东西,那个汪小划我看他一眼就想呕。她当着媒八嘴的面就这么说的,说完掉头钻进房里,不理这个茬。

她娘急了,直想冲着她下跪,这头又怕媒八嘴拂袖而去,只好叫声小祖宗,叹了口气,忙着给媒八嘴赔不是。

"汪小划哪里孬?不就走路外八字嘛,天生当官相!"媒八嘴一张三寸不烂之舌,怎说怎有理。

她娘一个劲地点头称是:"外八字,好!"

"小丫头不懂好歹,捺捺性子就好了。"汪大路对回去禀报他的媒八嘴宽宏大度地笑笑,一副成竹在胸的样子。

云姑就被派到那些胖胖墩墩的婆娘一起,背石头!

一大早,她娘把那件千补万衲的坎肩拾掇出来,唉声叹气道:"这下好了,把人得罪了,往后有你受罪的日子。"

云姑正捧一碗棒糊糊闷着头喝,听这话,碗一推站起来:"受罪就受罪,要我答应他汪家,没门!"

云姑的脾气平时水一样软柔,犟起来却是牛也拉不回的。

盐河边的水旱码头,水大时,船能靠着岸,水小了,搭块跳板方能上船。跳板一头靠着船帮,一头靠在岸边地上。

云姑摇摇晃晃地走上一条窄窄的跳板。背上那块大青石与她瘦弱的身子形成鲜明对比。

云姑背了一趟又一趟,腰吃不住了,腿底下直打晃。这次刚走到跳板一半,就一脚踩空,连人带石跌到盐河里。

云姑的命运就在这一刻跟另一个人联系到了一起。

这是个高高瘦瘦满脸忧郁的青年,他文文气气地站在那条破旧的运盐船上,他的气质对照那破旧的盐船也形成了强烈反差。

他一直注意着云姑。这种吸引可以说是顺乎自然,可以说是忧郁跟忧郁之间的沟通。他从那嘻嘻哈哈的婆娘堆里一眼就看到了心事重重的云姑,他发觉她的神情与其说在干活不如说正在跟谁作对。别人歇下来了,跟盐船上那些粗野的汉子嬉笑打闹,她孤独一人坐在水边。那件破坎肩披在身上,丝毫不影响她的明丽动人。

他就这样久久地注视着,心里涌出一种说不清道不明的滋味。

他眼看着她跌到盐河里,他的心像被尖刀刺痛似的叫唤了一声,便跟着一头扎进水中。

可以说是不幸中的万幸,那块石头没有碰伤云姑。她在水面上刚扑腾几下,就让他拉住了。

他一直把她抱到岸边。

天时已入秋。云姑浑身透湿,脸色苍白,仍然坐在地上一声不吭。

"你不要命啦,凭你这样也来背石头?"他在形容毕露的云姑面前不知所措,站在一边嘟哝道。

云姑本以为要挨一顿劈头盖脸的训斥,没想到救她的人说出的竟是这般可心的话,她禁不住回头望他一眼。

这一眼刚巧叫他给逮住了。他尴尬得很,仿佛做了件不光彩的事。

云姑苍白的脸上飞出一片红来,不好意思地笑了笑。

这一笑似乎鼓舞了他,他竟然当着那些围上来的婆娘,把云姑从地上拉起来,说:"你去船上干干衣服,我帮你背几趟。"

云姑何时受过男人这般体贴和关照。她望着他,心底里的许多委屈一时控制不住,泪水不自觉地滚滚而下。

云姑的心就这样叫眼前的小伙子牵住了。

二

这一带人对盐民有个由来已久的称呼,叫盐大头。

大概是盐民兜里有几个钱的缘故,有钱就硬气就成了"大头"。当然这是跟那些土里刨食、鸡屁眼里抠钱的村里人相对而言的。

这个和云姑一见钟情的青年人叫肖玉,一个女里女气的名字,是他娘起的。自小他爹就死了，娘给他起了个女气的名字，巴他活得顺当；丫头片子，小猫小狗一样，好养。

他下学堂门三四年了，晒过一阵子盐，弄了两年船；这么一个文弱书生样的盐工，家底子又薄得很，其实称不上什么"大头"。

云姑那天从柳跳口回来，就知道自己已经不能自拔。

云姑当然不图他是个盐大头。她是那种一汪清水似的女孩，只因一个眼神便爱上了一个男人，可又并不知道爱他什么。她爱得实实在在又糊里糊涂。

云姑那天背了一袋子盐回家，这是肖玉送的。云姑开始不要，她说刚一见面怎敢拿你的东西，叫人家看着不好。

肖玉说："你这个人真是的，别人上船，见了盐都想抢，白送你还不敢要。"

云姑想想也是，不觉"扑哧"一笑。她听说过村里有的婆娘为了一袋盐不惜给船工脱裤子。她这盐不是偷不是抢是人家奉送的。她想她那个贪心的爹要是见她背回一袋盐肯定会笑逐颜开。

她笑过之后，就露出小姑娘的娇态。她说："那你也装得太多了，你装这么多我怎能背得动呢？我这些趟石头背下来，觉得腰都没了。"

肖玉说："那我帮你送回去。"

云姑说："那不行，你送我回去太显眼了，让那些婆娘看着，她们恨不得吃了我。"

"那你就在这坐坐吧，等天色暗下来，我再送你回去。"

"那行么？别的船都走了，就剩了你。"

肖玉说没关系的。肖玉的眼睛里有种异样的东西，他一把将云姑的手捉住，说："你的手很凉，你衣服还没干透吧？"

云姑望着他，不动声色地望着他："肖玉，你真瘦啊，你的头一点也不大。"

肖玉把头埋下来，埋在那双凉玉一样的手上。

云姑的手后来就去理他的头发，杂乱无章浓黑柔软的头发。云姑想这人真是的，这人有时候真是莫名其妙。

天上这时候飞过几只鸟，急急地鸣叫。鸟返巢了，人也该回家了。

肖玉那天一直把她送到村口。肖玉还想朝前送，云姑说行了，下回再送就让你送到家。

云姑从此变了。每逢队里派活到柳跳口背石头，她都争着去。她已经忘掉这是对她的一种惩罚，她喜欢背石头，她背得有情有趣，她简直不知道如果不背石头，如果看不见肖玉她该怎么办。

十八岁多情的云姑，爱起来什么都顾不上了。

三

云姑跟盐大头搞对象的事传到汪大路的耳朵里。汪大路恼了："歪五，你他娘瞎左眼了，有你好果子吃！"他汪大路在村里还没碰上过这号事，他咽不下这口气。

歪五是云姑的爹。歪五这人就爱贪点小便宜。贪小便宜吃大亏，歪五这亏看来是要吃定了。

歪五让房里满满一大缸白花花的大盐弄得心花怒放。这盐有云姑背回来的，也有肖玉送上门的。歪五没见过什么大场面，他站在大缸前踌躇满志，他想这一缸盐足有千把斤，千把斤的盐他家吃到哪年哪月他搞不清，腌咸菜，腌萝卜，这下可以尽足下盐了，况且还有个盐大头未来女婿作坚强后盾，盐还会源源不断进家来的。

歪五就开始打起盐的主意。歪五想他得让这一大缸盐派上用场。

这天他就装了两麻袋盐，用独轱辘车推着，朝镇上去了。

歪五这头出了村，汪大路后面就跟上了。汪大路说话算数，说要治办谁就治办谁，他没有这手段他还当这队长干吗。他早就瞄上歪五了,他看着歪五把那沉甸甸的一车东西推出门,他就知道机会来了。他心里痛快地颤抖了一下,他说歪五你这就怨不得我了,这可是你自找的。

汪大路本事通天。他到了镇上,跟镇里的头头一说,歪五就犯事了。

歪五本来就有些心虚,他大路不走走小路,专门到那些小巷里兜售。他的盐比公家店里卖得便宜,粗盐粒儿,适合腌菜,卖起来快当得很。

眼看着一麻袋卖光了,另一麻袋也开了头,他就有些得意忘形。

"卖盐喽……"他刚扯起嗓门儿沿街叫卖了几声,便让镇上的几个基干民兵发现了目标,当场就把他揪住了。

这下嗨了!歪五脑袋里"嗡"的一声。这下嗨了!

歪五真的没经识过大场面。几个荷枪实弹的基干民兵把他五花大绑扭到镇革委,他已经两腿筛糠,站不住了。

歪五瘫在地上不打自招。歪五说我告饶,这盐是肖玉送的,肖玉送的盐我能不要?肖玉不算个盐大头他没有钱,他打我姑娘的主意他就送点大盐给我。盐能当饭吃还能当钱使?我不把它卖掉嫌搁家里占地方。

此时此刻,歪五恨透了肖玉,恨透了这该死的盐。歪五被镇里关了五天学习班,第六天,两手空空,押送回村。

队长汪大路说:"算了算了,歪五你是一时糊涂蛋,队里就不批斗你了。"

汪大路对自己操纵的这场戏很满意。他想歪五你尝到苦头了,你他娘今天回去该管教管教你那个宝贝闺女了。不过,汪大路不想把事情做绝了,他想日后云姑嫁给我家小划子,我两家还是亲戚。这么一想,汪大路就挥挥手,说:"算了算了,歪五你坐了五天学习班了,你现在就给我滚回家去。"

四

歪五回到家，果然大打出手。

歪五在外软蛋一个，到家却八面威风。

他把云姑捆到门前一棵小杏树上，小麻绳蘸湿水抽她。

"看你还跟那狗日的来往不！"

云姑闭紧眼，咬着牙，任他抽。

"你说，你跟不跟了？"歪五下手愈加狠重。

云姑实在抗不住了，负疼地叫了一声："爹！"

云姑不知道自己错在哪里，一声爹叫过，她哭了，瘦弱的身子像风中的小树抖个不停。

歪五手中扬起的麻绳停在半空里，突然嚎叫一声："我操你祖宗，这该死的盐！"

歪五冲到屋里。他不知哪来的劲，一下子把那装盐的大缸扳倒了，然后拾了一把铁锨，抄起雪白的大盐，发疯似的朝屋外扬去。一时间，门里门外，白花花的一片。

云姑被这突如其来的风暴搞懵了，她觉得头脑昏沉沉的，眼前亮晶晶的，闪着无数的小太阳。

云姑不知道还有更大的风暴在等着她。

那天村口突然热闹起来。是盐场开来一辆游行卡车，上面游行示众的正是肖玉。

还是因为那缸盐，还是汪大路使的手段。当盐工的，白送亲戚朋友几麻袋盐，本来算不上事情，但一旦上纲上线，肖玉就吃不了兜子了。

云姑坐在家里，不敢去看。她听到广播喇叭里断断续续的声音："盗窃犯肖玉……道德败坏，贪污腐化……利用工作之便多次偷盐……"

她呆呆地坐着，似乎浑身都已麻木。

五

云姑想到了死。

她自然而然地想到了死。

云姑想她无论如何要跟肖玉见上一面。十八岁的云姑知道死对她来说轻而易举，但她要死个明白，她要让肖玉明白她就是死了也是爱他的。

这时候她的行动自由已经受到家里和队里的双重限制。队里再也不派她到小码头背石头了，她不知道肖玉的消息。

后来她从一个小码头回来的婆娘嘴里得知，肖玉还在跑船，那船隔些日子还总在柳跳口停下来。

云姑托背石的婆娘跟肖玉约了时间。他俩又在船上见了面。

"肖玉，你瘦嗨了，你瘦得都没人形了。"云姑看见他，泪水就止不住了。

肖玉却显得有些冷漠。他的头发显然被剃过精光，现在还是一头短茬；他的脸上冷漠多于忧郁。

"肖玉你这是怎么呢，你怎么不说话？"

他仍然冷冷地望着她。

"你是不是恨我爹，恨我家人？肖玉你恨就恨吧，我也恨。"

肖玉摇摇头："我谁也不恨，我就恨这些盐。"

肖玉咬着牙，望着远处。他心里有许多东西，从来不跟人家说。

"肖玉你说我该怎么办呢，我要死了。"云姑抓住肖玉的手摇了摇。

"这就要死？没出息！"

"不死我怎么办呢？肖玉你想想，不死我怎么办呢？"

肖玉有什么办法呢？文文气气的肖玉他拿这个世道有什么办法呢？

"总之你不能死，我也不能死！"肖玉曾经也想过死，"我娘不让我死！"

看来该死的只有那些盐了。

六

云姑是一点办法没有了。

十八岁的云姑就像下盐腌过的冬寒菜，一下子就萎了，没有一点鲜色了。

后来，还是汪小划娶了云姑。

成亲那天，汪大路大宴乡亲。汪大路家的菜都做得齁咸，他家从不缺盐。

众人吃过，皆咂嘴："齁死盐大头了。"

雪　雕

一

　　一向平静的北云台山，这几天突然骚动起来。

　　原来，此地有两个村子相继发生了疯狗咬人事件，且疯狗咬人后，不知窜到哪里去了，引得人们一片恐慌。

　　北云台山的人家，大多散落在半山腰下，许是地方的偏僻，这一带差不多家家养狗。既然发现了狂犬，而这种病毒在狗中传染很快，众人哪能安生？乡政府立即发了通告，并专门组织了打狗小分队，分散于各村灭狗。

　　一时间，山上山下，便常常有狗发出凄厉惨叫。

　　白果村的大杠，养了条狗。小分队几天里两次进村，清除全村上百条狗，唯独他的狗历经险情，安然无恙。于是，他成了村人谈论的话题。

　　大杠是个诨名，因他特爱"抬扛"而起。据说，先前的乡公安助理员下来搞个案子，点过他的名。

　　他的身世很苦，不满十岁的时候，父母就过世了，他也没有兄弟姐妹，多年来一个人过日子。没人疼的孩子照样见风长，如今他三十来岁，长得高大结实，脸面有棱有角，浓眉大眼。

几年前，只因风传他的名字在公安局挂了号，闹得本乡一个暗里相好的俊女子与他断了来往。后来，他在村里的采石场打石头，吃苦耐劳，手艺出众，渐渐攒了些家底，且涉案的传言早已澄清，于是上门提亲的见多，没想到他眼界颇高，好几个都没中意，一拖再拖。前些日子又有人领了个女子来，他一见面，怔了半晌没说出话，后来竟像害病似的恍惚了好些天。原来这次见面的竟是那个曾和他相好的女子，是亡了丈夫来的。事情还悬着了……

大杠单人独户，只有一条狗作伴儿。狗取了名，因毛色黄白相间，唤着花虎，与他共处快十年了。这狗是抱了一家猎犬的崽，系出名门，狗耳朵直竖竖的，像狼，煞是威风。大杠认定它也是一条猎犬，开始两年，常常带它上山下滩训练，偶尔见他拎只野兔或山鸡什么的回来，令村人煞是羡慕。后来，那家的猎犬不知怎么死了，说是留下了户口和捕猎证等等，没有吊销，大杠竟不惜高价将那些纸片买回来，如获至宝，每每拿到人前炫耀，那花虎更俨然成了猎犬。

打狗小分队来到村中，大杠起先并不担忧，以为花虎既然世袭了猎犬户口，恰如有了合法身份，岂能在捕杀之列？那天小分队堵到了他家门口，大杠将那些纸片拿出来，小分队的头头竟不屑一顾，照样指挥动手。大杠来了横，抄起门后一根扁担，说谁敢上前就敲断谁的腿。小分队的人对大杠的名号当然有所耳闻，当时就缓了下来。不过，其中有人讥笑道，什么狗屁猎犬，有本事去逮个野物给老子尝尝。

打狗的风声越来越紧，小分队的头头放出狠话，斩尽杀绝，一个不留。看来硬顶软磨都不是办法，大杠决计明天便带花虎上山，一则避避风头，再则逮它三两只野物，让人见识见识。

咱的花虎，可不比那些看门的小草狗。

猎犬！知道么？它是猎犬！

二

这场雪是好几天前下的，山上还有浅浅的积雪。大杠带着他的花虎，早上离了家，翻过一个山头，就到了狐狸谷。脚下的雪似乎比别处厚了许多。

此地是北云台山最偏僻的所在。前些年，这里多有野兔、野禽，狐狸和獾猪也时常出没，特别是那些狐狸，深更半夜，情歌四起，像婴孩啼哭，叫人毛骨悚然。但自打有了采石场，时常开山放炮，这些野物受了惊吓，便越来越稀少。

大杠自知事情很艰巨，特意把村里唯一的一杆土枪借来了。这当儿，他的肩上就背着这杆又长又重的土枪。他走得急，还不时跑动，身上很快燥热起来。

面前便是谷底的一片开阔地。花虎兴奋起来，从他身边一窜多远，还特意在他的腿上蹭了一下。他知道，这是它想引起主人的注意。

花虎在远处的野地里停住了，调头望着他，还摇着尾巴，欢快地抖动着身子，然后又低下头，嘴贴着雪地，似乎在吮吸大地的气息……

一种轻快且充满活力的朝气感染了他，大杠觉得心情变得舒畅。他放开脚步，朝前面的狗追去。

花虎见主人跑过来，更加撒欢地摇着尾巴，迎上前来……

大杠俯下身，摸摸花虎的头，又顺着它的脊背抚摸了几把。花虎感觉到了主人的心情，又快活地抖了抖身子。

花虎，多么通人性的狗呀，跟着我这些年了，就是我的小兄弟呀！我怎能让你去死？！一想起"打狗"的事情，大杠的心里突然间阴郁起来。

花虎抬头凝望着主人，似乎正在努力揣摩他的心思，随时等待他的命令。

大杠拍拍它的头："去吧，放开身，今天看你的了。"

花虎向前方撒腿奔去。

他的眼睛眯成一线，跟着雪地上的爪印向远处延伸。

这时，太阳爬上了狐狸谷东边的山嘴，这一片开阔地变得半明半暗……

突然，大杠兴奋地跳起来：啊！花虎撵上一只野兔子了！

他提着土枪紧追上去，大喊一声："花虎，快追！"

听到主人的命令，花虎猛一激灵，更像离弦之箭般追去。

前面是条小沟，早已封冻，但满是芦苇，那灵巧的兔子一穿而过。花虎也没有片刻犹豫，紧跟着闯过密密匝匝的芦苇，到了东岸……

可是，野兔过了沟之后，并没有一直向东，却扭头向北爬坡。后面的花虎来不及缓下步子，仍向东一冲多远，等它再转身追赶，距离已一下子拉长了许多。那野兔眨眼间跑到了长满树林的山岭……

大杠也追过岸来，看到这个情形，叫了一声"不好"。原来野兔的后腿比前腿长，特别适合爬坡，速度极快，此时恐怕任何猎犬再难追上。

慌乱之中，大杠朝那片树林放了一枪，想把那野兔惊回头。可是，这枪声恰恰把野兔撵得更快……

来不及了，快到嘴的一块肥肉丢了！

三

大杠跑到树林茂密的岭头，终于沮丧地停下来，大口大口喘着粗气。这时，他感到身底的内衣已让汗水浸透了。

花虎不知啥时候已经回到他的身边，舌头长长地伸着，喘着粗气，流着涎液。

没用的东西！大杠生气了，狠狠地给了它一脚。

花虎哀哀地叫了一声，退下几步，惶恐地望着主人。接着，在离他几步远的雪地上，来来回回地兜圈，又低着头，唯唯诺诺地向他靠拢。

那充满疚愧，那怯然无助的目光，让他的心猛一阵战栗。我这是怎么呢？作伴儿多年的狗啊，看来它真是老了！大杠的心中忽然感到说不出的悲怆。他寻了块山石坐下来，任花虎磨蹭到他的身旁，又伸出手来，轻轻地抚摸着它。

花虎，不怪你，不能怪你！这些年没有带你出来，你的筋骨哪能不僵？！

在山上跑动，肚子饿得好快。再看看天，太阳已经偏西。到了冬天，狐狸谷的日照时间显得尤其短促，太阳刚一偏西，稍不留神，就滑到远处的山坳里了。

花虎也饿了，在他身边嗅来嗅去，但大杠不打算给它喂食。听说猎犬喂得饱了，就会"逗食"；就像渔人驯养鱼鹰，饱食的鱼鹰怎能为你抓鱼？刚才，花虎是不是因为"逗食"，跟那只野兔玩起了捉迷藏，才让快到嘴的"肥肉"飞掉了？

花虎，不管怎样，你今天都得受委屈了，等到带着你的战利品凯旋而归时，你就可以美美地来一餐了。我不会亏待你的！

花虎，这些年我光顾自己谋生，实际上早已冷落了你，我没有心思驯养你，没有心思带你上山；我自己出门了，把你朝家院里一关了事，我把你当成看门狗对待了呀，这还怎么强求你逮到野物？

太阳已经从西山落下，整个狐狸谷的色彩变得暗淡，忽浓忽淡的山雾弥漫开来。

一天过去了，人和狗都快累得散了架。回家，看来是不必了，且不问小分队头头的最后通牒，自己也觉得无脸见人，传出去，可是好说不好听……唉！名声这东西，能套住你的脚，束住你的胳膊，拖住你不放。就说那年让公安助理员点了名，尽管案子不久便查出来，与他大杠并无瓜葛，只不过他曾经和那报案人"抬杠"打赌，作为赢家，他得了十碗馄饨下肚，便让人记恨上了。可事情支离破碎地传出去，竟越传越邪乎，仿佛他真的干了什么丑恶勾当。

　　大杠想了又想，打算找个山洞或避风处，就在山里对付一晚。好在身上带的吃头不少，有煎饼，有大葱虾皮，还有一瓶小烧，够对付两顿的。

　　此时，他和花虎已经爬上了狐狸谷的东岭。这一带以前多有獾猪出没，他想明天就在附近寻找獾窟。要是能逮到獾猪，可比拎只野兔子回去神气多了。

　　过夜的地方也找到了，是几块山石天然搭成的岩洞，足有一间屋的空处，顶上有几处透亮的"天窗"，洞里有一些积雪。看来常有上山的人在此歇息，洞里还有个火塘子，有些松叶和树枝堆在一旁。

　　大杠心生感激，念了一声好，便扯了些松叶和树枝到火塘里，点起一堆火来。

　　夜色降临，外面开始起风，呜呜地怪叫，洞里却背风，火苗直旺。大杠靠着火塘边坐下，掏出那瓶小烧，又卷了张煎饼，几口下肚，身上就热乎起来。花虎趴在他身边，不声不响，看来它也知道今天无功无禄，也就断了讨食吃的念头。大杠心有不忍，还是掰了一块煎饼给它。

　　小烧和塘火的热力，让大杠心潮涌动。恍惚中，那个曾经弃他而去的女人又朝他走来……好几年了，他恨过她，咒骂过她，却从没有把她忘怀；他曾暗暗发誓，要找一个比她更标致、更善良的的女人，可又总也不能把她的身影从脑海里抹去。他轻率地推掉了好几次提亲，到底出于什么缘由？难道他是一直在等待吗？神使鬼差哟,她又回来了!她还是那个她吗?

一觉醒来,天已经亮了。光线从洞顶的"天窗"漏下来,照在火塘的灰烬上。大杠想坐起来,手脚却都冻麻了。身子还挺暖和,原来花虎紧紧地偎在他的胸口趴着。

他唤了一声花虎。它警觉地爬起来,抖了抖身子,似乎比昨天还要精神。

大杠也抖擞精神,走到洞外。

四

清早的幽谷里,天色阴沉,空气中仿佛悬浮着潮湿的铅末,让人的呼吸都变得沉重起来。看来,天要变了,也许很快就有一场暴风雪袭来。

大杠的好心情戛然而止,陡得阴沉下来,似乎有种说不出的压抑。我这是何苦呵?我能掰得过他们吗?即使我拎了野兔拎了獾猪回到村里,花虎的命能保住吗?那帮打狗队的人可不是吃素的,他们个个都像打了鸡血,正在兴头上了,他们能慈悲为怀大发善心饶花虎一命吗?也许这都是我的一厢情愿,我终究抗不过他们的……

可是,花虎咋知道这一切啊!你看它撒欢的劲儿,它还以为回到了自己的年少时光,主人又有兴致带它上山了,又把它看着一条真正的猎犬了;你看它精神十足的样子,早已把昨天的不快忘了,仿佛要告诉主人,今天才是它大展身手的时候!

大杠的心绪再一次被花虎感染。事已至此,你愁破了天,该来的还会来,该去的还会去!就索性随它撒欢吧,也不枉它"狗生"一世!

大杠的目光追随着花虎,已经不再发萎,但花虎跑得迅疾如飞,很快就脱离了他的视野。

满山的松树，在白雪的映衬下显得愈加深翠。地上满是厚厚的松叶和枯草，顶着一层薄雪，每走一步，都留下深深的脚印。

正当大杠顺着花虎的爪印向前追赶的时候，远方突然传来一阵激烈的犬吠声。

抓到了！大杠的心一下子提起来，他把身上背着的土枪迅即拎到手上，一路狂奔，追到了一个悬崖顶上。

可是，眼前的情形把他惊呆了。

是两条狗在搏斗！一条异常邋遢的大狗，正恶狠狠地朝花虎扑去。这哪里是条狗啊，简直是恶狼！那瘦骨嶙峋的身上，居然爆发出骇人的邪劲，一次次疯狂地撕咬花虎……

大杠怔住了，立马想到，这是一条疯狗！是的，它一定是在邻村咬人后逃走的那条疯狗！

大杠的神经一瞬间绷紧了，下意识地端起土枪……

可花虎已经和疯狗搅到了一起，狠命地搏杀。它那黄白相间的皮毛上血迹斑斑。

不好，花虎受伤了！花虎被疯狗咬伤了！大杠的脑子里"嗡"的一声，一个可怕的闪念把他逼到了死角：他要开枪！他的花虎沾上了狂犬的毒液，已经死路一条，不能留了！

大杠当然知道，这一枪药沙子射出去的后果，他的花虎和疯狗会同时中枪。但是，他已经没有退路，不能犹豫！

大杠竭力屏住气，把枪口对准疯狗的头部，扣动了扳机。

"嘭"的一声巨响，他看到花虎和疯狗同时跌倒在地……

一股呛人的火药味弥漫开来。他像一个败下阵的伤兵，无力地垂下了手中的土枪，深深地叹了口气……

等到他抬起头来，准备上前收拾"战场"，却惊愕地发现，那条倒在地上的疯狗竟垂死挣扎，一下子蹦了起来，并发出一声狂吠，直向他扑来……

这时候，给土枪上药砂已经来不及了。大杠猛地朝旁边一闪，挥起手里的枪把子，朝疯狗砸过去。疯狗被砸中了，惨叫一声，又朝他扑来……

大杠再次朝旁边躲闪，不料脚下竟是一片冰雪，一打滑，摔下了悬崖。那条疯狗也刹不住脚，跟着冲了下去……

不知过了多久，大杠醒了过来，可是，他的身体却像结了冰一样僵硬，动弹不得。又过了好一会，他才感到，有一股暖流在自己的身体里缓缓地流动，流到那儿，那儿就像有千万根针扎似的发麻，继而钻心地疼痛。

大杠想努力睁开眼睛，却感到整个天地白得刺眼，刺得他不得不闭上眼睛。

下雪了，好大的雪啊，像厚厚的被子把他覆盖了。他隐隐地听到山风的呼啸，恍如一阵悠远的歌声传来。是她吗？那个标致的女人，跳着碎步，唱着歌儿走过来，走过来……

仿佛有个声音在呼唤他，不能就这么躺着了，再这样下去，就会永远起不来了！

大杠艰难地侧过身，扒拉一下身上的积雪，隐约看到不远处的岩石上，被白雪掩盖下的那条疯狗的尸体。好险啊，他要是偏上几米，摔在那块岩石上，恐怕也已粉身碎骨。

大杠的心里突然一阵揪痛，他想到了花虎。我的花虎，你怎么样了？你在哪里？

蓦然间，他感觉到了什么，撑起胳膊，扭过头一看。

啊，花虎！它就在他躺倒的正头顶，静静地蹲坐着，全身也被白雪覆盖……

大杠的心头一热：花虎，难为你了，你在为我挡风挡雪呀！他伸手去摸一下花虎，它动也不动，再推一推，还是不动！

花虎死了！

它的身体已经结成了冰,成了一座雪雕!

一串滚烫的泪珠,从大杠的脸颊落下来,渗进柔软的白雪。山风呼啸,夹带着一个男子汉的呜咽声,在狐狸谷回荡……

簖上的秋天

一

明子家住在一个依傍山根的小村里。村子有个很怪的名字，叫蟹脐沟。的确有一条沟，从山里流出来，穿过一片滩地，汇入那条宽阔的运盐河。村里几十户人家，就散落在沟的两边。由此向东十来里，便是黄海。

沟名或者说村名的由来，类似象形文字。村子所依的这一片山，可看作一只大蟹；村东西延伸出来的山嘴，是这螃蟹的两只大螯；而从滩地里远远望去，一股清流像从蟹脐部位喷薄而出。

蟹有长脐团脐之分，长脐为公蟹，团脐为母蟹。明子自小听人说，蟹脐沟这只"蟹"是团脐，沟里流淌的便是肥水。怎么说就怎么信，谁也没法证实。

此地盛产螃蟹却是事实，且蟹大而肥。老辈人讲，早些年螃蟹多得成了灾，成群结队，黑压压的一片；它们钻窟打洞，能在一夜间把水稻田翻个个儿，眼看着就把一季的收成糟蹋毁了。

明子还听父母说，就在十多年前，一大早起来做饭，螃蟹自个爬到锅里的，或是掉进水缸的，也是常有的事。

到了明子记事时,螃蟹自个送上门的事就少见了。一到秋天,队里便在蟹脐沟与运盐河的汊口下一围簖,逮些螃蟹,上街去卖,算是队里的一项收入。

二

起初,看簖的只有明子的外公一个人。队里在河滩上支了两间丁头茅舍,外公把这当着临时的家。明子那时十二三岁,无学可上,便整日尾着外公,在河滩上消磨时光。

一天傍晚,外公把当日捕捉的螃蟹送到队里,回来后说:"队里要派个人来,听说是个知青。"

"啊!知青?"明子吃了一惊。

"是知青,名叫田华。"

"田华不是个女知青么?"明子歪着那个与身体不太相称的大脑袋,把知青点的人一一想过。

"是个闺女,听说是她自己要来的。"外公安了袋旱烟,坐在茅舍门口,像在思忖着什么。

"俺队的人都咋了,弄个女的来看簖?"明子的心里有些莫名的兴奋,嘴里却不这么说。

"小孩不要乱多嘴。"外公说着站起身,背着手踱到河边。

秋天的河滩上,长满了一人高的海英菜。这种只有盐碱地里生长的植物,眼下正是成熟的时候,枝枝缕缕都已变作暗红色,整个河滩看上去被一片暗红覆盖着。风轻轻地吹过,到处弥漫着海英菜特有的淡淡清香气息。

外公顺着窄窄的跳板,朝簖篓走去。前方是一轮快要落山的夕阳,明子望得久了,眨巴眨巴眼,外公的身影便越发模糊,仿佛被那夕阳融化了。

明子"呸呸"吐了口唾沫，这个想法不好，外公怎能被"融化"呢？

他是个聪明的孩子，从外公的情绪中，已经悟出些什么。他知道这看簖的活儿是外公最在乎的，队里这样安排，难道是想把外公挤兑走吗？

不，这不可能！

三

田华说来就来了。

暮色降临的时候，他们刚吃过晚饭，外公点了根艾绳驱赶蚊虫，自个朝茅舍前的石凳上一坐，就编起了簖篓。他是个忙劳骨，只要一睁眼，就从没有见他闲下来。编簖篓是他的拿手活，那些削得光滑溜溜的竹篾子，在他手里像银蛇一般飞舞着，慢慢地缩短，而篓子便一圈圈长起来，眼瞅着就成了形。

这簖篓的高度一般依水的深浅而编，内外两层，内层呈倒立的漏斗状，下部开一大小适中的孔道，螃蟹或鱼虾一旦进入，再想出来是不可能的。鱼虾在里面左右冲撞，到处碰壁；螃蟹则顺着内壁往上爬，从上端口进入夹层，以为到了安全场所，其实只要从上面揭开篓盖，就可尽数捉拿；那些进入迷宫的鱼虾，也只需拿只网勺，便能轻易捕捞到手。

田华走过来的时候，明子正倚在外公的一旁，心不在焉地数着运盐河里依稀可见的几片白帆。田华背了个大包，不声不响地出现在他们面前，犹如天外来客，弄得他们不知所措。

外公急急慌慌地放下手里的活，站了起来："田同志，你这是……"

或许是走得急，田华的脸上汗津津的。她把包裹朝地上一丢，撩了撩头发，说："张大爷，我来跟你报到了。"

明子一听，乐了："真积极！这么晚了，你咋不明天来呀？"

田华也一笑，圆脸上露出两个浅浅的酒窝："积极啥，听说队里定了我来看籪，早等不及了，巴不得插个翅膀飞过来。这不，你看我热得，这好几里路，我差不多是一路跑过来的。"

"你先坐下歇着。"外公进屋找了个板凳，递了过去，说："田同志，看籪这活儿也不是啥急赶的事情，天快黑了，你歇一阵，叫明子送你回村。"

"我今晚不回去了。你看，我把行李都带来了。"

"咋？"外公听天书似的，嘴张了老半天，着急地说："这咋行？你一个闺女家，在这咋住？"

"你们能住，我就能住。"

"不行不行，这咋行！"外公平日里就木讷得很，很少有话，这一急更是不知说啥是好。

明子在一边冒了一句："住哪？屋里就一张床，你来住哪？"

"住地上，打地铺也行。"田华走到明子跟前，一把握住他的手。

明子觉得她的手心湿漉漉的，很软很热。明子稍一动，手就像鱼似的从她的掌心滑了出来。明子朝她望了望，发觉那双黑亮亮的大眼睛也在注视着他。他连忙低下头，不再吱声。

"不行不行，这咋行？"外公急得团团转。

"今天我到籪上来守夜，全知青点都知道了。"这意思明摆着，她今夜是不可能再回去了。

"唉！这荒滩野外，叫你一个闺女家来看籪，白天都不是个事，别说夜里了，队里咋能这样摆弄？我得去找他们说说。"

"大爷，你可别去，这都是我自个的要求。"田华的声音有点变调了，她用一种乞求的目光望着老人，真有点可怜兮兮的。

"你……"外公无奈地摇了摇头。

四

当天夜里，田华总算在丁头茅舍住下了。当然，他们不会让她睡地铺的，她住在里间的床上。明子和外公在外间的锅灶前铺了层干草，放了张芦席，紧紧巴巴地睡了下来。

明子怎么也睡不着。以往，那些城里来的知青在他看来，是那么神秘，那么高不可攀。他们住在大队专门盖的两层知青楼里，跟村里人还是隔了一段距离。而现在，这个长着酒窝儿，说话总带着笑，被称作知青点"一枝花"的姑娘，却突然走进了他们的生活，甚至住在同一个小屋里，让明子简直不敢相信这是事实，他心中那种莫名的兴奋久久不能平静。

所谓里屋，只不过跟外面隔了一层稀疏的柴笆墙，且里外相连，并没安个门。半夜里，明子听见里屋窸窸窣窣下床的声响，接着一阵脚步声似要出门而去。

这时，外公把手电筒打亮了，问："出去？"

看来，他也一直没有睡着。明子两眼眯睎，借着电筒的光亮，看见田华站在那，一脸窘相。

外公坐起来，把手电筒递给她，说："这个你拿去使吧。"

田华接了手电筒，出去了好长时间，还没有回屋。外公坐在黑夜里，至少安了三袋烟了，烟锅里的火星一闪一闪的。明子想，她的一泡尿要撒这么长时间吗？真让人难以捉摸。他支起身子，忍不住问道："外公，她咋还不回来？"

外公没有答腔。明子虽然看不到他的表情，但能感觉到，他同样充满了疑惑。

又过了一会，外公把烟袋一磕，站了起来。明子也从地铺上跳起来，爷孙俩似乎形成了一种默契。

明子随外公走出屋。外面一丝亮光没有，风呜呜地刮着，河沟里的波浪哗哗作响。明子打了个寒战,忽然感到浑身发紧。她哪里去呢?

"喂!田姐姐……"明子下意识地喊了起来,声音在深夜的河滩上颤颤地传开。

"哎……"是她,是田华应了一声。

明子顺着应声望去,离得好远的海英菜丛中,亮起了手电光,上下晃动着,渐渐地移过来。

"黑天黑地的,可不能走远。"外公的声音很沉,很严厉,明子都觉得少见。

田华一脸尴尬,点了点头。

明子看见她的裤腿都叫夜露打湿了。

五

一泡尿要撒这么久吗?黑天黑地的,跑那么远干吗?这个问题无疑是个谜团,让明子十分费解。

"大人的事,小孩别多嘴。"外公总是这般教训他。

明子反了他一句:"小孩子的事,大人也别多嘴。"

"再不听话,我把你送回家去。"这是外公的紧箍咒。

明子只好不再多问。嘴上不说,可心中有数。那几天随外公送螃蟹回队里,他留了份心,陆陆续续听到一些有关田华的议论。有人说田华这人性格孤僻,跟知青点其他人处不来,这才要求去看簖;还有人说田华这女孩鬼精,她一个姑娘家到大河滩看簖,事情本身就够了典型,听说知青点最近要有两个招工上调的名额,田华这着棋没走错,正好捞了个表现自己的机会。

这些议论当然不能让明子信服。说田华性格古怪,鬼才信呢?这簖上的日子,因为她的到来而变得丰富,让明子感到从未有过的新奇和快乐；再说她要是没人缘，队里那些知青咋会经常三五结队地来河口找她？

对第二种议论，明子想不透。看籪这活表面上看似轻快，实际上却是个细致活。秋风一紧，那些透肥的螃蟹似乎感应到了一丝寒意，感觉到末日即将来临，纷纷赶到这咸淡水分明的河汊口甩籽繁殖，但这些一贯横行霸道的家伙对水温、天气的细微变化非常敏感，它们的行踪变化莫测。要想让螃蟹乖乖地钻进"陷阱"，那一排十来个籪篓在河里的位置一定要下得恰到好处，籪篓下方那个孔道的方向也要摆得适宜。这就是学问，在行不在行，逮到的螃蟹悬殊大着哩。

田华天天跟在外公后面，看得仔细，问得仔细，做事也细心勤快。对她的介入，外公的心里虽说有些疙瘩，但看得出，他对这个帮手还是挺满意的。"田华这孩子勤快。"那天到队部，队长问起田华的表现，外公就是这么说的。他是个老好人，对别人从来都是谦让。他还说："人家城市娃，你叫人家咋样呢？有这样就不错了。"

又是一个雨过天晴的日子，这一夜，螃蟹上得特勤，差不多过个时辰就要去收一次籪。到了早上，外公挑了满满两大筐篓的螃蟹送到队里。临走时，他说："我今天说不准要进城里一趟，赶晚才能回。"

一夜里爬起放倒忙着收籪，那些壳上泛光、嘴里吐着白沫儿的大螃蟹像迷人的精灵吸引着他。到了白天，明子瞌睡得要命。外公走后，他一觉睡到晌。吃过晌饭，他又接着睡，直到傍晚时分，他才迷迷糊糊地睁开眼。

四周静悄悄的，不知田华哪里去了。

她或许去收籪了。明子想着，一骨碌从地铺上爬起来，直往河边跑。可到了籪头，他发觉田华根本就不在这里。

明子在河滩上呆呆地站了一会。他的面前，暗红色的海英菜在秋风里波浪一样起伏，几只白色的大鸟在河滩上空盘旋着，发出低沉哀婉的鸣叫声，好像怎么也找不到着落的地方。明子突然萌生了一种预感，他觉得那海英菜丛中隐藏着一个秘密。田华会不会又像那天夜里似的钻到那片海英菜丛中呢？明子被一种强烈的好奇心驱使着，悄悄地跑向那片河滩。

明子被眼前的一幕惊呆了。他看见一片压折了的海英菜上，田华和一个男人搂抱在一起。那个男人是个小白脸，戴了副眼镜，他的手在田华身上急切地摸索，然后像两只鸟似的钻进她单薄的衬衣里。田华轻轻地呻吟着，而起伏的海英菜发出潮水般低沉的呼啸声，把她的呻吟淹没了。

明子的心里一阵狂跳，他后退了几步，然后像野兔子似的撒腿飞跑，一直跑到茅舍跟前，才停下来。他倚在泥笆墙上，大口大口喘着气，他的心里陡然有种说不出的失望。

彤红的太阳悬浮在西边的山坳里，远远近近的河滩上就像燃起了大火，大片大片的海英菜像火舌一样摇曳着，朝他迎面扑过来。他被一股烧焦了的苦蒿味熏得差点喘不过气来，他感到无边的压抑和孤独，像只小兽一样漫无目的地一阵狂跑，然后跌坐在河滩上。

"明子，你愣在这干吗？"田华不知什么时候冒了出来，一脸红扑扑的。她昨夜到现在没合眼，却还那么精神。

明子嘴里叼了根海英菜，冷冷地望着她。

"你这是怎么呢？"田华被他看得有些着慌，下意识地四下看了看。

你当然看不见自己白衬衫的后背上，沾了好些紫红色的海英菜汁。明子斜着头瞅了她一眼。

"走，跟我上簖看看。"田华拉了他一把，说："不知咋搞的，昨夜逮了那么多螃蟹，可今天白天，每个篓里咋都没有几只？"

"指望你，能逮到螃蟹？！"明子一甩手，冷不丁地说。

田华怔怔地望着他,那双大眼睛流露出少有的迷惘。

六

外公很晚才回来。

他脸色阴沉,回来后就干坐着,一言不发。

原来,今天他坐着队里的"小手扶"进城卖蟹,还没到自由市场,就让几个戴红袖章的青年截住了。外公掏出队里开的证明也不行,两大筐篓二百来斤的螃蟹让那伙人当着"资本主义尾巴"割去了。

明子听这一说,气得咬牙切齿。他想不到,世上除了有人上簖偷蟹,辛辛苦苦逮到手的东西也会被人公然抢去。

外公闷坐一阵后,起身走近盛螃蟹的筐篓,提起来晃了晃。

田华赶紧走过去,不安地说:"不知咋回事,今天才收这点儿。"

外公好像没听见她的话,自言自语道:"也罢,卖都卖不成,让你俩痛快吃一顿。"

人说靠山吃山,靠海吃海,跟外公一起看簖,吃螃蟹却并不便当,除非碰上缺胳膊掉大腿的,才让他们解解馋。

"这些……都吃?"田华有些疑惑。

筐篓里大约有二十来只蟹,有的大公蟹一只就有斤把重。

"吃,吃个够。"外公重重地说。

明子想,外公肯定在心疼白天那两大筐篓的蟹,与其让那帮人明抢去,不如让他和田华解解馋。是的,田华来看簖有些日子了,还从没有痛痛快快地吃一次螃蟹。

田华凑到筐篓跟前,低头摆弄了几下,迟疑着说:"留几只给我吧,算我买的。"

"买什么!你自个捡大的挑几只。"外公说。

她要买几只螃蟹给谁吃呀？明子站在外公一边，扯了扯他的衣襟。外公却跟没事儿一样，根本不理会他。

明子莫名其妙地想起白天那一幕，田华一如往常的平静叫他气恼。她怎么跟啥事没发生一样呢？他忽然有点怨恨她，莫名其妙的恨！

外公和田华在外面升起了篝火。一会儿，河滩上飘起了煮熟的螃蟹那诱人的鲜味。

明子似乎头一回对这鲜味失去兴趣，他支着那个充满疑虑的大脑袋，静静地望着迷乱的星空，头顶上明净的月亮已是蟹壳似的椭圆。他想，过几天该是中秋节了。

七

到簖上偷螃蟹的大多有两种人。一是运盐河过往船上的船民，他们偷蟹最方便，只消放个小舢板，摆到簖边，就可上手；还有一类人，是对河云门寺大队的知青，他们从运盐河上的一处跳板过河，然后一头钻进海英菜丛中，摸索到了河汊口，伺机上簖，令看簖人防不胜防。

然而，就在中秋节这天午后，一件意想不到的事发生了。

明子跟往常一样，正在茅舍里睡午觉，被外面一阵异样的声音吵醒了。他出门一看，只见外面站了一圈人，除了外公和田华，还有几个常来找田华的本队知青。再凑近一看，地上还坐着一个人。

这是咋了？明子不解地朝各人脸上望。

"对河知青点的，偷螃蟹，叫我们捉住了。"其中一个高个知青敲着手里的一根木棍，得意地说。

明子看见田华转过身，走到一边。

明子再看地上坐的那个人，不由吃了一惊，这不正是那天在海菜丛里与田华抱着一团的小白脸么？只是眼镜不见了，身上一件衬衣也叫撕破了，头发乱纷纷的，一脸木木的，毫无表情。

"捉贼先捉赃，你偷的螃蟹在这了，还敢不承认！"本队知青中有人一声断喝。

明子看见地上的确爬了几只螃蟹，它们叫绳子扣成一串，一个连着一个，逃脱不得。

咦？等到这串螃蟹爬到脚跟，明子发觉，它们正是那天晚上外公给田华绑扎的那一串。一点没错，只有外公能把螃蟹扎得这么齐整、这么牢实。

"起来，跟我们到大队部去一趟！"

小白脸被拖了起来。明子看他站着都有些不稳，一条腿明显被打伤了。他不由皱起眉头，咕噜了一句："你们怕是搞错了，这螃蟹，他不是偷的。"

"错不了，这家伙偷螃蟹不是一次两次了，我们早盯着他了。"一个知青说着推了小白脸一把。

"不对，你们肯定搞错了。"明子想冲上前去争辩，却被田华一把拽住。

"明子，随他们去。"

"你这是咋呢？"明子不解地望着田华。她好像在使劲地隐忍着什么。

"过来！大人的事你少问。"外公狠狠地瞪了他一眼。

明子呆立着，不知如何是好。他被眼前这一切又搞糊涂了。

只见田华两眼失神地望着那几个人把小白脸推推搡搡地带走，直到走远，她的泪水才扑簌簌地落下来。她捂着脸朝那片海英菜丛跑去。

过了两天，田华跟队里要求，不再看簖。

她悄悄地走了，河滩上又剩下明子和外公两个人。

知青点不准搞对象这个规矩,明子并不知晓。那时候,这样的事情一旦暴露,就等于自断上调回城的路子。

那一次,知青点上调一男一女,田华没有走成。

卷二 人生至爱

亲亲的外婆

外婆离开人世十五年了，我常常想她。

外婆在世时，朋友们戏言我是"狡兔三窟"，意思是我有三个温暖的家。一个是安扎在市区的小家，一个是离我二十公里远的父母家，还有一个是更远些的外婆家。

最让我牵肠挂肚的，是我的外婆家。

外婆只有我母亲一个女儿，这唯一的女儿是她抱养的。我母亲小时候体弱多病，亲生父母儿女多，又要出远门谋生，照应不过来，是外婆把只有两岁的她抱养回来的。这段隐秘家事，我直到十来岁时才知道。那时，亲外婆和舅舅来认亲，外婆以礼相待，没有一句怨言，让我给亲外婆磕头相认。

然而，年少的我对亲外婆总也无法亲近。在我心里，只有一个外婆，就是这个抚养我成人的外婆！

外婆一生信佛，心地善良。我上语文课读到"走路恐伤蝼蚁命，爱惜飞蛾纱罩灯"时，头脑里马上联想到我的外婆，她就是这样的"菩萨心肠"。不仅如此，外婆还是个真正的"送子观音"。她年轻时学过新式接生术，那些年，村里所有的孩子都是由她接生来到这个世界的。

然而命运却偏偏捉弄外婆,她一生没有生育。也许命中早已注定,她就是要来拯救一个弱小无助的生命。她把我母亲抱回家后,待她视如己出。甚至可以说,村里所有人家的父母对待亲生子女,都不如她对待养女好。她把我母亲送到小学乃至城里的中学念书,让母亲成为村里第一个初中毕业的女孩子。要不是母亲当时响应号召,执意返乡务农,外婆说她就是吃糠咽菜,也要把我母亲送去上高中、上大学。

对我和两个妹妹,外婆更是疼爱有加。那时,父亲远在数千里之外的兵工厂工作,一年只有一次探亲假;母亲每天在生产队里干活,回到家已累得浑身散了架,根本没法照看我们。我们兄妹仨都是外婆一手拉扯大的。

那时,日子虽然过得艰难,但外婆却让我们的童年变得温暖而快乐。外婆的手特别巧,她把粗粮野菜变着花样做,让我们吃得有滋有味;外婆的针线活也是全村最好的,家里老老少少、一年四季的衣服,都是她自裁自缝、一针一线做出来的。让外婆一拾掇,我们总是穿得干干净净、利利索索,引得一村人夸赞和羡慕……

到了晚年,外婆头发白了,背也驼了。她把全部的爱倾注给别人,伴随她晚年的却是孤独。外婆最大的安慰便是我们兄妹回老家去看她。那一天,便是外婆的节日。一早,她就到村口的车站等我们,眼巴巴地盼着从远处驶来的车上走下她的外孙或外孙女;回到家,她要先打几个荷包蛋让我们"接晌";炒菜做饭,她不让我们插手,总把好些天攒下的好吃的做给我们吃;如果晚上我们能在老家住一宿,外婆就更高兴了,她让我们坐在身边,跟我们唠唠家长里短,那情形,仿佛我们又回到了童年,依偎在她怀里听着童谣;我们要回城了,外婆总要我们带上家养的鸡蛋或自家种的蔬菜,还把我们送到车站,目送着我们坐的车子远去……

记得有一次,我不知忙个啥,个把月没回老家。星期天,与几个朋友路过我父母住的那个区,顺便到父母家歇歇脚,刚准备离开,外婆拎着一个提篮赶来了。原来,年已八旬的外婆,挤了十多公里的汽车,又步行好几里上坡路,是专门送包子来的。

"我有一个月没看见你了,估摸今儿礼拜天,你能到你妈这边,这包子是我晌午蒸的,我盖得严实,你趁热吃几个,我心里就安稳了。"外婆不等坐定,就招呼我和朋友们吃包子。

朋友的妻子看着这一切,感动地流下热泪:"多好的外婆,多好的老人啊!有这样的外婆,太幸福了……"

外婆的海口

猫洗脸,要来客。

我家养了只大花猫。某天,只要看到它用舌头舔自己的前爪,再用爪子上上下下地擦脸,外婆就会自言自语:馋猫鼻子尖。大花猫洗脸,海口要来人了。

大花猫的预报很准,尤其是预报海口来的亲戚。

"海口",是外婆经常挂在嘴上的一个词,那是她家乡一带的统称,指的是紧靠大海的柳河、高公岛、羊山岛、黄窝及东西连岛等渔村。外婆的娘家在柳河,她的亲戚毫无例外地分布在上述各个渔村。

海口的亲戚上门,都要带些海货过来。有从渔船上刚收上来的时鲜,更多的是各种鱼干、虾米、蟹松等干货。

这一天,是我和大花猫的节日。这一天,我们可以放开肚皮,大饱口福。

小时候,总觉得外婆的亲戚众多,关系芜杂,头脑里一笔糊涂账,理也理不清。直到成年后,得空儿细细一琢磨,才把一个个人物关系串联起来。

外婆做闺女时,排行老三,上面有两个姐一个哥,下面有个妹。外婆的哥哥,我应该叫他大舅爹,对他我已全无记忆,到底见过面没有，也不确定。但大舅奶，却是我记忆里特别宠爱我的长辈。她瘦高个，面目慈祥，年轻时想必是个美丽的女人。大舅奶是大舅爹的续弦，据说前大舅奶只生养个闺女就去世了。这个闺女就是来我家最勤的大娥姨。

大舅奶亲生的一男二女，男的最小，我喊他大舅；两个闺女，我分别称呼她们大小姨和小小姨。儿时的我总觉得大小姨这个称呼有些怪，纠结好久才算想明白：相对于一母同胞的弟弟妹妹，她是大姐；相对于同父异母的大娥，她是小妹。所以我母亲喊她大小姐，我喊她大小姨。一个称呼显示了她肩负的两个不同角色。

外婆这几个亲侄，是渔民的儿女，嫁的男人是渔民，娶的媳妇也是渔家女。大娥姨和大小姨的家都在西连岛，小小姨嫁在羊山岛，大舅初中毕业后，被公社送到水产学校学习了两年，回去后成了公社的渔业技术员，专门从事对虾、海带和紫菜的养殖。他们对我外婆都特别孝顺。记得大舅有一次说过，他少年丧父，青年丧母，三姑（我外婆）是他最亲的长辈，他与三姑有种母子一样的亲情。

外婆的两个姐姐，分别是我的大姨奶和二姨奶。大姨奶在我很小的时候就去世了。她的儿子我也称呼大舅，家住高公岛，是个相貌堂堂、体态魁梧的渔船老大，与我家来往不多。记得有一次，他送了一大筐水蟹过来，外婆煮了一锅给我们吃。这种水蟹看上去与大彤蟹差不多，但拿到手里轻飘飘的，扒开蟹壳，里面空空如也，食之无肉，弃之可惜。后来，外婆把剩下的水蟹捣碎，放上大盐，做成蟹杂酱，倒也别有风味。一九九七年，外婆去世后，这门亲戚就断了联系。也许正应了一句俗话：姑表亲，辈辈亲；姨表亲，不算亲，死了姨就断了亲。

说到二姨奶，我想起此地民间有句口头禅：二姨奶——后嗒嗒（音）。意思说二姨奶算啥亲戚呀？好事她是挨不上边的。可在我心目中，二姨奶却有着很高的位置，她是除了家人之外最疼爱我的长辈。

二姨奶家在我家西边十余里的金湾庄。她生养了三儿两女，子孙满堂。但生活的艰辛让她承受了太多的重负，她高度驼背，瘦小的身躯好像折叠起来似的，前胸贴到大腿上了；她迈着三寸金莲，走起路来却飞快。我幼年时，有一段时间身体不好，大病没有小病不断。二姨奶尤为牵挂，她那时还在生产队干活，每天晚上收了工，都要走十几里路来看我。外婆后来每每提及这事，说你二姨奶那会儿一天不来看你，心里就不踏实。她自己儿孙一大片，还没对一个这般上心的。

二姨奶的两个闺女，分别嫁在东连岛和高公岛，从农村到渔村，又成了渔家的女人。嫁在东连岛的大姨我见的次数不多，每逢我家办大事，她都会来出礼，除此而外，很少单独来过。家里的所谓大事，就是我外婆、外公的六十岁、七十岁整生日，还有我和两个妹妹的十岁生日。那个时候，都是在家里办酒席，家里摆不下，就摆到邻居家。外婆的亲侄姨侄，都会一个不落地赶来出礼。这是海口亲戚的大聚会，他们带来的干鲜海货，够我们家吃上大半年的。当然，这跟我外婆"精打细算、细水长流"过日子有关。外婆在世时，家里的海货从没有断过茬。

二姨奶家的小闺女，我叫她金湾小姨，她的婆家在高公岛。从婆家回娘家，她必定要从我们村前路过。每一次，她都要拐进村里看望她的亲三姨。"我三姨呀，我又来看你喽！"外婆听到她那脆脆的声音，脸上立即漫上由衷的欣喜。

相比金湾小姨，西连岛的两个姨过来走一趟亲戚太不容易。那时候，连岛与陆地之间，既没有拦海大堤相连，又没有渡船通航，她们都是搭渔船过海。到了连云港码头，有两条路线可以到达我家。一条路线是向南，走云台山的后山根，经黄窝、高公岛、柳河、爬山头、大板艞，一溜沿海绕过来。当时这条路不通车，全靠步行。

另一条路线，是乘公交汽车到平山，下车后再沿东山根走二十里，便可到达我家所在的蟹脐沟村。

大小姨多数走前一条线路，从村子东边过来。此前，她一般会在柳河的娘家歇歇脚。而大娥姨走的多数是后一条线路，在经过金湾庄的时候，她却很少在她的二姑家停留。按说这两个姨是同父异母的亲姊妹，可我印象里，她俩几乎从不结伴同行。

在得到大花猫的"预报"后，外婆总要叮嘱外公和我母亲，在田里干活时多带点眼，朝大路上瞅一瞅；她自己更是坐立不定，一天里跑村口好几趟张望。

有一天傍晚，外婆对我说："今天一大早，馋猫就抓耳挠腮，估摸是你大娥姨要来了。她一早从家动身，这个时辰应该快到了。"外婆领着我走到村西的虎口岭，果然看到前方两三里之外的空旷村路上，一个妇人在夕阳下踯躅而来。

我们赶紧迎了过去。来人正是大娥姨，她看上去已经走得非常疲惫，肩上挑着一副担子，前面是一只满满的布袋，装的是干货，后面一只大提篮，装的是海鲜。外婆要把担子接过来，她说什么也不让："我三姑啊，你侄女就是累死也不能让你挑担子呀！"她的声音沙哑且夸张，听过一次，就再也不会跟别人搞混。

早些年，大娥姨一年来我家至少两三趟，每次住在我家短则三五天，长则十朝半月。我平时和外婆住在一屋，我睡小床，外婆一人睡大床。大娥姨和大小姨来了，都和外婆睡一张床。她俩跟外婆都有说不完的话，常常是一夜拉呱到天明。后来，大娥姨老了，走不动路了，但她一年还要来一趟看我外婆。记得她最后一趟来我家，是她小儿子用平车拖来的。

在她们家长里短、整夜整夜的拉呱时，童年的我迷迷糊糊、恍恍惚惚地听到了一段令人惊悚的隐秘家事。通过多年的回忆发酵，我对外婆唯一的妹妹，也就是我小姨奶的悲剧人生，看得愈加清晰。

外婆的这个小妹，瓜子脸、杨柳腰，天生丽质，是四姊妹里长得最出色的。然而红颜薄命，她嫁给连岛的一个渔夫之后，厄运从此降临。小姨奶的男人是个独子，他的父亲是个渔老大，在他年少时，就在一次出海后遇上了大风暴，再也没有回来。小姨奶的婆婆含辛茹苦把儿子拉扯成人，给儿子娶了媳妇，却又对如花似玉的儿媳心怀嫉恨，百般刁难。儿子出海多日返航归家，本应该小两口干柴烈火在一起恩爱，但婆婆却把儿子叫到自己房里，关上门整夜整宿不让出来。小姨奶明知受辱又不敢声张。一次，她从外面回家，无意中撞破了丧尽人伦的一幕。受尽屈辱的小姨奶终于在一个月黑天高的夜晚，投海自尽。

外婆跟海口的亲戚多年来往密切，与血浓于水的亲情有关，也与她特别讲究礼尚往来有关。即使是对孝敬她的侄儿侄女，外婆收了他们的海货，也总要想方设法回礼给他们。为了这些回礼，外婆可谓煞费苦心，总是尽早准备。这些回礼包括生产队分的口粮，自留地里种的豆类、花生、芝麻等等及各种时令蔬菜，也有早就预备好的山芋干、豆角干、菜干等。碰对季节，还有家前屋后果树上结的杏子、桃子、石榴、山楂、柿子等。

随着海货价格的逐年提升，外婆越来越觉得自家的"回礼"没法跟"收礼"平衡了。外婆感叹道：我们肩挑的，抵不上人家手提的啊！

外公看簖

外公家所在的村子，背靠云台山，东去七八里，就是黄海。那地方河网交错，芦苇丛生，盛产各种鱼类和螃蟹。

外公是村里逮螃蟹的头号高手。他逮蟹的工具叫簖篓。一围簖，把河的下游拦腰截住，上面倒扣着几只簖篓，鱼类和虾兵蟹将经过簖上，就被"断"住了，顺着簖上的一个豁口往里钻，便钻进了一个迷晕阵；螃蟹仗着自己能够爬行，竭尽全力往上爬，结果爬到倒扣的簖篓里，也再也逃脱不了。

外公看簖有年头了，生产队时就看。到后来，搞承包，他别的不包，偏偏把这围簖包了下来。他孤身一人，在这远离村庄的河边搭了间丁头小舍，昼天黑夜守着这围簖。

这条河盛产螃蟹的辉煌时期早已过去，野生螃蟹变得越来越金贵。外公的簖上每天逮上十来只蟹，早有鱼贩子盯着，高价收购。因有这围簖，外公的日子过得知足而有乐趣。

闲着的时候，外公就坐在小屋前编簖篓。这活是外公的拿手戏。那些削得光滑溜溜的竹篾子在他手上像银蛇一样飞舞着，慢慢地缩短，而篓子越来越大，不觉就成了形，立起来有一人高。到了傍晚时分，他才停住手中的活，歇口气，直直腰，而后顺着跳板到簖头上取蟹。

碰巧哪天鱼蟹逮得多了,外公就要乐呵呵地喝两盅。他喝酒有个酒友,姓张,是个水利部门的退休工人,在离这儿一里多路的上游看水闸。

这个夏天的傍晚,天气好闷热,水里的鱼蟹们也似乎闷得难受,昏头昏脑地纷纷朝簖篓里撞。外公把几只篾篓收下来,居然有十多斤的收获。他好不高兴,当下挑了几只大母蟹下锅,随后就站在河滩上招呼老张。

"天要下雨了。"外公望着阴沉沉的天空,捶了捶背,自言自语道。他点了根驱蚊的艾绳,坐在石台上左等右等,不见老张的影子。

嗨!看我这记性。外公忽然拍了拍光光的脑壳,恍然想起,大老张的老伴最近病了,他前天就回城去了。

那场雨是晚饭后下的,瓢泼下来似的一夜没停。天蒙蒙亮,外公便爬起床,披上雨衣往外跑。

还好,他的簖还在!水已经满到簖篓的顶部,隐隐绰绰地看见它们在洪水里无可奈何地摇摆。

外公心里有数,他的簖是因为上游的水闸挡了洪水,才没被冲垮的。说不上是感激还是想起老张的关照了,他冒着倾盆大雨,跟跟跄跄地朝水闸赶去。

一到闸边,外公呆住了。一夜工夫,闸里闸外,变成了两个世界。小闸上游,一片汪洋,河边的田地都被淹了,田里的庄稼只看见短短的梢头。

外公一时啥都顾不上了,顺着又陡又滑的梯子爬上闸顶。他推上了启动闸门的开关。"轰"的一声,巨大的水流飞泻而下……

外公不忍朝簖的方向望,软软地瘫坐下来。

大水过后,河面又恢复了往日的宁静,几根簖桩孤零零地立在水中……

方向盘

父亲当兵时跟雷锋在一个师,也是个汽车兵。

后来好些年他不开车了。父亲从部队下来,就到了地处中原的伏牛山区,在那里不开车,开枪,整天整天的开枪。

在那个深藏在大山沟里的兵工厂,父亲是个专职校枪员。

他的枪法很准,获得过全军射击比赛的前几名。小时候,我在家中一只皮箱里翻出过一本国家级运动员证书,还有一些大大小小的奖章。后来这些东西都被我捣鼓丢了,包括用一些铜质奖章跟货郎挑子换糖吃。

父亲不大看重这些东西,丢了就丢了,他从没有查问过。

父亲对枪没有兴趣了,对开车却念念不忘。

那是一九七五年,父亲历经周折,从兵工厂调回来,在市里的体委上班。体委根据他的特长,安排他当少年射击队的教练。

整天拎一支气枪,领一群孩子。

他耐着性子干了年把,终于按捺不住,就去找体委主任。

"这叫枪吗!"他把那支气枪朝主任桌上一放,说:"主任,哄小孩子的事我实在干不来。"

主任望着这个老实人涨红的脸,有些不解:"不干射击教练,你还能干什么？"

"我能开车，在部队我当过汽车兵。"

可是体委只有一辆吉普车，已经有司机了。主任很为难。

"那你就让我走吧，到一个有车开的单位，我想开车。"父亲的语气很坚决。

主任是我父亲的哥哥也就是我大伯的朋友。当时父亲从大山沟里调回来，也是大伯托他帮的忙。他对我父亲知根知底：这是个老实木讷之人。老实人做出这样的"冒失"举动，这要下多大的决心啊！主任不再说什么。

父亲后来说，他这辈子从不愿跟领导提这样那样的要求，那次在主任面前，破例了。

父亲说，没办法，我想开车。

后来父亲如愿以偿地调到一家专业运输公司。

可是并不叫他开车，而叫他干后勤，一个跑腿角色。

父亲起先有些不解。他说我来之前跟领导说好的，说好是来开车的，怎么领导说过的话不作数呢？父亲有一种被耍弄的感觉。当然这些牢骚只限于在家里发发，在单位他从不多说。连没见过什么世面的母亲都说他，人家踢你三脚也踢不出个响屁来。

那么只有等待了，漫长的等待。在那个大山沟里已经等十来年了，再等等又能怎么样？父亲已经习惯了等待。

机会终于来了。父亲单位有两辆汽车吊，一辆十吨，日本产的，一辆五吨，国产的。这两辆车只有一个驾驶员，这人叫杨大春。杨大春在单位里是个"好佬"，谁也不敢惹的。那两辆吊车，由他掌握着，简直成了他家的私产。当时的汽车吊属于紧俏资源，汽车吊的司驾人员也就牛气得很。建筑公司的工头子找到他，出不出车，工时费用，都由他说了算，弹性大得很，他落下的实惠也就大了去了。据说他家盖了幢二百平方的小楼，他只请了几顿饭，就把楼给竖起来了。单位头头对杨大春有些戒备，找过好几个司机给他做副手，杨大春硬是看不中，挡回去了。杨大春说配个人可以，要配把老李配给我。他说的老李就是我父亲。单位头头愣了半天，最后含含糊糊勉勉强强地同意了。

就这样，父亲又摸到了阔别多年的方向盘。

虽说是汽车吊，跟真正的大货车还不是一个概念，但父亲总算摸到方向盘了。

为了感谢杨大春，父亲专门在家请了顿酒。对小他十来岁的杨大春，父亲一口一个师傅，不时给他敬酒。喝到最后，两个人差不多都醉了。

大春说老李，全公司我就看你顺眼。

父亲说杨师傅，哪能这样说啊。

大春说老李你就是太老实了，这年头老实人吃亏。

父亲说这是爹妈给的禀性，有啥办法。

大春拍拍父亲的肩，老李你跟我干，往后不会让你吃亏的。

杨大春走后，父亲呕吐一地，一嘴胡话上了床。

第二天，母亲对我说："你爸夜里睡魇子了，半夜爬起来坐在床上，又是跺脚，又是拍床，还呜呜哭。"

"你爸心里难受。"母亲叹口气说，"你爸十八岁当兵，十九岁入党，走南闯北，现在混得给人家当徒弟，心里能不难受？"

父亲调到一个专业运输公司，干的却是非专业的跑腿角色，他心里不顺，脾气也变得很躁。多年以来，父亲和我们生活在一起的时间很短，一年只有探亲那二三十天，但他给我的记忆却是近乎完美的。他百发百中的枪法，以及他在大山沟里追杀野猪、智斗恶狼的传奇故事，一度是我在小伙伴中间炫耀的资本。

而眼前的父亲却总是沉默寡言、心事重重，哪还有往昔的风采？

不过，自从父亲跟杨大春成了搭档，两个性格迥异的人竟相处融洽。父亲用了什么高招，我不得而知，但可以肯定，父亲并没有和杨大春沆瀣一气，做有损于单位的事情。两年下来，我没看见父亲因他这个特殊岗位得到什么实惠，只是喝酒应酬变得多了，晚上到家常常是醉醺醺的，令母亲大为不快。

一天活干下来，施工单位早已备下酒菜，父亲开始还执意推辞，但杨大春却习以为常。杨大春说这是规矩，老李你不能坏了规矩。父亲一怔，马上意识到自己是副手和徒弟的角色，恭敬不如从命。

父亲说他坚持一个底线，那就是钱财不能收。收了钱财，把柄就落到人家手里，你就得任人拿捏。酒呢？一喝了之，变作尿泚了。不过喝酒有个原则，一桌酒席上他和杨大春只能一个人沾酒，保证另一个人开车。对这一点，干了十多年驾驶员的杨大春也从无异议。

与人相处，父亲总是宽以待人严于律己，也许这就是他和"刺头"杨大春能够和平共处的秘诀。我几次听他跟母亲说，大春这人技术不错，他身上那些毛病也不能全怪他，多数是让单位领导给宠的。

那两年，父亲和杨大春都成了公司的先进。父亲的为人和工作实绩让公司上下刮目相看。

就在这时，公司要引进一批进口大货车。开好车、新车，对驾驶员来说是一种享受，全公司的驾驶员都瞪圆了眼睛盯着这批进口车，没想到领导头一个竟挑中了我父亲。

接新车那天，父亲特意穿上他那套只有春节时才穿的新衣服。父亲总说他穿新衣服就浑身不自在，可那天他把那套衣服从箱底里翻出来，在镜子前比划了一阵，穿上身，脱下来，又穿上，还一个劲问我母亲："咋样？你看看，穿这一身咋样？"

母亲不无揶揄地说："看把你美得，接新娘子呀？"

父亲是那种干啥都要干好、干啥都不甘落后的人。论射击，他是一流的运动员；论开车，他称得上一流的驾驶员。那些年，我们家的各种荣誉证书又摞了一大叠，大大小小的奖杯也摆了一排。最大的一个奖杯是国家交通部颁发的。

也许是人生将老，父亲对这些荣誉变得在乎了。有一只造型精美的陶瓷奖杯，让我妻子相中了，她悄悄地对我说，咱把那奖杯上的字擦掉，拿回去当花瓶。我找了点酒精，刚上去擦，让父亲看见了，他一把将我手中的擦布扯掉，还说了句"败家的"，弄得我好生尴尬。

我想不到父亲会发脾气。自打重握方向盘，他的脾气变得好多了。

他说开车要心平气和，才能稳稳当当。

他还说，几十万一辆的车子掌握在你手里，你还想咋的？

说这话是针对我母亲的。那几年，父亲单位的驾驶员们一个个都发了，发得让人眼花缭乱。公司的宿舍楼里，几乎家家都有了彩电，有的人家还添了录像机，而母亲一到晚上面对的却是一台十四寸的黑白电视机，不由她不埋怨几句："不是成天说你任务完成得最好，油料节省得最多吗？咋就挣钱挣不过人家呢？"

一到这时候，父亲就坐在一边挠头，一言不发。

母亲又道："看你整天累得，人都瘦跟猴子样了，人家还以为是我亏待了你。"

父亲笑笑："天生这样，有啥办法？"

父亲开车开得稳当，名气传了出去，主管局的领导便点名要他去开小车。按说这是别人削尖脑袋朝里钻的好差事，父亲却吭哧半天不表态，手插到短短的头发茬里，又是使劲地挠。

"有什么好考虑的？到局里开小车，既轻快，又能接近领导，这是人往高处走！"单位头头耐着性子开导他。

"那小车开起来轻飘飘的，咱开不来啊。"父亲苦着脸说。

"你这个人，工作咋这么难做！"单位头头忍耐到了顶点，脸便挂了下来。

这件事弄得父亲很被动，他那条理由实在不成其为理由，他自己心里也明白。

我后来分析，真正的原因恐怕有这么两条：一是父亲向来有种惧官心理，他性格内向，跟领导说句话都不自然，更何况让他与领导整天相处；二是他本来就不喜欢做伺候人的差事，现如今上五十岁了，再叫他去随时听人调遣，心里总有些别扭。

跟领导闹别扭，自然不会有好结果。这年年底，他连续多年的老先进荣誉没了，还被派了趟别人不愿去的长途：来回三四千公里，四天后便是春节。

那个除夕之夜，一家人等着他回来吃团圆饭，左等右等，直到大年初一的凌晨，才把他等回来。

父亲显得疲惫不堪，面对一桌丰盛的酒菜，他的手似乎不听使唤，不是碰倒了酒杯，就是跟别人的筷子打架。

"我困死了，坐在这老是做梦。"父亲说着，竟倚在沙发上睡着了。

父亲后来说，那次跑长途，他三天没合眼，最后那一夜，车子开得危险至极。离家最后百十里路，他已经处于一种睡眠状态，他被一阵鞭炮声惊醒之后，忽然觉得不对劲：刚才明明还在百里之外的山东境内，怎么一下子快到家了？他停下车，定了定神，等到他确信自己刚才一直是在睡觉的时候，不由得惊出一身冷汗。他是在梦游状态下开着车，或者说，是他的潜意识操纵着方向盘开了这么远的路途！

幸亏是夜深人静。幸亏是一条熟悉的路。幸亏是大年三十，路上的车寥寥无几……

侥幸之后,父亲的心里更多地蒙上一层阴影。这次险情给他一种预兆,他深感自己的精力、体力跟不上了,他已不再适宜做大货车的驾驶员。和那些生龙活虎的年轻驾驶员相比,他那个全公司第一是实打实熬出来的,别人一天跑五趟"集港",他跑七趟八趟,别人傍晚六点下班,他夜里十点才回家。再这样熬下去,什么人能吃得消?

父亲这种没有规律的生活让母亲大伤脑筋。终于有一天,她来了次爆发。她说老李你这不是成心作践人嘛,你还知道回家?看看现在几点了?你干脆就睡在车上,不要回了!

母亲再也不想让他开车了。

单位头头的态度也很明确:老李你是该交班了。你这样干下去,说不准啥时候方向盘一歪,出了纰漏,我们可担当不起。你是劳模,是单位的一面旗子,咱可要保护你。

父亲还能说什么呢?

最后一次出车,是去天津港装货,一共四辆"五十铃"汽车,安排父亲做领队。任务完成得非常出色,货主感激不迭,除了付给正常费用外,还给每位驾驶员塞了个红包。塞给父亲的红包是整整一千元。

一千元带回家,一家人七嘴八舌地发表意见,最后一致认为,这次红包人人有份,咱不收白不收。况且这是父亲最后一次出车,是好是歹,也就这一次了。

父亲在一边长时间的沉默不言,对大家的意见置若罔闻。只见他从腰上摘下那串汽车钥匙,摆到桌面上,又呆呆地坐了一会,最后他把钥匙和那个红包朝身上一揣,推门就往外走。

母亲急了,追出门喊道:"你给我回来!听说出这趟车是领导有意安排照顾你的。"

"我不要这照顾，要照顾就照顾我再开两年车！"父亲头也不回，嗓门大得吓人。

进 步

我外公家所在的生产队，叫黄崖四队，全称黄崖大队第四生产队，与黄崖三队的人家混居在一起，同属一个自然村。村庄原先的名字叫蟹脐沟，"破四旧"的时候，这个颇为特别的名字被"破"掉了，从此成了非官方的地名。后来大队改为村，近年又由村变为居委会，也还以黄崖命名，蟹脐沟这个地名仍没有进入官方序列。

蟹脐沟人家，多数姓张，据说祖籍苏州阊门外，因明初的"红蝇赶散"（又称"洪武赶散"）迁徙至此。这里本是一片依山靠海的荒蛮世界，张姓人家是最早的住户。他们在此垦荒种植、繁衍生息。后来，因海岸淤积，海水退至十里开外，此地人家有了更多的出场。到了上世纪二三十年代，便形成了一个小小的村落。

几代人积累下来，这几个张姓老户，大多攒下几十亩山地或滩田，农事繁重，自然要雇些佃农帮工，于是村里陆续有了一些杂姓人家。

土改后，村里这几户稍许富裕人家，都被划为地主富农。就连我外公家，只有十几亩薄田，也被瘫子里选瘸子，划为上中农成分。而那些后迁来的佃农，则成了根正苗红的贫下中农，从此翻身做主。

可想而知，在大队和生产队里，张姓人的日子很不好过，任凭他们如何努力，像入党入团当兵这些好事，他们基本上是沾不上边的；而大队干部、民兵营连长、生产队长、会计等重要角色，更与他们无缘。

我外公家的成分，虽说是可以团结的对象，却总归不在贫下中农的阵营，因此，我母亲年轻时一直要求进步，却终究未能实现。

外公外婆一生未育，我母亲是他们抱养的孩子，他们视若己出，节衣缩食，将她送到十几里外的乡里上高小，又送到三十里外的连云镇上初中。母亲初中毕业后，学习董加耕，执意回乡务农，成了当时全大队学历最高的女青年。

以母亲的学历和她义无反顾回乡务农的积极表现，理应得到大队的重视，但因为家庭成分的缘故，母亲的最高"政治面貌"止于"共青团员"，再想入党，则比登天还难。

为了要求进步，母亲在生产队里的表现，如同一个冲锋陷阵的士兵，连自己的命都不顾。

以母亲生育我们兄妹仨时的情形为例，便可知道她在队里是如何干活的。

我是母亲的头生长子，母亲生我那年二十一岁。农历十一月二十，刚下了场雪，天气大寒，即将临产的母亲当天还在生产队的滩地里砍芦柴。她负责砍，我外公和另一个男社员负责打捆及扛运到路边。一上午，母亲砍了二十七捆芦柴，每捆重约百斤。吃过响饭，母亲还要去干活，在村里专为人接生的外婆拦住她，说丫头你说生就要生了，在家歇半天吧。母亲却说，俺妈我没什么感觉，没事的，队里的活耽误不得。外婆拦不住她，母亲又走下四五里路，继续到滩地里砍柴。砍了十六个柴捆后，母亲撑不住了，急忙喊我外公。外公和那男社员一人架一只肩膀，好不容易把我母亲架到家，母亲已面无血色，差点虚脱。幸亏外婆是个接生高手，她似有预感，家里的接生准备一应停当。母亲到家后，外婆即把她安顿上床，说丫头啊，有妈在，你不慌！母亲此时正经历着阵痛，却累得连喊疼的力气都没有。外婆叫外公赶紧烧水，打了四个荷包蛋让她吃下。一个钟头后，由外婆接生，我顺利地来到这个世界。

生我大妹的时候，正是夏收大忙季节，母亲更是一时都没有耽误干活。晚上收工回来，外婆见她要生了，赶紧做了碗干饭给她吃下。也是仅仅过了半个钟头，大妹就出生了。

生我小妹那天，母亲在生产队的大场上摘地瓜。那年地瓜丰收，大场上的地瓜堆得像一座座小山，令社员们喜忧参半。不管怎么说，庄稼丰收了，值得一喜，但一想到以地瓜当主粮，过"瓜菜代"的日子，自然忧心忡忡。摘地瓜属于轻活，体现了队里对一个孕妇的照顾。不过干这活收工晚，天都黑了，大场上还亮着汽灯，继续干。母亲从中晌摘到晚上七八点钟，没有歇手。这时候，她突然觉得肚子疼了，而且一下子疼得痉挛起来。她想站起身，但下身已经有一股热流涌出来。她想这下糟了，孩子怕要生在大场上了。母亲急了，叫喊起来。幸好场上还有别的女社员在干活，有两人慌忙把她架起，朝家里送。还好，进了家门，孩子才落地，母亲的裤腿早已被血水湿透了。

几十年后，母亲回忆起她的"进步"历程，仍是唏嘘不已："那个年代，为了要求进步，真是不要命了！"

只有一次，她似乎接近目标了。那天大队的党员干部开会，讨论两个积极分子入党事项。这两人一个是我母亲，一个是大队会计的堂妹。名额只有一个，二选一。

后来当然是我母亲落选，但她被否决的理由却认人目瞪口呆。据说在讨论时，两人的支持率本是势均力敌，这时，一位大队支委发言，说那个大队会计的堂妹特别会逮虱子，而我母亲这一点不如她。

于是一锤定音，我母亲因"不会逮虱子"惨遭淘汰！

母亲开店

二十多年前,母亲在村口开了一间小店,卖些日用百货。

母亲是六十年代初的初中生,在生产队做过会计。生我妹妹时,她落下病秧子,人到中年后,田里的重活做不了,本以为盘弄一间小店,能轻松一些,真的干起来,竟有些招架不住。

开店后最头疼的事是进货。那时,我和父亲都在城里上班,妹妹还在上中学,都帮不上手。母亲只得常常锁了店门,自个出去进货。

离村子最近的百货批发部也在三十里开外。进货多时,母亲就起大早,拖辆平车去,来回一趟要半天工夫;货少,一般坐公共汽车,但车次少,往往拥挤不堪,人挤上车已属不易,再搬弄货,就更费力。最倒霉的一次,是在拥挤中让"三只手"掏了包,把她身上的几百块钱偷了去。母亲回家后懊糟得吃不下饭,还暗暗哭了一场,决计不再进城批货,把小店的存货售完即行关门。可没过几天,她又挤车进货去了。人家问起她遭窃的事,她居然自我解脱地答道:"退财免灾!"母亲终究是个不服输的人。

小本生意,经不起折腾,但麻烦事总会有的。那年夏天,有一种汽酒饮品十分畅销,一时进不到货。母亲正着急,可巧这天来了辆卡车，停在了小店门前，是外地过来推销汽酒的。这送上门的好事，母亲很是感激，当时付款，卸下五百瓶。然而，销出几瓶后，便有人拎着酒瓶找上门来："这汽酒变了质，咋还卖给俺喝！"母亲大吃一惊，接过一看，汽酒里果然有些丝丝絮絮。她连忙跟人家赔不是，并如数退了款。再细看余下的汽酒，也大多变质。事到如今，母亲方知上当。但当时这种送上门的货根本找不到出处，几百瓶汽酒损失不算，还险些坏了小店的名声。

母亲做买卖经验不足，难免吃亏上当。不过她恪守和气生财、老幼无欺这一准则，坑蒙乡邻的事决不会做。那几百瓶汽酒全让她倒掉了，算是花钱买了个教训。那年夏天她没再卖汽酒，干脆在店门口摆上免费供应的大碗茶，无意中竟赢得不少人气。

母亲开这间小店并不比干农活轻松，那几年她明显老了许多，头上添了不少白发。

记得有次周末回家，正好让我碰上一件事。村里有个小孩拿了十块钱到小店买铅笔，母亲找了钱，特意叮嘱小孩拿好了回家，可小孩回去后，手里只有几支铅笔，找的钱不见踪影。小孩的妈妈不问青红皂白，认定是我母亲坑了小孩的钱，当下从家里指名道姓一路骂到小店，引得好几十人围观起哄。我很气愤，直想冲上去揪住这泼妇。母亲本来坐着一言不发，怕我莽撞，连忙道："你快去把她家小孩找来。"我满村寻遍，终于找到那个小孩，叫来当面对证。原来那小孩将余钱全拿到走街窜巷的货郎担上买了吃的，回家怕挨揍，编了个谎话。那女人当众出丑，灰溜溜跑了。围观者大笑，母亲却没有笑，后来还自责道："这事我有责任，她家日子过得紧巴，小孩把钱瞎糟蹋了，她能不着急吗？往后小孩来买东西，我得注点意。"

村里人在小店买东西，常常赊账，有时一赊好几个月，但到了年根，总是要清账的。不过有个例外，村里几个五保户赊的账，如果没来还,母亲从不催要,年底时他们的账就一笔勾掉了。这样的账每年总有一二百元,在当时并非小数目。有个叫张三贵的光棍汉,是个外乡人,也常来赊账。他在离村子不远的地方看水电站,公家每到年底给他开支。这人酒喝得凶,在店里赊酒回去,常常边走边喝,没到住处就把一瓶酒喝光了,喝醉了就歪倒睡在路边。母亲起先不晓得这回事,后来知道了,就不想卖酒给他。但张三贵酒瘾上来了,赖在小店里不走,身上又没有钱。母亲看他可怜,无奈,还是把酒赊给了他。后来,听说张三贵死了,是喝醉酒跌到河里淹死的。母亲懊悔得很,觉得自己没能狠下心拒绝卖酒给他,反而是害了他。张三贵入土那天,母亲特意赶去,在他坟头摆了四瓶酒。

村里除了一家供销社的代销店,开始只有母亲这间个体小店。后来,村口又出现了一家店面。村子本来就小,购买力有限,好比一碗饭一个人能够吃饱,分成两下,两人就谁都吃不饱了。母亲的生意明显变得清冷,但她看得开,和那家小店不仅相处和睦,而且互通有无。

不过,有一天双方出乎意料地吵了一架。原来那家小店不知从哪里进来一批过期食品,廉价卖给一些贪图便宜的村民。母亲发现后,说了那家几句,那家不服,双方便吵了起来。我那次回家,听说这事,就埋怨母亲:"你管这么多闲事干吗?"母亲却认真地说:"我是乡里个体协会的小组长,我不管谁管?"

呵呵,我差点把她这顶"乌纱帽"给忘了。听说母亲这个小组长是全乡个体户推选出来的,她做得一本正经。每次去区里的个体协会开会,她都郑重其事,一场不落;个体协会办的小报,她领回来后,都义务送到分片小组的每一个小店。

母亲腿关节的毛病很严重,脚后跟曾开过刀,病根未除,有时发作起来,一着劲便钻心地疼痛。如若发展下去,到那么远去进货就更困难了。我和父亲都劝她,小店干脆别开了。

母亲说:"不开小店,我干什么呢?总不能在家吃闲饭吧。"

父亲想了想,不知怎么回答。

母亲笑着说:"我还是开店吧。等你退休了,专门帮我进货。"

一篮板栗

三十年前的一个寒冬腊月,我从省城的学校赶回家过年,见到多日思念的母亲和妹妹,既感到高兴又心酸不已。母亲老得太快了,四十多岁的人,头发已白了大半。那时,父亲在千里之外的内地工作,一年只有一次探亲假;母亲在生产队干活,又要拉扯我两个未成年的妹妹,日子过得非常艰难。

两个妹妹,一个十三岁,一个九岁,都单薄清瘦,但蛮有精神。一进家门,小妹就跟我说:"哥,我长高了,你量量看。"说罢就站到板门的后面,把手压在头顶比给我看。那门上有我上次临走时给她刻的身高记号。不错,是长高了一截。

我一把抱起小妹,逗道:"你是不是每天早上起来,都要喊'门神爹、门神娘,叫我长门高'?"

小妹头摇得像花棒鼓,说:"喊那有什么用,俺妈说长个子要靠饭食顶哩。"

母亲在一旁看着我们兄妹,脸上露出欣慰的笑容。我心里明白,我们的成长,都是母亲熬心费神供出来的。

晚上,一家人围着火塘坐下来,母亲不住地端详我。好一阵,才说:"儿呀,你瘦了。"说罢,背过身,撩起衣袖擦眼。

我心里酸酸的："妈,你咋了?"

母亲忙说:"没什么,叫烟熏的。"

大妹在一边告诉我:"俺妈成天念叨你,怕你在外面挨饿,怕你瘦了、病了;一到吃饭时,她常自言自语'你哥这当儿不知吃饭没';她说你在学校吃的是定量,不像在家,还能找点粗粮野菜什么的掺和着吃……"

儿行千里母担忧啊!我的眼睛润湿了。母亲啊,比起你身心的重荷,儿子在外面受的一点委屈和辛苦算得了什么?

一阵沉默之后,小妹耐不住了,说:"哥,俺妈还留了一篮板栗挂在那,说等你来家过年就炒了吃。"

"哼!成天惦记着那篮板栗。那天你搬凳子去够篮子,跟馋猫似的,要不是我吭一声,怕留给哥哥的栗子一个也不剩了。"大妹拨了下火,故意奚落道。

小妹委屈地望着我,嘴里嘟哝着:"谁是馋猫?人家不就想看一看嘛。看看有没有被老鼠偷吃了,看看……你一叫,吓得我好险跌一跤。其实那凳子矮,篮子我够不着,连栗子都还没看见哩。"

"老鼠,老鼠会飞?能爬到那么高偷板栗?恐怕说这话的人就是偷嘴——老鼠。"大妹故意摇着头,又刺激她一句。

小妹急了,一个劲地分辩着。

母亲打圆场:"你姐逗你的,看把你急得。"接着,对我说:"那篮板栗是你两个妹妹上山拣的。那天真不巧,下了场急雨。你两个妹妹都被雨淋出病了……"

我心里一阵感动:"妈,早该把板栗炒给妹妹吃,留这么久干吗?"。

母亲叹了口气,说:"家里有好吃的东西,你们兄妹仨只要有一个吃不到,我心里就不安稳。"

"哥,板栗收得越久就越甜吧?"小妹的眼里闪着火花。

我点点头:"是的,板栗要收干了才甜。"

这时,母亲站起来,走向光线昏暗的里屋。

小妹一下子跳起来,雀跃着跑到母亲的前边,得意地喊道:"炒板栗吃喽!"

大妹跟在后面,还是逗她:"馋猫……馋猫……"

我走到房门口,借着火塘的光亮,看到里屋的横梁上挂了只提篮。小妹已经把凳子端到篮子底下,没等我过去,母亲早站到凳子上,踮着脚,把篮子够了下来。

小妹双手接过提篮,就跟大妹一起高兴地跑到外间去了。我连忙过去,把母亲从凳子上扶下来。

等我和母亲走过去,却意外地看见两个妹妹正对着提篮发呆。

"俺妈,板栗都让……让虫子吃了……"小妹望了母亲一眼,止不住哭了,瘦小的身子颤抖着,泪珠映着一星火光滚过她瘦瘦的脸颊。

大妹默默地从她胳膊上接下提篮,埋着头一声不吭。

母亲迟疑了一下,还是走过去,把篮子从大妹手里拎过来。那是一篮大小参差的板栗,栗子上满是白色粉屑,丝丝绒绒的,那白屑下面就掩着一个个蛀洞……

母亲将提篮掂了掂,心疼地叹息道:"我好糊涂呀,板栗是忙劳骨,收在那时间长,要经常动一动它才不生虫子……唉!我好糊涂……"

也许是母亲的手抖得厉害,提篮"噗通"一声落到火塘里。火苗一下子蹿得老高。

母亲伸手要去拎那已经燃着的提篮。我一把拦住她:"妈,别动,让它烧吧!"

火烧得很旺,屋里亮堂了许多,满屋弥漫着板栗的香味。我把小妹拉到身边,轻轻拭去她脸上的泪水。

我突然感到,自己的身上盈满了力量。

辣糊豆

妻子是做辣糊豆的高手。

每年冬天，家里都要做上两三盆。是那种大号的搪瓷面盆，满满实实的。春节期间，切上一块，作一道风味凉菜上桌，甚为方便。

妻子的这个手艺有家传的成分，她母亲做辣糊豆就是一绝。

十七八年前，我在朝阳路上开过一家舞厅，与舞厅相邻的是一家不大不小的饭店，叫朝阳饭庄。店老板想把饭庄转让，另开一家规模更大的酒店，就鼓动我接手下来，可以和舞厅形成"一条龙"服务。现在回想起来，我当年对餐饮业一窍不通，没有金刚钻，却偏偏揽下瓷器活，一年之后再度转手应是必然。

我接手后，店里最受欢迎的一道凉菜，就是辣糊豆。起先，是岳母在家做好，送给我和妻子吃的。有次朋友们来捧场，妻子盛了一盘，端给他们品尝。哪知朋友桌上的一盘很快吃光，他们以为这是店里的菜品，连催服务生再上一盘。

这以后，辣糊豆上了饭庄的菜单。开始时，每次请岳母做上两盆，放入冷藏柜，够店里用三四天的。后来，客人反映甚好，用量大增，再让年已花甲的岳母为我们劳动，实在说不过去，便让店里的厨师做。但嘴尖的食客吃过之后，便提出疑问：你家店里辣糊豆的口味大不如前呀,换厨师呢?

其实食材与工序都差不多呀,怎么做出来的味道大不相同呢?这话又不便跟厨师多说,无奈,只好请老岳母继续帮忙。直至饭庄转手,大半年时间,岳母为饭庄做的辣糊豆不下上百盆。

每年进了腊月,岳母都要做好了辣糊豆,送给我家一大盆。大约在十年前,妻子突然心血来潮,要自己做辣糊豆。我担心她做不好,说你跟你妈学过吗?要不咱们去买些材料,还让她帮咱家做。妻子说,这还需要专门学吗?吃了这么多年,想想就知道是怎么做的。再说妈妈年龄大了,不想再让她忙了。

这天下午,妻子就把各种食材准备停当。黄豆、花生各三四斤,炒熟,花生去皮;猪大骨、猪肉皮若干,文火熬汤,冷却后呈胶冻状,肉皮取出,切成丁;本地特产赣榆酱瓜两三根,切成小丁,茶干若干,也切成小丁;另备至少二两红辣椒面,一把新鲜蒜苗。

晚饭后,妻子把家里平常不用的一口大铁锅拿了出来,又把两只崭新的搪瓷面盆清洗干净。将葱、姜、大料等下油锅爆炒,然后倒入各种食材加上佐料,在大锅里煮上二十分钟,倒入搪瓷盆中。蒜苗切碎,待出锅后,撒在表面上。

不过,这时候就说两盆热腾腾、香喷喷的辣糊豆已经大功告成,还为时过早。还要等它自然冷却,若结不成"冻子"或冻得太硬,都会影响口感,只有那种"果冻"效果,才为最佳。

妻子头一回做,就取得了成功。可能是黄豆、花生经过炒制,煮得时间相对短一些,吃起来更加脆香、爽口,正对我和儿子的口味。她经不住夸,几天后又连做两盆,喜滋滋地送给亲朋好友品尝。

岳母的评价是:咸淡还算适中,味道也不错,黄豆和花生还可再煮一煮,既绵软又要有筋道。不过她很是欣慰,说往后过年,辣糊豆就不用她做了。

沛泽稚语

沛泽吾儿，马年三月出生。

孩子出生时，他二舅正在后街开着一家饭店。饭店不远处有个起名馆，他二舅自作主张，花了二百元钱给孩子起名字。起名馆根据孩子的生辰八字及父母姓氏等，列了十个备选名字，让家长定夺。此时我正为孩子起名字的事愁得翻字典，妻兄的一番好意，我当然要领。面对十个备选名字，斟酌再三，选了列于最后的"沛泽"一名。

我对易经、五行、八字之类没有研究，但知道"沛泽"是沛县的古称，是汉高祖刘邦"大风歌"的起源地，还有"恩泽盛大"的意思，且我们李姓人家，姓氏就是一种果木，雨水丰沛，总归宜于林木生长吧。

光阴似箭。儿子仿佛一转眼就长大了，不到十二周岁，便长得一米七五的个头；洗澡时，都不情愿我帮他打肥皂、搓背了。

整理文稿的时候，无意中看到早几年记下的几则儿子的童言趣语。记得其中"正副家长"这一段，发表在《家庭》杂志"家长的耳朵"栏目上，短短几十个字，给了一百元的稿费。如今再读，仍觉有趣，不妨编入书稿。

正副家长

妻告诉三岁的儿子,领导有正副之分,正的权力大,正的领导副的。

儿子立即活学活用:"那我们家你是正家长,爸爸是副家长;我是正孩子,那谁是副孩子呢?"

长生不老

电视里播放《西游记》,五岁的儿子是热心小观众。

一天,妻教育儿子:"你少让我操点心好不好?妈妈操心多会变老的。"

儿子不紧不慢地说:"要想长生不老,去吃唐僧肉呀!"

杂交动物

儿子爱看《动物世界》。上一年级那会儿,有一天,儿子带了个同学来家玩。那同学说,昨晚上他爸爸和妈妈吵架了,爸爸骂妈妈是母老虎,妈妈说爸爸是个公狮子。儿子听了这话,不耐烦地说:"一个是母老虎,一个是公狮子,那你是什么?不成杂交动物呢?"

气得自杀了

儿子九岁,对诸事有自己的看法。

一次,我们去韩国旅游。导游说,三星公司还制造飞机你们知道吗?——波音飞机上的许多部件是三星生产的。

接着又说:你们知道苹果手机是哪里生产的?——大部分都是

富士康公司生产的哟!

儿子若有所思,突然说:我知道富士康的人为什么连着跳楼了。

我一惊:怎么呢?

儿子说:他们天天面对苹果手机,自己又买不起,气得跳楼了!

鸟 缘

黑土刚到我家的时候，我是不欢迎的。

黑土是一只八哥，通身透黑，是妻子和儿子从盐城带回来的。妻子的大哥在盐城工作，有个十来岁的女儿，八哥就是儿子的这个小表姐送给他的。

妻儿冷不丁拎了只八哥回来，我立马表示反对。理由有三：一是家里没闲人，没工夫伺候宠物；二是阳台空间本来就小，再放个鸟笼子，既拥挤又不卫生；三是宠物一旦养熟了，自然就成了家庭的一员，如果哪一天它死了，会引得家人伤心伤神。

可鸟已经拎回来了，按照我家少数服从多数的议事原则，我反对也是白搭。但我提出，鸟是你们拎回来的，喂食、打扫卫生，都是你们的事，我不参与。

八哥在盐城时，名叫帅帅，到家后，儿子将它更名为黑土，与赵本山小品里扮演的角色同名。我问何故。儿子说："你看它是不是又黑又土气？外婆说了，起个难听的名字，好养！"

不过，如今的孩子，可玩的东西太多，儿子对黑土的关注，也就是两三天的热度。他要的只是拥有权，才不关心鸟怎么养了。喂养黑土的任务，一开始，就落在了妻子身上。

八哥的食物主要有两种。一种是加工好的饲料，一斤重一袋，红米似的颗粒；还有一种活物，叫面包虫，约一厘米长一条，买上两三块钱，够吃半个月的。天一亮，八哥就在笼子里唧唧喳喳地叫开了。妻子说："黑土饿了，要吃饭了。"于是她起床后的第一件事，便是喂八哥。她一般是先喂面包虫，一条一条用筷子夹着，让八哥隔着鸟笼啄食。一边喂，一边教八哥说话，"你好、早上好"等等。

八哥准确地啄食着面包虫，在笼子里又蹦又跳，显得兴高采烈。间或，它停下来，含糊其辞地回应一声，妻子便兴奋地招呼我和儿子："快来听，黑土会说话了。"仔细听听，黑土确实像是在说："你好……"

妻子说，面包虫是八哥的点心，不能当主食吃。喂了十几条虫子后，她便在小食盒里倒进半盒饲料，将装水的盒子里灌满水，供八哥一天食用。不过黑土对饲料的兴趣远不及面包虫，往往吃几口就停下来，蹦蹦跳跳玩一阵子，才又去啄食。

每次打扫完卫生，妻子总要把八哥放出鸟笼，洗个澡。一天，妻子神秘兮兮地把我喊到阳台边，让我观看八哥洗澡的全过程：她打来一盆清水放在阳台上，打开鸟笼上的小门，下达命令："黑土，出来洗澡。"八哥像是听懂她的话，从小门里探头探脑，谨慎地观察了一会，便一跃跳出鸟笼。出了笼的八哥并不放松警惕，它在水盆四周转着圈，不时跳上盆沿左右打量，直到确信没有什么危险，才跳到水里嬉闹起来。它一会儿把头插到水里，使劲地甩来甩去，一会儿又勾着头，安静地梳理双翅，接着，它站立在水里，兴奋地扑棱着翅膀，把身上的水珠抖落得干干净净。如此反复三四次，它仍像个调皮的孩子，乐此不疲。这时，妻子又下令道："黑土，洗好了，回去！"八哥歪着头，望了妻子一眼，像是明白了她的意思，又有些不情愿，不紧不慢地迈着四方步，返回了鸟笼。

看到黑土的精彩表演，我十分感慨："想不到，一只小鸟，竟这般懂事!"妻子瞥了我一眼,说:"你以为这容易呀?这可是我训练了许多次才练成这样。"

是呀,黑土到我家不知不觉一年了,它给这个家带来了生气,带来了快乐。我从最初的排斥,变得渐渐喜欢上了这个小家伙。

黑土的食物快要吃完了,我不用妻子吩咐,便主动去买。妻子的采购点本来只有一个,三四块钱一袋的饲料随时可以买到,但面包虫经常断货。我经过打听,又找到另一家卖鸟食的小店,这样,面包虫就基本上不会断顿了。我还上网查询,了解到八哥可以喂些蔬菜和米面,便把青菜、西红柿等切碎,拌上馒头屑或米饭,让黑土换换口味。

黑土到我家两年多,被我们养得膘肥体壮,身上的羽毛油光发亮,就连叫声都显得底气十足。它成了我们家庭的一员,早晚起居、一日三餐,与我们同步。出差在外,我和妻子打电话,也总要唠叨几句它的情况。平时,只有黑土在家留守。它好像一直在等候着我们,一旦听到家人开门的声音,便兴奋得大声鸣叫。有一天,我父亲到家里来,儿子骄傲地领着他去看黑土,还对黑土说:"快,叫爷爷!"那意思,黑土俨然成了他的小兄弟。

今年春节前一段时间,我和妻子经常加班或应酬,有时要忙到深夜才回家。黑土的面包虫吃完了,我跑了两趟都没有买到。黑土几天没吃到点心,显得闷闷不乐。这天,我做早餐打荷包蛋时,突然灵机一动,随手把几个鸡蛋壳放到鸟笼里,让黑土啄食。我小时候养过小鸡,知道鸡崽特爱啄食鸡蛋壳,便想当然地以为,八哥也会喜欢。哪知道,我这个无意之举,竟酿成大错。

下午五点多钟,我接到妻子一个电话:"你给黑土吃了什么?!"我听她声音有些不对劲,心里一沉:"怎么呢?"妻子好像在哭:"黑土死了……"

我心里"咯噔"一下,连忙赶回家。妻子的眼圈还是红的,告诉我，今天她终于买到了面包虫，下了班就急忙往家赶，可进了门，没有像往常一样听到黑土的叫声，到阳台上一看，黑土竟耷拉着头，趴在鸟笼里一动不动。"黑土黑土，你这是怎么呢？"妻子焦急地呼唤道。黑土艰难地睁开眼睛，眼巴巴地望着妻子，好像喉咙里卡着什么，叫不出声来。妻子看到鸟笼里的鸡蛋壳，似乎明白了什么。她把黑土掏出笼，握在手里，想灌水救它。谁知黑土在她的手心里，朝她望了最后一眼，使劲伸了伸脖子，就再也不动了。

"都怪我，黑土一定是被鸡蛋壳卡死的。"我懊悔不已。"说这些还有什么用！可怜的黑土，一直在等着我们回来救它呀！可我眼睁睁地看着它在手里死去……"妻子说着又哭了。我也潸然泪下。妻子又告诉我，她已经在小区的草地里挖了个坑，把黑土掩埋了，她不想让我和儿子看到死去的黑土。

可是，我们怎么向儿子交代呀？儿子是个特别敏感的孩子，他要是知道黑土死了，一定会非常伤心的。我跟妻子建议，赶快去店里买只八哥回来，顶替黑土。妻子想了想，说，算了，跟儿子实话实说吧，孩子总归要长大的，他应该经历这些。

黑土死了一个月了，妻子那天买的面包虫我却一直没舍得倒掉，隔两三天还给它们喂些面饼或馒头。妻子问我这些面包虫养得肥肥胖胖的，打算怎么处理呀。我说抽时间送给鸟食店吧。妻子说，要不，咱家再养个八哥吧。我说，你想养，就养吧。隔天，妻子就买了只小八哥回来。晚上，给小八哥起名字，我和妻子还想叫它"黑土"。儿子却说，不，黑土是唯一的，它是第二个来到我们家的八哥，叫它二黑吧！

养狗记

一

中午吃饭时，家里养的两条小狗小白和小贝不唤自来，围到我跟前。妻子已经给他们喂过食了。我看两狗一边一个在我腿旁磨蹭，心有不忍，便用桌上切好的腊肠喂它们。小贝虽然是只不到两个月大的小狗，但吃相生猛，我一不小心，右手的大拇指上被它的牙齿蹭了一下，破了芝麻粒大的皮，但没有出血。我赶紧起身，到卫生间，把破皮处挤了又挤，出了一点血，又用清水冲了冲。

这时，妻子走过来问我，是不是被狗咬了？我点头。妻子抓过我的手看了下，叫我打一下肥皂，继续用水冲洗伤处。接着安慰我说："一点小口子，没关系。程小军常被家里的狗咬到，都是用肥皂水清洗的。"程小军是她同学阿惠的丈夫。他们家养过不少狗，我家稍大的那条狗小白，就是他帮忙要来的。

听妻子这么一说，我松了口气，回到桌上继续吃饭。

二

我和妻子谈恋爱时，她就养过一条小狗。那是一条京巴，养有三四年了，被她调教得得特别懂事，会站立、作揖，还会作欢迎状。但我不喜欢，觉得养狗牵扯了她很多时间和精力，谈恋爱都分心。后来，这条叫阿龙的京巴狗在一天晚上失踪了。

那天晚上，她不在家，她母亲出门倒垃圾，阿龙好像跟着出了门。她母亲回家后，过了好一会才发现阿龙不见了。妻子回到家里，已经是晚上十点多钟，听说阿龙跑丢了，急忙打着手电到外面寻找，又打电话把我喊来一起找。一直折腾到凌晨三四点钟，把社区周边的几条街都找遍了，也没有找到。妻子哭哭啼啼，还要再找。我只好劝她说，小狗认路，等到白天说不定它自己就跑回家了。她这才作罢。

阿龙终究没有回来。快二十年过去了，妻子只要提到阿龙，还常常掉眼泪。阿龙失踪后，妻子多次动过养狗的念头，我都没有同意。一是家里住的是楼房，没有单独的房间可供养狗；二是没有时间没有精力养狗；三是孩子小，据说小猫小狗的身上都有可疑的细菌，怕对孩子有影响。

但这两年，儿子长成了小男子汉，成了他母亲的同盟军，家里要求养狗的呼声越来越高。

妻子最要好的两个中学同学小魏和阿惠，都养了狗。小魏家养的是一条萨摩耶犬，我起初看到时，只有一尺长吧。我儿子每次到她家，总要抱着玩一会儿。等我去年秋天再看到时，这条两岁大的狗已经长到一米多长，一百多斤重。这条狗被小魏起名叫大白。妻子有次说起小魏，说她在家带孙子了。我一愣：小魏有孙子了？妻子扑哧一笑：是呀，大白就是她的狗孙子啊。

阿惠家养狗的历史更长。她家住在后河底的平房里，丈夫程小军酷爱养狗，且养的都是大狼狗（儿子说那是德国牧羊犬），据说其中有条狗还获得过全市狗展的冠军。阿惠家周围的平房大都拆迁了，她家成了寥寥几家"钉子户"之一。唉，难怪他们，拆迁过后，她家的狗舍、鸽子窝朝哪里搬呢?

除了这两个同学,还有个养狗人家,对妻儿的影响也很大。妻子的大哥家,在几百里外的盐城市,他家前些年就养狗,现在家里有两条狗,其中一条狗起名"阿龙"。妻子每次去盐城,回来后就"阿龙阿龙"说个不停,仿佛从这个"阿龙"身上找到了原先那个阿龙的影子,她的心灵得到一丝安慰。

受他们的影响,妻子又打算抱条狗回家养养,但我还是没有松口。家里已经养了只八哥,我真的不想再养什么玩意儿了!

但这一次,妻子来了个先下手为强,趁我不在家时,把狗抱回来了。

那是去年十一月初,我从台湾"八日游"回到家,开门迎接我的,除了妻子和儿子,还有一条浑身雪白的小狗。

不用多说,我就知道怎么回事了。他们已经算定,生米煮成了熟饭,而且我刚从远方回来,怎么好意思跟他们翻脸。

妻子见我默认了事实,便告诉我这条狗的来历:狗是程小军从他亲戚家要来的,是条小公狗,据说是血统正宗的比熊犬。狗有六个月大,四五斤重。比熊是一种小型犬,永远长不大,体重最多也就十二三斤,养在家里比较合适。

妻子给小狗穿了一身红色的小衣服,抱到我面前,逗道:"小白,这是你爸爸,你爸爸回来了。"

我成了"狗爸爸",有点不悦,有点尴尬,又不好发作。妻子是个声乐演员,性格开朗,有时就爱没心没肝地说些不着边际的话,我何必跟她较真?但突然想起小魏家的大白,那么大一条狗,是小魏的"狗孙子",我家小白这么小,就成了我们的"狗儿子",辈分高了!

于是,我对妻子说:"你让人家小魏家的大白认我们家小白当叔叔,恐怕不合适吧,小魏能没有意见?干脆,你还是把小白排在孙子辈吧。"

妻子笑了："怎么，你也想抱孙子？人家小魏的儿子都二十岁了，家里添个孙子也算正常，你家儿子才十来岁，你就想添孙子呀？"

叫她这一说，我觉得把小白当成"孙子"是有些不顺，毕竟眼下我还没有当爷爷的心理准备，离真正当爷爷的日子还远着哩。

儿子早就说过，八哥"二黑"是我们家的一员。小白当然不例外。经过我和妻子这么一讨论，它在我们家的定位基本确定：我和妻子的"狗儿子"，儿子的"狗弟弟"。

有了这一定位，有时跟小白说话，就显得方便了。妻子给狗喂食时，我会说："小白，妈妈给你喂食了，快去吃！"看到小狗跑到儿子房间，我会吆喝它："小白，哥哥在做作业，你别去捣乱，快出来！"当然，我也常不知不觉地自称"狗爸爸"。比如我坐在沙发上看电视，小白蹲在一边，我会顺口喊它："小白，过来，让爸爸摸摸。"

狗通人性，狗是人类最好的朋友，这话一点不假。相处短短时日，我对小白的好感油然而生，我觉得六七个月大的小狗比几岁的孩子还要懂事。平时，给狗喂食、打扫粪便这些事都是我和妻子谁有空谁干；而给狗洗热水澡、抱出去打防疫针这样的事，妻子对我不放心，都要亲自去做。开始，小白经常在客厅的地板上大小便，经过一次又一次调教，它基本上都到卫生间大小便了。这事妥当了，也就解决了楼房养狗最麻烦最头恼的问题。

这期间，儿子也时常向我介绍他上网看到的养狗知识：一只纯种比熊犬的售价最高可达十万元；小狗要在满月后三四个月内打三针疫苗，以后每年都要打一针疫苗；喂养小狗也跟人一样，最好让它吃七分饱，一天喂养一顿狗粮加上一顿自家配的狗食即可；狗的寿命大约在十二三岁，小狗从出生至两岁时长得最快，一岁的狗龄相当于人类年龄十四五岁，二岁狗龄则相当于人类二十三四岁，再往后，狗龄增长一岁，相当于人龄增长四岁，七八岁的狗，就步入狗的老年了……

今年一月底，妻子带小白到宠物店里剪毛，顺便在店里给小白洗澡、吹干。回来后，小白出现咳嗽、呕吐等症状。看到小白痛苦的样子，一家人都很着急。妻子分别打电话给小魏和阿惠，向她俩咨询如何给狗狗看病以及本地宠物医院的情况。然后，一家三口带着小白赶到宠物医院。

医生像给人诊病一样，先看了看小白的口腔，说它确实是感冒了，并无大碍，可打针，也可吃点药。听说不用打针、只需吃药就能解决问题，我们让医生开了点药就回来了。

路上，我开车，儿子抱着小白，坐在副驾驶位置，妻子坐在后排。妻子突然不无揶揄地对我说："我看你对小白比对我还关心嘛，我感冒头痛好几天了，也没见你要主动送我上医院。"知道她是有意"损"人，我呵呵一笑道："别说我了，我对它好也是跟你学的。它不是畜生嘛，有点什么也不会说，当然送给医生看看才能放心。"

三

妻子是个对发型有点讲究的人。十多年来，她都在一家叫"星门"的美发店做发型，跟"星门"的老板也就成了朋友。

一月底的一天傍晚，妻子突然打电话给我："你赶快到'星门'去一趟，把他家的一条小狗抱来。他家下了一窝小狗，刚满月，就被人要走了，只剩下这一条。"我有些不解："咱家不是有小白了，还要抱狗干吗？""叫你抱你就去！那狗品种不错，泰迪犬，也是条公狗，抱回来咱家不养，有的是人要。我好不容易跟'星门'老板说好了，你先抱来再说！我和儿子现在阿惠家，你抱了狗，直接开车过来！"

那天，我把从"星门"抱来的小狗带到阿惠家，程小军立即摆出一副专家的姿态，对小狗评头论足：这狗根本不是泰迪，也不是比熊，更不像纯种的贵宾犬。窜种了，窜种了，充其量是一条有泰迪或比熊血统的窜种狗。养这种狗没有什么价值。

叫他这一说，妻子有点后悔。抱了条窜种狗，还欠人家人情，有点不值。不过，她嘴里还是有理由的："反正我家也没打算再养条狗，这条狗抱来，本来就是想送给他二舅或者他爷爷养的。"

狗抱到家，儿子又舍不得送人了。他还是那句话："进了我们家的门，就是我们家的一员！"

我没有发表意见。我想狗既然抱回来了，送人也好，家养也好，在家放几天没关系。自从家里养了小白以后，我对狗狗的感情发生了根本变化。每当我看到小白那双孩童一样纯净无瑕的眼睛，看到它那讨好、黏人的眼神，我的心就被触动，就会泛起一种深深的怜爱之情。这些幼小的生命是那样的无助，那样的依附于人，叫人怎么忍心把它们抛弃？一旦它们落入恶人之手，不知命运将会如何？

给新来的小狗起名，我们一家三口各抒己见。我提出叫"二白"，顺延小白的名字。但紧接着嘟哝了一句"一穷二白"，不好听，叫"二白"不好听，便自我否定了；儿子起了两个名备选，一是"瑞奇"，一是"星巴"，都出自动画片。我倾向"瑞奇"，但妻子说，不如叫"奇瑞"，上口。我说"奇瑞"是一种国产车的品牌，不合适。于是，一致同意选用"瑞奇"；叫了几天，一家人觉得还是叫得不响亮，最后，还是妻子灵光一闪，起名"小贝"，还可唤着"贝贝"。

小贝抱来时，刚出生四十来天，大约三斤重。观察几天后，感觉它表现得确实不咋的。首先是随地大小便，没有规律，防不胜防，把已经养成好习惯的小白都带坏了；再就是吃食凶猛，连小白都抢不过它。有一次吃得太急、太胀了，没过多久便完完整整地呕了出来，气得妻子直骂它没品。

但小贝的到来，令小白兴奋不已。两个不在一个重量级的小狗整天黏在一起，或嬉闹，或争食，或蜷在一起睡觉。小白处处表现出大哥哥的风度，尤其是吃食时，小贝自己碗里的那份还没吃完，就会去争抢小白碗里的食。这时候，小白总是大度地退到一边，默默地看着小贝将碗里的食风卷残云般一扫而空。

不久，我父母和孩子二舅家都透露出意思，不打算抱走小贝。父母那边是因为我母亲身体不好，父亲照顾她都忙不过来，没有工夫养狗；二舅子是眼界太高，说小贝是条窜种狗，长得丑，没兴趣要了。

见小贝受了冷落，妻子不甘心，说："郑姐家一直想养条小狗，跟我说过几次，她肯定会喜欢小贝。"郑姐是她的好朋友，一家保险公司的营销经理。

但我和儿子不答应了。小贝，别人不想要你，我们还不想给了！

我和儿子联手要留下小贝，让妻子大感意外。她说："你俩非要留下小贝，那以后它拉屎撒尿、闹人讨嫌，你们可不要烦。"

我说："一个是养，两个也是养。小贝跟咱家有缘，况且它也是条长不大的小型狗，养就养吧。"

不久，我到宠物一条街买狗粮，可谓大开眼界。这条街上开了十多家宠物店，让我第一次见识了琳琅满目的犬类用品。为了改变咱家狗狗的不良习惯，我买了一盒"定位排便诱导喷剂"和一大包类似于尿不湿的犬用卫生纸；我还相中了一款能够同时关两条小型犬的狗笼子，想给妻子一个惊喜，也自作主张地买了下来。

回到家，妻子见我拎回一只大狗笼子，非但没有表扬我，还气呼呼地说："你买狗笼子干什么？小魏家的狗那么大，有笼子都不用。你又不是没试过，两条狗用移门关在阳台上，都闹得不行，你要把它们关在笼子里,还不整天吵死!再说你养狗图的是什么,不就是图它们跟你亲近、跟你热乎么?整天把它关在笼子里,养它还有什么乐趣?"

妻子的话说到点子上了。是呀,养宠物狗,不就是享受那种与它们耳鬓厮磨的乐趣嘛。把它们凄凄惶惶地关在笼子里,确实于心不忍。

下午,我赶紧去退狗笼子。宠物店老板有些不高兴,说你这点家不能当呀,买个狗笼子还要退?我连忙赔不是,说老婆待小狗如小孩,喜欢散养,舍不得关在笼子里;笼子用不上,摆在家里,又实在占地方。接着,我献殷勤似的买了几袋狗粮。老板的脸上这才多云转晴,说看你这样,在家说话不算数,退就退吧,不能因为一个狗笼子影响你们夫妻关系。不过你家这样养狗不行,没有规矩,不成方圆!

四

我被小贝咬伤之后,虽然作了清水冲洗的处理,但心里还有些忐忑不安。

家人被狗咬伤的事情,以前也发生过。小时候,我听父亲讲,他十多岁时,曾被富人家的一条大狼狗咬过,小腿肚上一块肉都被咬掉了。那时家里穷,根本没做任何治疗,结果父亲的腿上留了块大疤,但总算痊愈了。

儿子三岁时,妻子带他下乡走亲戚。亲戚家有条几个月大的小菜狗,儿子上去逗弄,被小狗咬了一下,手上破了点皮。可能亲戚家对这类小伤司空见惯,就对妻子说,只是破了一点皮,狗也不是疯狗,别紧张,不碍事。妻子当时也就没太在意。回家后,跟我一说,我吓了一跳,责备她麻痹大意,没照看好孩子,更怪她没把儿子及时送到医院打狂犬疫苗。庆幸的是，当时离咬伤时间不到二十四小时，我们急忙把儿子带到卫生防疫站，打了针疫苗，这才稍许放下心来。后来，又遵照医嘱，继续给儿子打了三四针疫苗，这事才算过去。

有关狂犬病的知识，也是因为这件事，我才有了一些了解。我知道，不光被狗咬伤会得狂犬病，就连其他动物如猫、兔子、老鼠呀，一旦咬了人，也会传染狂犬病；狂犬病的潜伏期最长可达二三十年，也就是说，从被狗咬伤到发病，这中间可能长达二三十年！而一旦发病，就无药可救！我还知道，如果一条狗咬伤你的时候，还并不是疯狗，不代表它的体内没有狂犬病毒，所以，被猫、狗等动物咬伤，都要打狂犬疫苗，越早越好。但狂犬疫苗并非对所有人有用，有的人还会产生副作用。当然，咬伤后，第一时间用清水冲洗尤为重要。

那次给儿子打过疫苗，才知道疫苗的价格还挺贵的，一针一百元，半年内打五针就要五百元。就这一疏忽，不但破财，还得许多天担惊受怕。

现在，小狗咬到我自己的手了，要不要去打针呢？

妻子说，你心里要是不踏实，就去打一针。

中午吃过饭，我正巧到父母家有点事。跟父母一说，他们意见不一。

父亲说，这点小口子，不碍事，不用打针。

是呀，父亲曾经被狗咬得那么厉害，不是都平安无事了嘛。

母亲却催促我去打针。她说，不差那几个钱，你下午就去打针！

这天是大年初六，朋友早约好了，请我下午去新开业的"皇朝水会"洗浴。下午两点钟前，朋友成刚打电话来催，说其他几位都到了，已经"开洗"，"你来后直接去二楼洗澡，然后到休息大厅找我们。"

这几位都是处了快二十年的朋友，在一起聚会时，谁要是迟到了，都要挨"克"。悬疑小说作家成刚的嘴皮子最厉害，我有点怵他。我想下午不管去不去打针，先去洗澡再说，免得挨"克"。

洗过澡后，到休息大厅找到他们。几位爷们一排溜儿躺着，每人面前都有个可转动的液晶电视机，正看得津津有味。我躺下来，也把铺位前的电视调到他们一个频道，正在播放周星驰主演的《功夫》。不愧是经典功夫片，以前也看过，但看一会就入进去了。直到下午5点多钟，《功夫》播完了，肚子也咕咕叫了，一帮爷们才遛到自助餐厅吃饭。

饭桌上，我说起中午被小狗咬伤的事。几个人难得一见地形成一致意见：赶快去打狂犬疫苗！

这里面年龄最大的是文保研究员高先生。他说："玉簪（一位朋友的网名）去年被自家的小狗咬了，打了狂犬疫苗。哪知最近又被咬了，只好又去打针。听说打针期间不能喝酒，叫这一折腾，她有大半年没敢沾酒了。"

晚报副总编王先生接过话头说："我看都是闲得蛋疼，没事养什么狗呀？回家趁早把狗扔了！"

成刚"损"人不打草稿，说得更刻薄："赶快去打针，三个月内别来见我们，得了狂犬病别出来咬人……"

这帮爷们谈"犬"色变，把我稍许安稳下来的心又悬了起来。吃过自助餐，我提前离开。回到家时，已是晚上七点，距狗咬不到七个小时，明天早上去打疫苗还不算迟。

于是坐到电脑前，上网再了解一下。打开百度，键入"被家养小狗咬伤"，搜索出相关结果约四百七十七万个。大致看了看，不外乎三种处理意见：一是抓紧打狂犬疫苗。不管咬伤是否严重，只要破了皮，都需注射三至五针疫苗；二是区别对待，如咬伤很轻，则只需用清水和肥皂水清洗即可，不必紧张；三是先作早期处理，用肥皂水和流动的自来水冲洗十五分钟,再观察小狗是不是发病犬。如果是发病犬,小狗会在十天内死亡,小狗十天不死,你就安全了。如果小狗在这十天内死了,你再去接种,也不算太晚。不过要注意伤口的细菌感染和破伤风等等。

在一个网友的跟帖里,我意外地发现了祖述宪教授的博客地址。浏览了他的多篇博文之后,我作出了自己的决定:观察小狗十天,如小狗没有发病,我就是安全的,就不用去打疫苗。

祖述宪是安徽医科大学教授,著名流行病学专家。他在"对健康狗带狂犬病毒说法的异议"一文中写道:在我国媒体上,"狂犬病"一词的出现率居各种疾病之首,这主要由于大众对狗咬伤和狂犬病的恐慌。其实,我国的狂犬病都发生在农村,较大一点的城市几乎都是几十年没有狂犬病报告了,上海市……差不多近五十年以来没有发生过狂犬病。

他在回答一位读者提问时说:在城市被自家或邻居的狗咬得不重,如果当地没有报告过狂犬病,这狗接种过疫苗,健康,"历史清白",又是养在家里,很少和其他狗接触,未被别的动物咬过,那只需要清洗消毒伤口处理,对狗进行观察十天。相反,如果发生在农村疫区,或被可疑的狗咬伤,就必须对伤口进行清创,同时注射高价免疫球蛋白和狂犬疫苗,而不能只注射狂犬疫苗。

他还在一篇博文里有些无奈且又不无幽默地写道:我的博客原先想是涉及医疗文化多个方面的,但现在成为狂犬病咨询专业户,被恐狂读者的问询所紧密包围……

通过祖教授的博文,我了解到,世界卫生组织文件和绝大多数国家的公共卫生法规要求,对可疑的狗猫咬人后隔离观察十天,在此期间如果动物不发病死亡,被咬伤的人可以不要进行免疫注射。这就是风行世界的"十日观察法"。

在此之前,我对祖教授一无所知。但阅读他的文章后,我觉得他是个难得的治学严谨、医者仁心的专家,与那些人云亦云、眼睛只盯着钱的医生有本质的区别。

感谢祖教授,让我从"恐狂"中解脱出来。

狂犬病问题,我想这是所有养狗人都会关心的问题。我建议大家都去读读祖述宪的文章,你一定受益匪浅!

我还特别记住了祖教授一篇博文的题目:"负责任养主的狗几乎不可能传染狂犬病!"在这篇文章的最后,教授写道:"对问我问题者,我也有个要求:请你对你的狗负责一辈子,做负责任的养主。照顾好你的狗,为它做绝育手术,注射疫苗。"

写这篇文章的时候,小贝早就平安地度过了十天"观察期",我对狂犬病的担心也早已完全放下。

五

春节期间,几个常年在外地工作的朋友到家里小聚。小白和小贝在生人面前也无所顾忌,在沙发上跳上跳下地玩耍,小贝还旁若无人地在客厅里撒了泡尿。从上海回来的颜先生不免皱起眉头,说:"我女儿以前也养过小狗,她在那做作业,小狗总爱在她边上绕来绕去,你说这能不影响她的学习吗?小狗最后硬是被我送人了。"

两条小狗的表现令我尴尬。我附和道:"养狗确实麻烦事不少,的确影响到家人的生活。"

正在客厅拖地的妻子不高兴了,冷不丁插了一句:"不喜欢狗的人没爱心!现在有的人别说养狗了,就连小孩子都不想生养。"

女主人这话一说,屋子里一下子安静下来,气氛有点冷。

那天客人走后,我埋怨妻子,喜不喜欢狗是人家的自由,你扯什么爱心、养孩子干吗?

妻子说,我就随口那么一说,又不是针对老颜的。现在社会上不是有什么丁克家庭嘛，连小孩子都不愿生养。

我说，这你就错了，那丁克家庭不愿养孩子，说不定还愿意养狗哩。

我又说，人家的建议是对的，咱家养一条狗足也，本来就没打算养两条嘛。两条狗在一起更爱嬉闹，难养成好习惯，整天这样打扫卫生你不觉得累、不觉得烦吗？我看还是趁早把小贝送人吧。

妻子未置可否。

但两条小狗制造的麻烦接连不断。这不，儿子的拖鞋被小狗冷不丁叼走了，他满屋去找，脚下没注意，又踩到一泡狗尿，袜子上沾了狗尿走来走去，一会儿就把实木地板弄得脏兮兮的，妻子只好再拖一遍地板。接着，小狗不知从哪儿叼了卷卫生纸，两狗你争我抢，等我们发现时，一卷卫生纸已经被撕得粉碎，丢得到处都是。还有一天深夜，我们被"噗通"一声巨响惊醒了，起床一看，放在客厅地柜上的一盆兰花被狗扒掉地上，花盆碎了，瓷片、泥土散落一地……

这天，妻子下定决心，把小贝送给好友郑姐。

妻子宣布这一决定后，儿子哭了。十一岁的儿子多愁善感，特别恋旧。他小时候的玩具，就是破了坏了，也不让我们丢弃；我家四年前搬入新居，临离开旧房子时，他哭闹着不愿走，最后跪在旧宅门口，朝屋里磕了几个头，被我们硬拽才走。我曾跟妻子开玩笑，孩子这么恋旧，以后考大学，让他读考古、收藏这类专业，一定对他的兴趣。

儿子说，妈妈求你了，别把小贝送人，它已经是我们家一员了。

接着又来求我，爸爸你把狗笼子买回来吧，平时把小贝和小白都关在笼子里，你们就可以少打扫卫生了。

妻子看来已经狠下心了，严厉地说："儿子，你别不像个男子汉！你是心疼妈妈还是心疼小狗？你看妈妈本来上班就很累，下了班回家，既要伺候你，又要伺候两条小狗一只八哥，你说妈妈累不累？你看妈妈回家后手不停脚不住地有一刻闲着吗？"

我看妻子还要继续"发挥"，赶紧打圆场："不说了不说了，你的辛苦大家有目共睹，儿子舍不得小贝也是正常。儿子呀，小贝送给你郑阿姨家，也不是很远，你想小贝了可以去她家看看，也可以让她把小贝抱到咱家来玩玩。爸爸知道你是个善良的孩子，怕小贝送到别人家受苦。你放心，郑阿姨家养过狗，不会虐待小贝的，会把小贝好好养大的。"

儿子自知胳膊拧不过大腿，眨巴着泪眼问我："以后真的能经常看到小贝吗？"

我说："当然是真的！咱家还是小贝的家！"

儿子的思想工作总算做通了。到了晚上，我的心里却有些不是滋味。

狗有灵性。狗在巴结、讨好主人的同时，实际上也在揣摩着主人的每一句话、每一个动作和每一个眼神。这晚上，小贝好像知道我们要将它送人，表现得特别乖巧。我在书房写稿时，它一反常态，静静地趴在我脚边的地毯上，不时两眼哀怨地望着我。按照程小军的说法，小贝是我抱进家门的，在它眼里，我就是它的第一主人。难道，它是在向我乞求？

我把小贝抱在怀里，一边抚摸着它，一边轻轻地对它说：贝呀，平时爸爸烦你不讲卫生、没有规矩，但真的把你送人，我心里还真舍不得。我知道你不愿意离开咱家，想跟小白在一起玩耍，可咱家实在养不了两条狗。小白比你来得早，也比你讲卫生、懂规矩，所以送人的只能是你。不过不要紧，你的新主人是咱家的朋友，她不会亏待你的。我们要是想去看你，或者你想回家看看，都不是难事。别说你是条小狗了，就是女儿大了都不宜留，都要离开父母嫁到人家去；就是儿子长大了，也要娶媳妇跟父母分开过日子。贝呀，爸爸要感谢你和小白,自从养了你们,我自己的心灵仿佛受到了一次洗礼一次净化,我体会到了人与宠物在一起相处的美好;你们对家人的友好和依恋,深深地感染了我,我对你们的怜爱也日益加深……

第二天一早,妻子给小贝穿上早就给它买好的一身"新衣服",准备把它送走。

我叮嘱道,把狗粮带上一包。告诉郑姐,小贝在咱家的饮食习惯,还有,它的疫苗还没有打完,关照郑姐按时带它去打疫苗……

妻子打断我的话,说你怎么婆婆妈妈的,烦不烦呀!郑姐养过狗,不用教她。看来你不想送了是不是?你要是实在不想送,现在还来得及。

我连忙摆手,别,都说好了,还是送吧。

小贝送走后,小白一天都显得心神不定、没精打采,喂它食,也吃得很少,还不时挨个房间寻来寻去,嗅嗅这里闻闻那儿。最让我揪心的是它趴在餐厅的落地窗户上朝外张望的神情。那个窗口是它每天目送我和儿子出门的地方。我们下楼后,走出楼洞,回头朝二楼那个窗口看,小白总是一次不落地趴在玻璃上朝我们张望。这是儿子发现后告诉我的,那天我在楼下看见小白眼巴巴张望的模样,我刹那间被震撼了,泪水一下子涌了出来……可是今天,我们都在家里,它在望什么呢?它一定是在寻找小贝呀!

晚上,小白寂寞地趴在狗窝边上,家里显得安静多了。我和妻子坐在沙发上,心里觉得空落落的。四目相对,欲言又止,知道各自心里都在惦着小贝。后来,还是妻子打破沉默,说:"刚才接到郑姐的电话,说她家养的一只猫跟小贝一见面就斗上了,互不相让。小贝在她家特别认生,一直叫个不停。"

我说,她这是什么意思,是不是养不了小贝?

妻子说,她倒没说不想养,但听话听音,感觉她有这个意思。

她要是不想养，就别勉强了，你明天去把小贝抱回来！我脱口而出。

妻子说，我跟她说了，你家的猫要是容不下小贝，那就别养狗了，咱家小贝不能受这委屈。

第二天上午，妻子又接到郑姐的电话，说小贝一夜不眠，总是凄凄切切地叫唤，让人揪心。

妻子当时就回话，说小贝是想咱家了，看来它注定跟咱家有缘，我今天就去把它抱回来！

中午，妻子抱着小贝回来了。儿子高兴地跳了起来。小白和小贝亲热万分，兴奋地滚到了一起……那一刻，仿佛是别离的亲人归来，我的心里盈满了欢乐。

卷三 一路走来

关于名字

我这个名字是大伯起的。

父亲兄弟姊妹七个,大伯是这个大家庭里说一不二的权威。

父亲在兄弟中排行老四,上面有三个哥哥,二个姐姐,下面有个弟弟,也就是我小叔。父亲年幼的时候,爷爷患了急症,无钱医治,三十多岁就去世了。当时我小叔还在奶奶的肚子里,爷爷去世几天后,小叔才出生。

爷爷没了,大伯自然成了这个家庭的领头人。

大伯十几岁就加入了共产党,后来成了赫赫有名的锦屏山武工队的分队长。解放后,他在城里的武装部工作,便把一大家人带进城,又把四个弟弟全部送到中国人民解放军这个大熔炉里锻炼成长。

后来,我们这一代人出生了,堂兄弟一共十人。起名字这样的大事,当然由我大伯做主。于是,大伯怀着他那浓浓的军人情结,给我们这辈人依次命名。他自家的大儿子,也是我们这辈人的老大,起名"大兵",接着是三伯家的老大、二伯家的老大,"二兵"、"三兵",排了下来。到了大伯家的二儿子,可能是觉得"四兵"听起来像"士兵",怎么能一辈子当士兵呢?换成"小军"。接下来,便是十个堂兄弟中排行第五的我,"五兵"这名字也不太好听,叫"建军"吧。再接下来，我二伯家的二儿子出生了，"六兵"乍听还以为"溜冰"，不好，干脆叫"卫兵"。再继续，三伯家生了个二儿子，也不叫"七兵"，叫"利军"。

至此，吾辈十个堂兄弟，前七位的名字都跟"兵"、"军"靠上了。到了后三位起名时，听说大伯还想延续，但遭到我大妈的强烈反对，这才终于偏离"军兵"序列。不过小叔家的大儿子小强，排行老九，高中毕业后光荣入伍，成了真正的"大兵"。

我成年后，被别人问的较多的一个问题是："你是不是八一建军节那天出生的？"我说不是。别人跟着问："哪你的名字咋叫建军呢？"我笑笑，"建军这名字太多了，是那个时代的产物吧。"

上世纪五十年代至七十年代生人，叫"建军"这个名字的，确实很多。在我生活的这座城市，我面对面碰到的与我同名同姓者，至少有一个班，其中一位还是我好友的哥哥，有一位是个女性。

有次开会，见到一位老教师，她退休后迷上了摄影和写作。头一回见面，她就告诉我，她的女婿跟我一样的名字，在市中医院工作。我听了直点头，说久仰久仰，这个"李建军"恐怕是全市名头最大的李建军了，既是名医又是领导，闻者皆竖大拇指。我说我跟着沾光了。

我十几岁时，爱上了文学，看到许多大作家都有笔名，发表第一篇小说时，就给自己起了个笔名"碧剑"。那年十九岁，早恋，"碧"取自我初恋女友名字的中间一字。一九八六年八月，我有幸与莫言、陈忠实、胡发云等名家在《北京文学》同期发表了篇小说《狐狸谷》，用的也是这个笔名。

后来有段时间，流行武侠小说，金庸有部名著，叫《碧血剑》。有朋友对我说，"碧剑"这个笔名，像是写武侠小说的。我一听，再瞅这笔名，确实有些武侠之气，而我却无半点武功，底气不足，于是不再使用。

一九九三年，我从机关"下海"，领办"经济实体"，一晃数年，直到上世纪末那两年,才拾起笔来写了几篇小说。署名的时候,我忽然想起远在吉林的好友郝炜,他每次写我的名字,都写成"李健军"。我记得提醒过他,他笑眯眯地应着,过后不知是忘了,还是写顺手了,一切照旧。他的小说写得好,字也写得俊秀挺直,让我记忆深刻。此"李健军"与彼"李建军"只多个站人偏旁,却似乎气质儒雅了许多。好,就是它了!这几篇小说发表时的署名就都用了"李健军"。

此后,以谋生为目的,写纪实特稿七八年,在一二百家杂志报纸发表,有署实名的,更多的是用笔名,有文健、阿建、连剑等等。好友张亦辉不吝笔墨,曾给当地报纸写了篇短文鼓吹道:翻开街头报刊亭里的流行杂志,总能与"文健"这个名字迎面相遇……

又有次开会,碰到市文联一位老领导,问我:"建军你改写评论了?我在《文艺报》上看到不少李建军的评论文章,是你写的吗?"我脸面大窘,连忙摆手:"我哪有那么高水平,那是人家北京的评论家李建军写的。"

几年前我跟风开了个博客,不久就有几位作者发来纸条:很喜欢李老师的评论文章,我发表在某某杂志上的某某文章,敬请老师关注。

我知道他们搞错了,连忙回个纸条予以纠正:呵呵,我不是那个评论家李建军。

接着,我仿照好友陈武的做法,在博客名前边加上"江苏"二字。据说陈武也碰到过类似的误会,邻市有个作家,也叫陈武,但比他年轻,有时到省作协开会碰到一起,只能以老陈武、小陈武区分。为防混淆,他的博客名就叫"连云港陈武",比我还谦虚,圈的范围还要小些。他家居住的那条街道叫河南庄,我打趣道,你干脆把博客名改叫"河南庄陈武",他连连叫好,后又一想,不妥,现代人天天忙得像陀螺似的,一不在意看成"河南省"了,岂不有欺诈之嫌疑?

但即使加上"江苏"二字,仍有博友在我的博文后面发帖:问候李老师，很喜欢你的评论！碰到这种情况，我也只好装聋作哑。我总不能回复他们：你们说的是中国社科院的李老师吧？请看清楚了发帖！

这也太不友好了吧。

这种误会多了，心里毕竟有些小小的苦恼。某天，好友何正坤对我说，改个名字吧，说不定时来运转。我支吾一阵，说你帮我测算测算，改个什么名字好？何正坤曾与一位据说是"风水大师"的人同事过两年，在"大师"那里学了一招测算姓名的技法，将自己的名字改叫何尤之，短短几年里，发表了上百万字的小说、散文作品。看来，他改名字改出甜头了。

何老弟帮我掐指一算，说你现在这个名字还是不错的，但并非最好一类，如若改动，你想怎么改？我说都这一把年纪了，别人叫我这名字都叫顺口了，要改也得改成同音不同字的。他又掐算一阵，说，改成"李健君"吧，这个名字大吉。我说这个名字我早也想过了，以前有个大作家叫叶君健，颠倒了一下，看上去确实挺高级。只是君主这个"君"字，恐怕担不起呀。

这一说过了不久，何老弟告诉我一件事。某杂志社给他寄了千把块钱稿费，写了何尤之收，他身份证上的名字仍是何正坤，拿着汇款单到邮局，人家当然不让取，开了个单位证明也不行，稿费只好退了回去。后来他正好出差到省城，专门去了趟杂志社，才从财务人员手里拿到这笔稿费。

我一听，这事我以前还真碰到过几次，但那时人家管得松些，开个证明也就取到钱了。可这往后要是改了名字，碰上这类事情，岂不是给自己找麻烦嘛。

想想自己这名字用了四十多年了，有句俗话，没有功劳也有苦劳；如若改个名字，从头再来，心里实有不甘。干脆，就这么着吧，不改了！

千里走单骑

上世纪九十年代，我有过几年下海经历，有过一辆广州标致505轿车。那时候的有车一族，虽不能说是凤毛麟角，但也是寥寥无几。

一九九七年六月的一天，我接到武汉一家公司的邀请，准备前去洽谈一项产品代理业务。当时，从我所在的城市到武汉，坐火车要经郑州中转，坐大客车可以直达，好像是隔天开行。

我突然萌生一个想法，自己开车去武汉。在此之前，我从没有独自驾车出过这么远的长途，何况这是一条完全陌生的线路。我被自己这个大胆的想法弄得异常兴奋，立马找来一本交通地图册仔细研究了一番。按图索骥，我设计了这样一条行车路线：从本市至南京浦口，经宁合高速公路至合肥，再由合肥至六安，从六安往南，横跨皖鄂两省交界的大别山，抵达湖北的黄石，而后至武汉。我想试试自己的耐力和驾车技术，也想体验一下驾车穿越大别山的感觉。粗略一算，整个路途大约一千五百公里，按当时的油价，小车的单程油耗费用约四百元，另外，一路的过路费等，大约二百多元。这笔费用较之坐火车或大客车，的确是翻了几倍，但作为一次超越自我的生活体验，我觉得值！

我把那本交通图册放在身边，驾驶着标致505，一个人上了路。

早上八点多钟出发，一路顺顺当当，傍晚时分，到达大别山北麓的霍山县城。在县城吃了晚饭，我决定连夜赶路。那时候我三十刚出头，精力充沛，熬个通宵玩儿似的。出了县城，前面便是连绵起伏的大山。此时，夜幕已降，车子行进在盘山公路上，开始越来越难走。柏油路变成了砂石路，窄得像条乡村小道，而且高洼不平。我不禁心里发毛，因为从地图上看，这段路由安徽霍山至湖北的英山县，逶迤六七百里，贯穿整个大别山的腹地，倘若都是这样的路况，不仅车子受罪，驾车的人也肯定受罪。

我犹豫起来，一度出现折回头的闪念。可是，如果这时候再回头，要么在霍山县城住下，要么返回合肥另找路线南下，不仅耽误时间，还要多跑几百里路，实在不上算。我一咬牙，干脆就这么走吧！

车窗外，是大别山连绵深邃的暗影，阴森森的。车子进山一百多里了，居然没见到一处路标，也没遇到一辆迎面而行的汽车。这是怎么回事？我的心不由得悬起来。从地图上看，我走的这条路是交通要道呀，可为什么跑了这么长时间，没有碰到一辆车呢？

一个又一个急转弯，一个又一个上坡下坡，容不得我分神，容不得我细想，我也不敢在这荒无人烟的地方停车，只有紧紧地盯着前方，向前，向前！

山中多雾，不时有大团大团的浓雾迎面而来，只能借着车灯看见前方很近的一截路面，车身两边则是一片漆黑。我恍然觉得自己开的不是一辆汽车，而是一艘船，置身于茫茫大海之中，孤立无援。我把车内的音乐开得很响，给自己壮胆。

远处，山的阴影里，终于隐隐地闪现一道亮光，我为之一振。山路盘过来绕过去，光亮时隐时现，大约过了半个小时，一辆轻型卡车才迎面开过来。我感觉那辆车老远就减慢了速度，两车快要相会时，我们不约而同都停了下来。那辆车的牌照是苏C开头，是咱徐州老乡的车，车上坐了两个人。我心里一下子踏实了许多，摇下车窗问：老乡，前面的路好不好走？他们答道：太难走了，不少地方在修路，过去二百公里开外，才能走上好路。他俩劝我说：老乡，别朝前开了，干脆回头吧。

我脑子里"嗡"的一声，我的妈呀！我在这盘山公路上，已经开了四五个小时了，已经走下来一半路程了，这个时候，我怎么回头？不，我不甘心，我不能回头！我心想，你们的车子能开过来，我就能把车开过去！（其实，我忽略了一个问题，人家那辆车是卡车，底盘高，走山路相对要容易得多。）

我执意前行。前方不多远，果然在修路。路面上坑坑洼洼，满是碎石，有几个地段显然是发生过山体滑坡，山土和石头看上去还很新鲜，路被堵得只剩下能够过一辆小车的空隙。我贴着窄窄的空隙尽量开得小心翼翼，还是颠得够呛。只听车前"咔嚓"一声响，底盘碰到了石头，导流板也被撞掉了。就这样，我还是暗暗庆幸，幸亏今天没下雨，否则泥石流可不长眼，就算砸不到我的车子，但如果前后的路都被堵死了，那可是叫天不应，入地无门呀！

忽然，车前窜出一只野兔子，顺着车灯的光束不偏不移地疾跑。我不想把这只野兔压死，方向朝边上一打，没想到路面太滑，车子一下子朝路基方向滑了过去……我变得异常冷静，紧紧地握住方向盘，让车子顺着路基朝前，一边滑行，一边慢慢地刹车。车停住了，我挂上倒档，想倒车，可路面又滑又陷，没法倒，我只好下车查看。这一看不打紧，我吓得一身冷汗：车身一边，只有半米的距离，便是深不见底的悬崖绝壁！刚才，我如果急刹车，车子因惯性作用，岂止会冲出半米的距离！

接下来的路途，我开得更加小心，如履薄冰。黎明时分，车子终于驶出了大山，前方的天空变得开阔，路也平坦了许多。我看见了村庄，看见了袅袅炊烟，一夜的艰熬，像做了一场惊梦，终于醒来。我长长地舒了口气。

后来我才知道，这条霍（山）英（山）公路因常年失修，已基本废弃；我引以为据的那本交通图册，是一九九一年编的，九四年再版，也早已过时了。

三十五岁是道坎

——《寻访记忆》自序

三十五岁是道坎。

我今年正好三十五岁,真真切切感到这道坎的存在。

翻开铺天盖地的大报小报,名目繁多的招聘启事比比皆是。但是,在那些党政机关及所谓"体制内"企事业单位的招聘条件一栏,多有一条不约而同的规定,年龄必须在三十五岁以下。

似乎一个人过了三十五岁,就注定要被打入另册,注定要失去选择职业的机会。

当然如果有个职称或研究生学历,会稍有放宽。这两条我都不具备,所以就没有办法"破格"了。

其实,每个人对自己是最了解的。

我觉得,恰恰在三十五岁的今天,自己变得聪明了许多,沉稳了许多。

从十九岁迈出学校大门,一晃已过十六年。这期间,我的经历在同龄人中可谓"复杂"。

在最初的五年里,我从一家效益较差的企业调到一个待遇优厚的事业单位，又被市里一个政府部门相中，成了一名令人羡慕的机关干部。那些日子可谓春风得意，一路顺当。

上世纪九十年代初，我被机关选送下派扶贫。别人视下派为"镀金"，一年熬过去，便拔腿赶回机关，等待官运降临。我却人心浮躁，不知天高地厚，在下派结束的当口，居然"扑通"一声跳下了"海"，承包了一个徒有虚名的企业，一本正经地当起了小老板。

这之后，在"海"里足足折腾了五六年，开过广告公司、歌舞厅、饭店，做过饮品代理，打过经济官司……酸甜苦辣，不堪回首。

"下海"成功的标志应当是挣了大钱，成了富商。以此衡量，这几年的商海沉浮，我只是个呛过几口海水的失败者。幸好，没有被呛死。

也许正是早几年太顺了，所以命中注定，要去呛一呛海水，要走一段沟沟坎坎泥泞之路。

回头是岸。

呛过海水的经历，何尝不是生命的历练，不是生命的收获？

是的，所有的过往都已转化成为宝贵的经验。

有了这些经验，相信在以后的人生旅途上，我会少走很多弯路。

人生得意的时候，身边常常是高朋满座；只有遭遇坎坷，才见出人心的真伪。

命运的沉浮，也让我看到了世态炎凉，厘清了真情假意。

我将记住那些曾经助我一把给我一声问候的朋友。

我将记住那些幸灾乐祸甚至落井下石的小人。

我感谢你们。

跨过三十五岁这道坎，人生会更加精彩。

对此，我充满自信。

一路走来
——《爱的风景》后记

一九六五年冬天,我出生在黄海之滨、北云台山下一个小村。这个村子有个奇怪的名字,叫蟹脐沟。十九岁那年,我在南通一所中专学校读书,以这村名为题,写了篇小说,在南通文联主办的《紫琅》杂志上头条发表。从此,与文学结下了不解之缘。

就在这一年,我中专毕业,回到家乡连云港,分配到港务处工作。我在学校里学的是港口机械专业,到港务处上班,也算是专业对口,但领导见我发表过小说,能写写画画,没有把我安排到技术部门,而让我做了工会和团委的干事。

几个月后,交通局组织编写交通史,从基层抽调人员,十九岁的我,被委以重任,做了《连云港市交通史》的主编。应该说,那是一个适合文学青年飞翔的年代。

那时的我,青春年少,一面工作、学习,一面做着文学梦。短短两三年,我就在《北京文学》《雨花》《青春》等刊物发表小说十余万字,又拿到了省自学考试(南京师范大学)汉语言文学毕业文凭,由我执笔的市交通史还成了全省交通系统的范本,由南京大学出版社正式出版。

由于工作出色，加之当时交通系统的文科生寥寥无几，交通局对我颇为重视，把我从港务处调到航道处，任办公室秘书。没想到好事成双，就在这个时候，经一位长辈引荐，市公安局也决定调我去办公室做文字工作。局里的一把手亲自过目，政治处两位领导专门外调考察了我，并在市区一个派出所为我腾出一间单身宿舍。

我犹豫再三，放弃了去公安局的机会。因为此时我正准备结婚，要在公安系统解决住房，是件困难的事，而那时的航道处是全系统乃至全市福利待遇非常好的事业单位，只要领了结婚证，我就可以分配到一套两室一厅的住房。

眼前利益迷住了我的眼睛，让我失去了一生中唯一一次当警察的机会。时至今日，那位引荐我的长辈——一个老公安还见一次面就埋怨我一次。不过，我也曾叩问过自己：如果我真当了警察，会是一个好警察还是孬警察呢？

在航道处只工作了一年，又一个机会来了：经好友戴咏寒兄的推荐，市编办先借用，后正式调入，我成了人事编制部门的机关干部。

那几年，应该是我人生履历里特别顺畅的时段。也许就是因为太顺了，人会变得冲动而自满，变得好高骛远，所以，以后的一些不顺也就在所难免。

一九九二年，市编办（人事局）派我到海州区扶贫一年，在一个街道办事处任主任助理，分管街道企业，整天跟厂长经理们厮混在一起。那一年，正值邓小平南巡讲话，风潮涌动。我随厂长经理们到深圳、海南转了一圈，回来后，心就野了。当年底，便跟单位签了份协议，噗通一声下了海，美其名曰"领办经济实体"。

但是，没过多久，也就是三四个月吧，我就跟这个"经济实体"的主管部门分管领导搞僵了。随后，一场官司折腾了几个月，双方不欢而散。再以后,我自办公司,开了舞厅、饭店、广告中心,钱也挣过不少,但没有聚财意识,更因我性格上的某些弱点,比如心太软、比如文人的虚荣……一个私营企业滋生了些许机关作风和国有企业的劣习,人浮于事,开支过大,挣的钱除了开工资、维持公司日常开销等等,基本上所剩无几,自己倒落得身心疲惫。

一九九七年下半年,我实在不想在"商海"里继续折腾下去了,我知道自己的秉性不适合做一个商人,我把公司关了,轿车和办公用房转让了,感觉浑身轻松了许多。

那年底,我又拿起笔,重温文学梦。我写了中篇小说《求学记》《糟糕的手机》,短篇小说《两个人的电影院》《乡村角色》等,在《雨花》《青春》等刊物上发表,得到了文友们的肯定。但此时的我因为公司关门,仅靠发表几篇小说的稿费是难以生存的。当时的首要任务是挣钱养家。

这时候,好友刘晶林兄启发了我。他的几篇纪实文学在湖北的《知音》杂志发表,还得了个奖,稿酬加奖金拿了好几万元!他说,建军,这个事情你可以做。听了这话,我的冲动来了。是啊,这个事情我真的可以做。我需要挣钱养家,这样的文字我能够把握,我为什么不去写?

于是,在此后将近十年时间,我陆续采写了数百篇纪实文稿,在《知音》《家庭》《中国青年》《民主与法制》《长江文艺》《人间》《参花》《海燕》《八小时以外》《华西都市报》《羊城晚报》等全国百余家报刊杂志上发表,并有数十篇文章被《青年文摘》《青年博览》《报刊文摘》等报刊选载,稿费收入相当可观。这时,我的心境较之前几年变得平和了许多。我还注册了一个小公司,做了些广告业务,也顺顺当当、不温不火地干了七八年。

写了这些年的纪实文学,让我摆脱了经济上的困境,找到了自信,也让我结识了这一行里许多敬业的报刊编辑,结识了许多勤奋的撰稿人。对那些发表我文字的报刊,我永远心存感激!

我在一篇博客里这样写过:有这么几年,为了生计,写了不少纪实"特稿"。回过头看看,以"歪瓜裂枣"居多,好歹选了几十篇,打算做成集子。这些文章均在国内一些发行量较高的情感、法制类杂志上发表过,没少为我挣稿费,把这些散落各处的文章凑到一起,结集出版,也算了却一桩心愿。

因为这桩心愿,因为想把这十年作个小结,也因为李惊涛、张文宝、陈武、张亦辉诸兄的鼓励,所以有了这个集子。

在上海

朋友老颜在上海开了家文化传播公司，应他的邀约，在人生这第四个本命年，我只身来到了上海。

以前到上海的次数不算少，无非是出差、游玩或走亲访友，但这次是到朋友的公司工作，陡然感觉有些本质上的不同。

我二十年前从机关下海，经营过广告公司，开过舞厅、饭店，还做过饮品的代理商，但终究不是做生意那块料。在洪流滚滚的经济大潮中，在新世纪的曙光照耀大地的前夕，我把培养了一批小老板的公司关了，把办公房和轿车也处理了，应聘到省城一家报社，做了两年的驻站记者。接着，儿子出世了，我回到家，一边照看儿子，一边写纪实特稿。一晃，竟过了十年。

这些年风风雨雨、跌跌撞撞地走过来，觉得最难的还是做企业。我天生不喜为人师，也不喜为人领导，而做企业则完全违背了我骨子里这种闲散的生性。

老颜原是电大老师，比我下海更早。他在商海里左冲右突，奋斗多年，却乐此不疲。几年前，他终于找准了方向，摸对了路子，在大上海站稳了脚跟，生意做得红红火火。

老颜是个"苟富贵，勿相忘"的重义之人。每年春节回乡，都要和我小聚。最近几年，每次见面，他都要鼓动一番：走出去，到大上海！兄弟们一起做点事情。

我当然有自知之明。到朋友公司做事，实则就是给朋友打工；端人家的饭碗，就得受人调遣和约束。人家毕竟是个正规公司，条条杠杠总归是有的。而我这些年散漫惯了，去了以后，如若受不了约束，坏了人家的规矩，势必会让朋友为难。再说，自己充其量算个百无一用的书生，到人家公司做什么呢？能给人家创造多少效益呢？帮得上忙很好，帮不上忙的话，岂不是给朋友增添负担嘛！这样一想，便一直含糊其辞，将此事一拖再拖。

直到今年春节，老颜再次来到我家，说起他的公司要编一套经济类的书刊，急需一个编辑人手，让我去编编稿子。我思量再三，觉得这事没有上上下下的牵扯，于我倒还适合，用心一些，应该能够胜任吧。

跟妻子商议，她说你这些年呆在家里，再待下去就要老年痴呆了，出去做点事也好，家里不用多牵挂。有了她的支持，我勇气大增，终于迈出了至关重要的一步。

朋友的公司设在淮海西路的一座写字楼上，紧靠上海交通大学徐汇校区。进进出出这幢楼的，应该算是这座城市的白领阶层。置身这匆匆忙忙的人群，我有种"被加速"的感觉。

我住的地方，在番禺路上，离办公室走路需十二三分钟。这是一幢二十多层高楼的六楼，两室一厅，我和一位同事合住。看房子的结构和装潢，这幢楼应该是上世纪九十年代初期的建筑。听同事说，这套房子是老颜去年以每月四千元的租金承租下来的，这个价格，在当时已经算非常讨巧的。今年，就不是这个价格了，每月至少要加一千元。我无语。这么简陋的装修，居然要每月五千元租金，这是我们家乡十倍的价格啊！同事笑道，别忘了，这是在大上海！

一天，与老颜一起吃饭。他告诉我，我们那间办公室的租金是一年三十万元。我非常不解,那间敞开式办公室的实用面积也就七八十平方米,花这么高的租金值得吗?老颜说,这是在上海,高档写字楼,要的就是这样的"门面",当然值!

又一天,下班,从办公室回住处。行走中,有人塞给我一张小广告。展开一看,是房产中介的售房信息。最上面一条,是我每天上班必经的一个高档小区住宅,一百八十多平方米,售价一千二百万元。这样的豪宅,这么高的房价,虽然我每天四趟路过,但感觉上彼此的距离是十万八千里,所以从未去注意过它。但接下来的一条信息,却让我心跳加快:这条信息上出售的住房正是我目前居住的那幢楼房,也是两室一厅,面积七十多平方,售价三百五十万元!呵呵,俺们住的房子,可是价值三百多万元的豪宅啊!

我掐指一算,以我目前的工资收入,购买这样一套二手房,就算不吃不喝不用,也需攒足五十年!

真没想到,提早五十年享受了入住豪宅的滋味。

我豁然开朗。

简单生活

今年某省的高考作文题是《过一种平衡的生活》。

窃以为，平衡才能平静，才能平淡，才能简单。

想想自己在上海生活的这几个月，过的就是一种平衡、平淡、简单的生活。

到上海后，与涛兄同居一室。

早在二十多年前，就认识涛兄。生活在同一座城市，他在县里的一个部门任职。我下海折腾了几年，又过了多年的闲散生活，彼此虽然联系不多，但朋友的情谊还在。

到了上海，我们竟成了同事和室友。不过也不奇怪，公司老板老颜，二十多年前，就是我们共同的朋友。

我们居住的出租房，二室一厅，在一幢二十多层高楼的六楼，看房子的结构和装潢，是上世纪九十年代初期的格局。装修简陋，家具陈旧，但房间里装了空调、宽带、有线电视、管道煤气。这套房子是老颜去年以每月四千元的租金承租下来的。涛兄说这已经非常便宜了，相当于在市场上捡了个漏。今年，就不是这个价格了，每月至少要加一千元。他两年前就到了上海，当然了解行情。

关键是住处离上班的地方很近，步行只需十二三分钟。比起那些上个班需要乘地铁、坐公交,辗转一两个小时的人,简直是好得不得了。

上班的作息时间是上午九点至十二点,下午一点半至五点半。因为靠得近,涛兄建议我中午回到住处吃饭,这样吃过饭后,还能眯上一小觉。对我们这个年龄段的人,午休一会儿非常重要。

回来自己做饭吃,不仅吃得好,还很省钱。我上班第一天,跟同事到写字楼不远的一家快餐店吃快餐,一碗米饭加上两荤一素,花了三十元。回到住处,自己炒菜,一个青椒炒肉丝,一个韭菜炒豆腐干,再做个西红柿蛋汤,十五分钟搞定。米饭是早上放在电饭煲里做现成的。再用十五分钟吃饭、洗碗,我们至少还有半个小时的休息时间。

我在家过了十年的"宅男"生活,接送孩子、做饭,是我的日常事务。涛兄在县里当的是部门一把手,过惯了"饭来张口"的日子。加上老颜之前有过一番鼓吹,说我炒菜不输饭店里的大厨。于是我自告奋勇,担当每天烧菜的职责;涛兄也当仁不让,说你干的是技术活儿,涮锅洗碗这些粗活我来承包。

买菜也很方便。出小区大门,向左走三四分钟,有一家"农工商"超市,里面的蔬菜有点偏贵。再向左进一小巷,走五分钟,就是一个农贸市场,各种时鲜蔬菜、鸡鱼肉蛋,应有尽有。我们一般是下班后散步至此,买一次菜,回去放入冰箱,够吃两三天的。

买鱼,我喜欢买大花鲢。鱼头,是十二元一斤;去了头,剩下的大半截,却只要五元钱一斤。我就买去了头的那一大截,三四斤重,让摊主去了鳞,切成一段一段的,回来后清洗干净,抹上料酒、食盐,去去腥、紧紧肉,够我们两次红烧的。

买肉,也不必买较贵的里脊肉,只要肥瘦搭配的带皮肉即可,这样一斤肉的价格相差五六元。买一斤肉,取瘦的一半,切丝,用料酒、生抽、老抽等酱一酱。中午回来,搭配蔬菜炒一下就成。余下来带皮偏肥的肉,放入大白菜、粉条红烧。涛兄吃得过瘾,连连叫好,说吃出了少年时的味道。

在上海,我和涛兄又过上了单身汉生活。对待吃喝问题,我们的观点一致:简单,吃饱。至于说吃得好,还真没有边谱,好在我们都不讲究。

东西吃了不心疼,扔了心疼。这种做法当然有不科学之处,但谁让我们小时候都吃过苦呢?节俭,对我们来说,是一种生活习惯;惜福,并不丢人。比如说,中午吃剩下的鱼,用保鲜膜盖好,放入冰箱,第二天加点蒜薹或萝卜烧一烧,就是一道菜;肉菜剩下了,切点蔬菜烩一烩,也可对付一顿。

有个细节,很有意思。一天,我们去菜场买菜,在巷口碰到一个流动摊贩,专门卖那种山东大馒头。听口音,像苏北老乡。一问,果然是的。这馒头一块钱一个,大而结实,我们一下子买了十个。此前,我们在农工商超市和路边的餐馆都买过馒头,也都是一块钱一个,但比较起来,它们都没有这种山东大馒头来得实惠,尤其是餐馆买来的馒头,恐怕只有这个一半大小。于是,我们把这三种馒头分为大中小三类。只要能碰得上,当然买大馒头。买不到大号的,就买中号的。餐馆里的小号馒头,后来就没再买过了。

有一次吃晚饭,我和涛兄随意合计了一下,一个月下来,除去周末回家四五天、还有公司商务活动去掉四五天,我们两人在上海的伙食开销只花了四百多元,平均下来,一人二百元出头。我俩算过之后大笑:这日子是不是过得太"抠门"呢?接着又否定,我们每天吃得不差呀,非鱼即肉,蔬菜齐全,鸡蛋买的还是草鸡蛋。可这个数字说出去,可能连我们自己的老婆都不信。

两个故事

最近住在上海,让我感触最深的是这里的房价。

步行上下班途中,常会接到一些房产中介的广告单,硬朝你手里塞,有售房的,有出租房子的。大致看了看,在我上班的写字楼及住处附近,高档的二手房价格在每平方米六万元以上,低的也要四万多元。这个价几乎是我家乡那座城市商品房价格的十倍。

不过只要有房子,其他的花销倒不是太贵。如果自己做饭吃,生活开支不多。五一节前后,我回了趟家,把家乡与上海住处附近菜场的菜价作了个比较,感觉上海的一些蔬菜价格比家乡还要便宜些。肉、鱼和鸡蛋的价格也相差无几。

据我所知,上海大多数工薪阶层的工资高不过家乡一两倍,靠这样的薪水想在上海买套房子,的确是"压力山大"啊!

忽然想起关于房子的两个故事。好像都是从网上看到的,颇有点意思,所以一直记得。

一个故事讲的是北京人老P,上世纪九十年代初,卖了北京的房子,到美国去淘金。多年来风餐雨宿,大雪天送外卖,深更半夜学英语,在贫民区被抢若干次,被打若干次,辛苦节俭,两鬓苍苍,终于攒下一百万美金(合人民币六百五十万元),打算回国养老,享受荣华富贵。刚回国，想到中介先租个房子过渡一下，却发现当年卖掉的房子在中介挂牌六百九十万！老P刹那间崩溃。

还有个故事，说有一个小老板，几年前包了个二奶。二奶的要求不算太高，要有个相对舒适的住处，每月五千元钱。小老板一想，与其每月交一千多元的房租，不如交首付买套房子，每月租金就够还贷的。但他多了个心眼，对二奶说房子是专门为她租的。二奶很感动，安安稳稳地做了他五年的二奶后，两人和平分手。二奶搬走后，小老板收回住房，到房产交易市场挂牌出售。这五年，当地的房价翻了近两倍，小老板稳赚五十万，刨去这几年包二奶花费的三十万，净得二十万！小老板一时喜得嘴都歪了。

想来小老板生活的城市，与我家乡差不多一个层次。如在上海，赚的可能不止二百万！

上述两个故事，前面那位老P是可悲的，后面的小老板却捡了个大便宜。

嗨！是悲是喜，都是让这房价闹腾的。

想起作家方方最近说的一句话，用作结尾：

而今这个年代，已经不是通过自身努力便可以改变命运的了。

虚惊一场

近几年，每次到了北京，我首选的出行方式就是乘坐地铁。从家乡坐火车到了北京南站，不用出站，就可以换乘地铁。两块钱车票，可东到通州，西去石景山，北往昌平、顺义，南达大兴、房山……这恐怕是全世界最便宜的交通工具了。

朋友的住处在朝阳区一个叫北京像素的小区。乘坐新开通的地铁六号线，东行至终点站草房下车，出了地铁口，就是这个小区。

三月十五日，与朋友话别，谈得投机，不觉到了深夜。好在地铁站就在旁边，夜里十一点多还有最后一趟车，往西坐四站到十里堡，出了站就有家快捷酒店，在那里住上一宿，第二早再去北京南站，非常方便。

当我拎着大包小包，手挽外套风衣走到地铁站台时，离最后一趟地铁的发车时间就差两分钟。因为是起点站，上车后，我见一节车厢里只有寥寥几人，就把行李和风衣放在了座椅上。

坐下来，舒了口气，脑子里想着刚才和朋友聊的话题，竟迷迷糊糊地打起了瞌睡。恍惚中，听到广播声："十里堡到了。"紧接着，车已停稳，车门开启。我一个激灵，抓起身边的风衣和包，急急匆匆下了车。

等走到站台一侧的楼梯口，我突然意识到，一个提包丢在车上了。是的，我的手里只有一件风衣和一只较大的旅行包，而那只草绿色的提包还落在刚才的座位上。

我转过身，想上车去拿包，但见站台门已经关闭，地铁早已呼啸而去。那一刻，我脑子里一片空白。完了完了，我的包没了！行进中的地铁，我没有任何办法去追赶。地铁是个流动场所，人来人往，难以计数，一只提包丢在座椅上，谁都可以伸手把它拎走。

站在空荡荡的站台上，我心里有种"无可奈何花落去"的苍凉和绝望。包里现金不多，大约一千五百元左右，放在一个信封里；关键是包里装着一台笔记本电脑，几十万字的书稿以及大量资料都在这台电脑的硬盘里，大部分没有另外拷贝；包里还有一只价值二千多元的相机，近期拍摄的几百张照片也还没来得及保存。这包一旦丢失，直接损失上万元，间接损失可就大了，那些文稿和资料可是我近两年耗费的心血啊！

近乎绝望之时，我突然急中生智：向地铁站工作人员求助。或许，他们能有办法。

我飞快地跑上楼梯，跑到检票口，看见旁边的工作间里，正坐着一个身穿制服的年轻人。我直奔窗口，向他求援。

此时，整个十里堡地铁站的乘客走得可能只剩下我一个人了。小伙子听我说有贵重物品落在车上，立即走了出来向我询问：你说得清楚一点，肯定是从草房站上车，是最后这班车吗？你坐在哪个车厢，包放在什么位置，什么样的包？

我一一回答，但说不清坐在哪节车厢，只能大概地说在列车的偏后位置。

小伙子掏出手机，开始打电话。稍后，对我说，已经跟沿线车站联系了，让他们上车帮你寻找。不过现在车子已经过去一站了，只能在呼家楼站上去找了。你知道，停车时间很短，如果哪节车厢确定不下来,他们上车去找,难度很大。

我上车时匆匆忙忙,下车后又一时急昏了头,还真说不清车厢位置。小伙子让我赶紧跟他下到站台,指认一下刚才下车的大致位置,这样他才能确定车厢号。

走到站台上,我回忆了一下,觉得刚才下车的地方就在电梯口附近。小伙子说,那你坐的应该是十号车厢。接着,他又打电话联系了一番。

时间一秒一秒地飞逝,我心急如焚,一遍遍向小伙子催问。他一直在联系,并耐心地对我说,第一站没来得及,后面的两个站都上车去找了,但没有看见你的包。

我急了,车厢里没几个人啊,包又是放在座椅上,很显眼的,怎么会看不到?

小伙子说,车厢里人少,一只提包孤零零地放在那,人家可能随手就拿走了;车厢里人多,或许还好些,别人不知道是谁的包,以为主人可能就在附近,一般不会去理会。如果下面的车站还找不到,就只能等车子到终点站,才能上去仔细地找。不过就怕有种可能,包已经被人拿走了。

这时,不知从哪儿冒出一个醉汉,突然纠缠住小伙子,说刚才站务人员放行让他进站,但最后一班车已经开走,他坐不到车了,要与站务人员理论!小伙子一边应付醉汉,一边把我领到服务中心,让我在此等候消息。

服务中心有两个女性,一个二十多岁,一个年龄稍大。稍大的显然是负责人,她交代那个年轻的,继续帮我联系找包。看来,刚才那个小伙子早已跟她们通报了情况。

控制台上有两部电话,年轻的女孩开始一遍遍向沿线各站拨打电话,并叫我坐在一边,等待回音。车到朝阳门,没有找到!到东四,没有找到!到南锣鼓巷了,仍没有找到!

我差不多绝望了。已经消逝的东西，还能失而复得？就像身边流过的水，就像迎面拂来的风，拼命去抓，也抓不住啊！

女孩看出我揪心的焦虑，安慰我说：我跟他们说了，再到别的车厢帮你找找。

我苦笑着叹了口气，这么多站过去了，他们跑上跑下地寻找，已经尽力了！

就在这时，电话铃声骤然响起。

女孩抓起电话。我屏住呼吸，紧张地盯着她……

女孩笑了。刹那间，好像见到了乌云里透出一缕阳光。

只听她兴奋地对着电话叫起来：是的，是一只草绿色的牛津包！里面有一台手提电脑，一个照相机……

我一阵狂喜。女孩放下电话，对我说：是北海北站打来的，你的包找到了，是在六号车厢找到的。

仿佛刚才只是做了一场噩梦。梦醒时分，心情豁然开朗。

从十里堡到北海北，时间过了半个多小时，列车行驶了七八个车站，在人来人往的车厢里，那只崭新的牛津包居然还安安稳稳地放在那！而且，我把下车位置搞错了，给寻找增加了多大的难度啊！

我忙不迭地表示由衷的感谢。女孩莞尔一笑，说帮你找到包的是北海北站，应该感谢的是他们。

我说，应当感谢今夜里所有帮我找包的人，感谢北京地铁！

我本打算连夜打的去北海北领包。女孩笑道，现在太晚了，等你赶到那里，他们已经下班了。再说打的费要好多，你不如明早坐地铁去。

我也笑了，反正包已找到，还着什么急呢？

装修记事

一

从二月十三日开始装修新房,到现在已经一月有余,感触颇多。

房子是二〇〇七年买的,今年元旦节后刚交房。多层,三室两厅一卫,面积近一百二十平方。买到手后就有些后悔,觉得如果多一卫就好了,就是不作卫生间用,可以做个储藏间。当然对于我家而言,四室是最好了。所以住后再买房子,无论如何要买现房,多跑跑,多比较。

因为有些不太满意,开始时打算把房子收拾收拾,给父母居住,装修从简。年前看过一个亲戚家旧房装修,觉得花钱不多,效果还不错,就打电话找到这个亲戚,跟她要了帮她家装修的工头的电话号码。联系过后,得知是一灌云籍水电工刘某,他说自己虽是干水电的,但有一帮子人,可以把墙体改造、水电、厨卫、木工、油漆、墙体涂料等活儿一揽子承接下来,质量绝对保证。听这一说,我心中大喜,这可找对路了,让他给我干活,我要少烦不少神了。

接下来,就和刘某见了面,大致谈一下水电这一块的价格。因为是简单装修,水电改造较少,主要集中在厨房和卫生间两个地方,他出了九百元的工价。我这几年在市郊花果山盖过私宅，对建房和装修中水电工这一块有些了解，大致测算了一下，觉得这个价钱还比较合理。于是双方谈妥了价，并说定以后各个项目的工钱都由他介绍的工人与我再当面洽谈。

再接下来，就按照他列出的清单购买管件、接头、电线等材料。他建议我买开泰牌管材。我到市场上转了一圈，觉得这个牌子虽然有些贵，但属于名牌产品，质量有保证，而这些管材是埋在墙肚里的，一定要有好质量，所以就采纳了他的建议。这些材料买下来，一共花了两千多元。

我把材料买好后，刘某便带了个助手进场干活了。我觉得活不多，又是熟人介绍的，而且从面相上看，刘某这人像个老实人，三十多岁，说话还略有些腼腆。我就放手不问了，只等他们把活干完了我来验收一下了事。

没想到，"老实人"却做出了不老实的事……

二

前面这一段文字是我二〇〇九年三月二十二日的博客日记，可能是当时太忙的缘故，没有继续写下去。一晃过去三年多了，突然心血来潮，觉得有必要把这件事补记一下，否则再过一段时间，就更记不清楚了。事实上，有些细节已经记不清了。

大约过了三四天吧，刘某便打电话给我，说水电改造的活结束了，要我去看一下。

他干活时，我一直没到现场。一是基于对他的信任，二是水电改造时，需用电钻开墙，以便植入管道，那声音我实在受不了。

我到房子里一看，刘某正在等我。他干的活应该说是如期完工，破开的墙都用水泥补好了，地上的施工垃圾也都打扫走了，看起来活干得还算利索。

接下来，我便把他用剩下的材料清点一下，准备把工钱付给他。

就在这时，我突然感觉到有点不对劲：按照清单购买的管接件差不多用完了，但实际用量不应该有这么多呀？

于是，我把材料清单找了出来，并顺着厨房通往卫生间的供水线路核对管接件的用量。

我在前面说过，我前几年曾在市郊购买过宅基地建房，也曾两次装修家里的住宅，再则我学过机械专业，管接件虽然埋在墙肚里，我还是能顺着线路，准确地看出它们的安装位置和使用数量的。

这一核对不要紧，大约有二分之一的热熔管接头没有用上，但下落不明。

在这些管材里，铜质的管接头是最值钱的。我曾听说过，有个别水电工在装修前故意让主家多买材料，特别是这种值钱的管接头，最后把用剩的材料私自带走，退到建材商店，贪得钱款。因水电材料都是埋在墙肚里，一般的主家哪里知道其中的猫腻。

但我没想到刘某会这么做，毕竟是熟人介绍，毕竟这点"小工程"也不值得他揩油的呀？

我对刘某说："你这剩下的管接头不对数啊？"

刘某说："不可能的，都用上了，装在墙肚里了，不可能不对数的！"

我笑笑说："我是机械专业毕业的，学过机械制图，这种供水线路哪里用了直接头，哪里用了弯接头，我一眼就看出来，这你瞒不了我。"

刘某急了："反正材料都用了，就剩这点。"

我不高兴了，说："你不承认是不是？咱们从厨房开始数，一个一个数，不行咱把墙砸开了数。"

刘某无言以对。

我对照清单大致算了一下,"失踪"的管接件约值七百元。

我说:"这七百块钱不算什么,九百块工钱我照常给你,但下面的活我不能让你干了。"

他朝我望了望,想说什么,又咽了回去。

我掏了九百元钱给他。

他推了推,没有接。

我把钱又塞到他手里,说:"拿着吧,活都干了,你工钱要得也不多,就这样吧。"

他犹豫了一下,但还是只收下三百元,退了我六百元。

我没再说什么,心里反而有点歉然。刚才的话,是不是有点过了?

表侄小海

上世纪九十年代中期，我开了家"海马"歌舞厅。一位多年未曾联系的表哥找到我，说他儿子十七八岁，初中毕业，闲散在家，要我找点事情给他做。我说你得空把小孩带来吧。第二天傍晚，舞厅刚上班，他就把儿子带来了。孩子名叫小海，中等偏上个头，五官清秀，表情腼腆，到我跟前怯生生地喊了一声"表叔"。我点点头，对表哥说："这孩子当保安有点嫩了。不过我这里也没啥负重的活，留下来看看门吧。"

我听父亲说，表哥家的老辈早年闯关东，去了北大荒，前几年他们举家从东北迁回赣榆乡下老家，日子过得艰难，能帮一把就帮一帮。其实舞厅已经有派出所安排的保安，再找个看门的纯属多余。

小海是个乖巧的孩子，看出我给他这份工作，是有心帮他家一把。他在做好看门值守之余，还每天提前上班，帮助服务员打扫卫生，或到音响室帮帮手，干些调试包间音响效果这类杂活。妻子当时负责舞厅的事务，对小海的表现很满意，用她的话说，小海这孩子"眼头带水"。

一年以后，舞厅的音响师跳槽到一家新开的大型娱乐中心，我们正打算再找个音响师，小海毛遂自荐，说表叔你别再花钱找人了，让我试试吧。"

我将信将疑，让他试了试。没想到小海早已把音响室的操作流程熟记于心。他身手麻利、不慌不忙，活干得很漂亮。

原先那个音响师的工资差不多是小海工资的两倍。现在小海干了音响师的活，我自然给他加了工资。对此，表哥一家甚为感激。

又一年一晃过去了。这天，小海突然对我说："表叔，我验上兵了，要到北京参军，不能再帮你做事了。"

我为他高兴，说当兵是好事呀，在表叔这里打工，总归不是长久之计。到了部队要好好干，干出点名堂！

我让会计多发两个月的工资给他，以示祝贺。

小海参军后，还给我及舞厅的工友写过信，寄了照片。后来，我从父亲及别的亲友处陆续听到他的一些消息：小海入伍不久，分配到汽车连学习驾驶技术，先是在空军地勤部队开货车，后来调到师部开小车，再后来，又给一位大首长开专车。大首长对小海非常中意，将小海送到军校学习，毕业后又要到自己身边，着意培养。

小海在部队当上了营职干部，转业后，凭着老首长的关系，留在北京某部属单位工作。再以后，小海在北京有了房子，找了个在某大机关做公务员的女朋友。他结婚那天，部队的大首长亲自到场，做他们的证婚人。

去年的一天，我无意中听父亲说，小海将他父母接到北京去住了。小海现在是某部属单位的正处级干部，实权在握。连市里的有关领导进京，都常到他那里走动。

大约在五六年前，父亲给我一个电话号码，说你常到北京出差，这是从你表哥那儿拿来的小海的手机号码，你到北京后，可以给他打个电话，跟他见个面。毕竟是你表侄啊，你那时又待他不薄，他还不把你招待好好的。

父亲与小海的爷爷是亲表兄弟，对这门亲戚从来都极为看重。

父亲的话，我当然要点头称是，就当着他的面，把号码输入手机保存起来。

可是，这五六年来，我去北京不下十余趟，却终究没有拨打小海的电话。不久前，我换了个新手机，整理了一下电话号码。小海的名字闪现时，我下意识地按了下"删除"键，那号码就再也不见了。

月亮船

——记江苏省美德少年葛畅

葛畅坐到英英特制的病床前,一边为她按摩,一边唱道:

> 月亮船呀月亮船
> 载着妈妈的歌谣
> 飘进了我的摇篮
> ……

英英还不会说话。但葛畅知道,英英听懂她的歌声。

自从过马路时出了车祸,英英成了植物人,已经昏睡两年了。这两年里,葛畅几乎每个周末都要来看看她,陪陪她。

葛畅和英英原先住在一个小区里,英英比她大六七岁。葛畅的小姨与英英的妈妈是一个单位的同事,小姨常带葛畅到英英家玩,所以她很小的时候就认识英英了。

在葛畅眼里,英英是个能歌善舞的大姐姐。英英从不嫌她年龄小,很愿意带她玩,教她唱歌跳舞,还夸她聪明伶俐,一教就会。

那时，英英就说，她特别喜欢小孩子，喜欢当"孩子王"，她的理想就是做一名小学教师。

果然，英英后来考上了师范专科学校，离当教师只有一步之遥了。

但是，一场车祸，改变了一切……

得知英英出了车祸，一直昏迷不醒，葛畅当时就哭了。她让小姨赶紧领她到医院。当她看到头缠绷带、面无血色、无知无觉的英英，又忍不住流下了泪水。

这时，她见英英妈拉着小姨的手，流着泪说："英英现在的状况就是个植物人，能不能醒来，或者什么时候能醒过来，医生说都是个未知数……"

葛畅擦了擦眼泪，走到英英妈跟前，安慰道："阿姨，现在的医学这么发达，英英姐一定会治好的！一定会醒过来！"

葛畅的话，让英英妈为之感动。她擦干泪水说："畅畅，你说得对，阿姨无论如何不会放弃的！阿姨相信，你英英姐心疼妈妈，会快快醒过来的！"

那天从医院回来，葛畅打开电脑，上网查询了有关植物人护理和康复方面的知识。她想，一定要多抽些时间去看望英英姐，力所能及地为她做点什么。

别看葛畅只是个十来岁的孩子，认识她的人都知道，她可是个体贴人、"样样能"的小大人。

葛畅的爸爸在铁路部门工作，妈妈自己开了个小超市。在她七岁那年，妈妈给她生了个弟弟。可弟弟生下来后，竟发现他的左手残疾：不但比右手短小许多，而且无法像正常的手那样运用自如。为此，爸爸妈妈很伤心，也很纠结。葛畅懂事地劝慰他们，要坚强面对。她说："我们全家一起努力，把弟弟培养成一个坚强的孩子！"爸爸妈妈很受感动，渐渐平静下来，接受了现实。葛畅说到做到，不仅悉心照顾弟弟，还引导他树立自信心。她说："弟弟的左手不要包起来，要让他从小就坦然面对别人的目光。"

有个假期，爸爸妈妈恰巧都要到外地出差，放心不下葛畅姐弟，想请亲戚到家里照顾他俩。葛畅却说："你们放心去出差，也不用麻烦别人，我会把弟弟照看好的！"

于是，在父母出差的几天里，葛畅自己做饭、洗衣，给弟弟洗澡，晚上把弟弟哄睡了再看书学习，不会做的事就打电话问妈妈，一切做得井井有条。

葛畅有个小表弟，父母都在外地打工，是个留守儿童，学习成绩特别差，还常偷偷上网吧玩游戏，令家人十分头疼。葛畅说："让他到我家来吧，我来帮他！"

小表弟住到家里以后，葛畅每天都要抽出时间，给他补习功课，甚至从一年级的拼音教起，不厌其烦。两年过去了，小表弟的成绩升上来了，已经成了班级的学习尖子。

第二次来到英英的病房，葛畅就成了英英妈的好"助手"。

那是头一次探视后不久，她带着妈妈给她准备的奶粉和水果，自己一个人来看望英英。

英英妈正在给英英按摩四肢，看到葛畅拎着东西进门，连忙招呼道："畅畅，谢谢你又来看英英，有这份心就足够了，咋还带这些吃的？"

葛畅说："阿姨，这是我和妈妈的一点心意。我上网看了，英英姐现在这样，只能喂稀稀的流质食物。水果可以榨成汁，给她补充营养。"

英英妈感叹道："畅畅，你小小年纪，真的好懂事，莫怪英英打小就喜欢你。"

葛畅的眼圈红了："是的，英英姐一直都很疼我的……阿姨，我能为她做点什么吗？"

英英妈说："英英要是知道你来看她，一定会很高兴的。不过，你学习要紧，不能耽误你的时间呀！"

葛畅连忙说："没关系的，我每个周末来一趟，不会耽误学习的。"说罢，她拿了个凳子坐到病床前，跟英英妈学起了按摩。

就在这时，英英妈接到一个电话，是交警部门打来的，正是有关英英车祸的事情，要她马上去一趟。

英英妈有些犹豫，英英身边一时一刻都不能离人呀。

葛畅说："阿姨，你去吧，这里我来照看。"

英英妈感激道："这次你来得真巧，帮阿姨大忙了！"

英英妈离开后，葛畅一边给英英按摩，一边跟她说话。接着，轻轻地唱起英英曾经教她的几首歌曲。

葛畅想，英英姐虽然不能跟她交流，但她一定有所感知。科学家不是说，一棵树一棵草都是有感觉的吗？

几个月过去了，英英的状况仍没有好转，医生建议，把她带回家护理。

葛畅家早就从这个小区搬走，每到周末，她都要走三四里路到英英家。

她已经能够很熟练地帮英英按摩，还会用鼻饲管给英英喂牛奶、豆浆、水果汁和蔬菜汁等。有时，她还跟英英妈一起，帮英英擦洗身体。

春暖花开的日子，她把护理床推到小区的草场上，让英英呼吸清新空气，晒晒太阳，听听小鸟的鸣叫声。

去年暑假期间，葛畅更是常去照看英英。一天，她像往常一样，唱歌给她听。当她唱起《月亮船》这首歌时，她突然发现，英英的眼角流出了晶莹的泪水。

"英英姐有感觉了！"这个发现让葛畅和英英的家人激动不已，他们所有的努力都没有白费！

不久，英英的病情逐渐出现了根本性好转：她的眼睛能够睁开了，手指能够动弹了，头也能够轻微地转动了，还可以直接喂稀饭给她吃了……

每次看到葛畅，英英都会目不转睛地望着她，脸上有种欣喜的微笑。

那天夜里，葛畅做了个梦：她和英英姐坐着月亮船，在星星闪烁的夜空中遨游。英英姐还是那么美丽，那么活泼。她们情不自禁地一起唱道：

月亮船呀月亮船
载着一个小小的心愿
停泊在心间
……

大 忙

——记江苏省美德少年徐文杰

这是农历五月的一个周末。

天麻麻亮,徐文杰就醒了。他的床头有个小闹钟,平常他都把闹铃调到五点的位置,大多是闹铃声把他唤醒。因为今天要帮家里大忙,所以昨晚睡觉前,他特意把闹铃朝前拨了一个小时。此刻闹铃还没有响,他显然醒得够早了。

他轻轻地起了床,瞅了瞅对面床上的哥哥。还好,自己起床的声音没有惊动哥哥,他还在睡。文杰拿过闹钟,把闹铃掐掉。心想,好不容易一个周末,让哥哥睡到自然醒吧。

哥哥实际上只比文杰早出生一会儿,他们是双胞胎兄弟。文杰九岁时做强直性脊柱炎手术,休学一年,哥哥比他高一个年级,下周就要参加中考,所以家里的事情文杰总是抢着去做,尽量让哥哥有更多的时间用来学习。

文杰走到院子里,刷牙洗脸。这时,他闻到空气中漂浮着一股浓浓的香味。"哦,妈妈起得还要早,已经在做早饭了。"

"妈妈,你做什么好吃的?"文杰走进厨房,果然看到妈妈在灶台前忙碌。

妈妈一边忙着，一边说："文杰，你起得这么早呀！妈妈今天做炒面吃。"

"哇，怪不得这么香！"文杰忽然想，不对呀，每年六月六才吃炒面，今年的六月六还早着了，咱家怎么吃炒面呀？

妈妈似乎知道文杰心里在想什么，说："咱家今天不是收麦子嘛，吃炒面抵饿，干活有力气。"

文杰说："妈妈想得真周到！"

文杰盛了半碗炒熟的面粉，放了一勺糖，冲上开水，搅了又搅，一碗又香又甜的炒面就和好了。第一碗饭，文杰要端给爷爷吃，这是他家多年的规矩。这规矩并不是谁定下的，而是就这么自然而然传下来的。

爷爷今年八十岁了。从文杰记事起，他就因风湿病瘫痪在床。那时，每到吃饭前，爸爸妈妈就把第一碗饭盛给爷爷。文杰六岁那年，爸爸积劳成疾，得了结核病，因家境贫寒，他的病没有得到及时治疗，第二年就离开了人世。爸爸去世后，文杰和哥哥为了减轻妈妈的负担，便主动要求照料瘫痪的爷爷。比如一日三餐，他们都是把饭端到爷爷的床头；比如打水给爷爷漱口洗脸、给爷爷擦背、洗脚，给爷爷倒夜壶，他们觉得自己是个小小男子汉，比妈妈做这些更合适。

爷爷总是醒得很早。爷爷说人老了本来就睡得少，他整天躺在床上，时不时打个马瞪眼，早上就更睡不着了。

爷爷看文杰端来炒面，说："咱家今天大忙吧？"

文杰笑了："爷爷你真神呀，我还没跟你说，你怎么知道咱家今天大忙呢？"

爷爷说："什么时节干什么活，爷爷一清二楚。再说这没过节就吃炒面,一看就是要干力气活了。"接着,他叹了口气,"爷爷心里着急呀,得了这个病,什么活都做不了,还净给你们添麻烦。"

文杰赶紧说:"爷爷你可别着急,你这么大年纪了,就是没有这个病,咱家也不能让你去收麦子呀。"

爷爷说:"老话说,农忙不等人,庄稼收到家里才是自己的呀。我要是好腿好脚,咋说也能帮帮手吧。你妈她不容易,你要多帮她啊!"

文杰说:"爷爷放心,我今天不上课,早就跟妈妈说好了,跟她一起去收麦子。"

文杰家的两亩多地,属于小块田,收割机开不进来,只能人工收割,然后用平车拉到麦场上,再经过脱粒、场晒,最后才装袋运回家。前几年,这些活都是妈妈一个人干,文杰和哥哥只是跟在妈妈后面拾麦穗或者推平车,有时也帮妈妈理麻袋装粮食。直到去年大忙前,妈妈还对他们说:"你们的手是握笔杆子的,妈不指望你们去使镰刀。"妈妈的意思很明白,他们读好书就行了,家里的活再苦再累,有她一个人顶着。

文杰和哥哥想到妈妈每到大忙时累得筋疲力尽的情形,心里怎么也放不下。这个家已经没有爸爸了,妈妈身上的负担太重了,千万不能再让她累出毛病啊!于是,他们想到了爷爷,让爷爷帮他们说话。爷爷果然支持他们,还说:"往后,这个家你们就是顶梁柱!男子汉不会干农活,不会使镰刀怎么行?"接着,又对妈妈说:"孩子们嫩是嫩了点,可有这份孝心,让他们锻炼锻炼也好。"

有了爷爷的支持,妈妈这才带他们兄弟俩第一次割麦子。那天,文杰真正体会到了农忙的滋味。那长长的镰刀,在妈妈手里,是那么轻便、自如,可他只干了一会儿,就觉得手里的镰刀变得沉甸甸的;又过了一会,他的手上就磨出了水泡;还一不小心,把左手割了个口子。妈妈显然有所准备，赶紧用创可贴为他贴住了伤口，让他不要再干了。文杰却突然想到在哪本书上看到的一句话："轻伤不下火线！"我这连轻伤都算不上吧，这麦田又不是战场，哪能就这么轻易地离开呢？想到这，他禁不住笑了笑，拿起镰刀又干了起来。

那天，他坚持和妈妈一起收割完两亩多麦子，累得差点走不动路回家。尤其是两只胳膊，酸疼了好几天，握笔写字都直哆嗦。

但是，文杰今天的表现好多了。毕竟年龄长了一岁，力气也跟着长了。镰刀拿在手里，他感觉很轻巧。

文杰跟妈妈说："割麦子有点像学骑自行车，一旦学会了，就再也忘不了。"

妈妈说："不光是割麦子和骑车，以后你会发现，许多事都是这样，开头很难，一旦掌握了，就能受用一辈子。"

当然，他和妈妈的熟练程度不好比，妈妈割三垄，他只能割一垄。妈妈很满意，说到了明年，文杰就能跟她比个高低了。

下午四点多钟，天色突然变得阴沉起来。这个季节的天气像小孩脸，说变就变。

妈妈朝东南方向望了望，对文杰说："天气预报说夜里有雨，看来雨要提前下了。"

文杰说："幸好咱家的麦子都割完了，也打好捆了。"

妈妈说："今天亏有你帮手，我一个人的话，天黑也收不完。我们得赶紧把麦捆朝家运，要是遭了雨，再来不及脱粒、晒干，麦穗子会发霉的。"

文杰一听遭雨的后果这么严重，赶紧和妈妈一起，把麦捆朝平车上装。

码麦垛是个技术活，妈妈亲自动手。

文杰便把散落在地里的麦捆一趟趟地朝这边扛。

不一会儿，妈妈把麦子码好了，又用绳子绑牢。平车变得像一座小山。

妈妈在前边拉，文杰在后边推。田边的小路坎坷不平，很不好走。

忽然，文杰停下了，跑到平车前边，焦急地说："妈妈，你看那边，赵奶奶家的麦子还有一块没收上来。"

妈妈停了脚步，直起腰，顺着文杰手指的方向望去。果然是赵奶奶，她正孤零零的一个人在那块地里忙着。她的儿子儿媳都在南方打工，看来今年又没回来大忙。

"我去帮帮她吧。"文杰说。

妈妈擦了把汗，问道："你还行吗？忙了一天，可把你累坏了。"

文杰已经把镰刀拿到手上，说："没关系的，妈妈，我的劲还多着哩！"

妈妈点点头："你去吧，帮赵奶奶把麦子运回去，就赶快回家吃饭！"

文杰朝妈妈笑笑："今天吃了炒面，肚子里一点也不饿！"

说罢，他撒腿往赵奶奶家的麦田跑去。

光阴的故事

——读长篇小说《植物园的恋情》

陈武是我多年的朋友。多年来，我一直关注他的创作，用时下流行的说法，算得上一个铁杆"小武粉丝"。近年来陈武的新作如雨后春笋般层出不穷，连我这样的超级粉丝都应接不暇。不久前，我们在一起粗略一算，陈武创作的短篇小说已达一百余篇，中篇小说四十余部，长篇小说四部，加上散文、随笔、书评等等，竟有五百万字之巨。这在全市作家中可谓首屈一指，在全省也不多见。

陈武的小说不仅数量众多，质量也堪称上乘。迄今为止，他的中短篇小说多次被《小说选刊》《小说月报》《中篇小说选刊》《中华文学选刊》等选载，并入选各种小说年选，中篇小说《换一个地方》更是获得了江苏省文学最高奖紫金山文学奖。

《植物园的恋情》发表于《作家·长篇小说》二〇〇七年冬季号，是陈武继《我的老师有点花》《废品收购站的初恋和其他哀伤》《连滚带爬》之后的第四部长篇小说。如果把陈武的小说大致分为两类，一类为现实题材，一类为怀旧题材；或者一类为城市题材，一类为乡村题材。这部《植物园的恋情》都应属于后者，而发表于

《钟山》并由湖南文艺出版社出版的《连滚带爬》则属于前者。《连云港日报》的王成章在读过《连滚带爬》之后给出的评论是几个"越来越好"。我在读完这部《植物园的恋情》后，与成章兄颇有同感，我从内心深处发出赞叹：陈武的小说真的越来越好看，越来越耐读了；他就像一名老练的骑手，驾驭这两类不同的题材，都是那样的得心应手，那样的轻车熟路。

当然，论起阅读的偏好，我更喜欢陈武的乡村、怀旧类小说，譬如这部《植物园的恋情》。陈武用罗大佑的两句歌词作为这部小说的题记，"流水它带走光阴的故事改变了我们，就在那多愁善感而初次回忆的青春"，这样的开头立马就让我的心静了下来。是啊，有多少"光阴的故事"正是我们这代人共同经历、感同身受的啊，这样的文字可以直抵我们的心灵！正如陈武所说的那样："我怀念植物园那淳朴而原始的情感，那真实的爱与恨、善与恶、恐惧与欢乐、愧疚与赎罪，在浮华的现世中，恐怕再也无法体味那种感觉了。"那就让我们阅读这部《植物园的恋情》，让我们走进陈武用文字构筑的乐园，重温"光阴的故事"吧。

陈武无疑是个讲故事的高手。他的小说之所以好读耐读，是因为他拥有高超的构造故事的能力。他的小说语言平缓、流畅、不动声色，但隐藏在此表象下的故事主体却似一条暗河。这条暗河曲里拐弯，还有诡秘的动物游荡其中，这就让你的阅读欲罢不能，充满了期待。《植物园的恋情》以一个刚刚辍学的懵懂少年的视角，为我们描述了二十年前一个看似缠绵，实则惊心动魄的故事。植物园里阴森、恐怖、动物凶猛，泛滥着无序的性爱和无知的情感；各色人等的命运随着故事情节的展开险象环生，充满惊悚悬疑。直至文章结尾，所有的谜底才尽数揭开，然读者心中的波澜久久不能平息，禁不住要为他的绝妙构思击掌叫好。

《植物园的恋情》的语言延续并发展了陈武小说一贯的风格：流

畅、幽默以及浓郁的地方特色。陈武早期的小说语言得益于他对先锋作家的大量研读,得益于他内心的敏感和对生活的细微观察,文字清新富有灵性,有一批作品与苏童的早期作品颇有神似之处,鱼烂沟系列可以对应于苏童的枫杨树系列。但陈武小说中的"纯真"或者说"懵懂"之美,以及由此衍生出的诙谐幽默却是他所独有的。陈武的乡村、怀旧小说里的角色都是些小人物,这些生长在苏北农村的小人物大多天性善良,懵懵懂懂,不谙世故,无知者无畏。当他们置身于缤纷繁杂的世界,免不了动作夸张,左冲右突,妙趣横生。读陈武的小说,你会常常笑出声来。

摘录《植物园的恋情》中两段人物描写,来见识一下陈武的文字功力。"崔园长的身高有一米九,皮肤像山芋皮一样红里透紫,他像我们植物园生活区大院里那座高大的锈迹斑斑的水塔,或者说,他和水塔,如同亲兄弟一般……他费力地眯眼,似乎把目光聚小,聚成一条坚硬的线,来穿刺我的心脏。"大白牙出场:"女人很胖,磨盘一样的大圆脸,她也在向我这边张望。她也看到我了。她惊讶地说,噢哟,认错人了,不是老丁啊?女人跟我抱歉地哈哈大笑着,转身离去了,她肥胖的身影在树丛里一跳一跳的。"读了这样的文字,"崔园长"和"大白牙"是不是已经活灵活现地走到你的面前?

陈武的小说大量地使用了东海方言,或者说海属地区的方言。我个人认为,如果论起文学对海属地区方言的传承和贡献,陈武凭借其洋洋洒洒四百万言的小说行世,在本地区尚无人能比!《植物园的恋情》中方言的运用比比皆是,准确到位,读来亲切自然,这里就不作列举了。

巴尔扎克说过:"君王统治人民不过一朝一代,而文学艺术对时代的影响会延绵几个世纪,甚至永远……"在此,我们热切地期盼陈武继续写出能够"延绵几个世纪,甚至永远"的文字。

荷塘小记

农历六月十八,月亮出得晚,去荷塘赏月,也就显得不急不躁。

活动是云台农场安排的,市作协一行十余人在场部吃了晚饭,驱车前往东南方向的荷塘。全程十多里路,行至一半,就见一轮橘红色的月亮从东边昏暗的山影里喷薄而出。等到了荷园,下了车,椭圆的月亮已经爬上了树梢,月色也由橘红变成淡淡的橘黄,明显亮堂了许多。

云台农场这片荷塘,据说规模之大,达到万余亩,为国内罕见。在我印象中,南云台这片地方,属花果山南麓,是这个城市的珍稀碧玉,也是这个城市的绿色之肺。

说它是碧玉,是因为它的景色之美,这一线的孔雀沟、东磊、渔湾几个景区,一个赛过一个美;说它是绿肺,是因为这个天然的绿色氧吧吸纳过滤了城市的污染和浊气,供给这座城市以清新的氧气。如今,添上万亩荷塘,这块碧玉自然更加瑰丽,这片绿肺也更加生机盎然。

下午,主人已经带我们游览了一圈。虽是中伏天时,烈日炎炎,酷热难当,但大家的兴致很高,一边沿着荷池看景,一边拍照留影。据主人介绍,目前开放游览的云台水生花卉园,只是万亩荷塘的一小部分，以种植观赏性荷花为主，而其余的大部分荷塘，种植的是经济价值较高的产藕荷。

我一路看过，荷塘里盛开着红莲和白莲，红莲艳丽高贵，白莲圣洁素雅，皆清香悠悠，沁人心脾。浅水处，有本地传统的水生植物菖蒲、花叶芦竹等，还有原产于欧美的再力花、海寿花、千屈菜，千姿百态，争相斗艳。荷塘一侧，新建了一处游船码头，十几条色彩鲜艳的脚踏游船，可供游客自行驾驭，到荷塘深处去采莲或探寻静幽之美。

主人说，我们白天是走马观花，晚上再来欣赏荷塘月色，才能完整地体会到荷塘的景色之美。

于是，月色下，我又走到了荷塘边。此时，月色朦胧，微风习习，空气中弥漫着荷花的芳香、荷叶的清新，让人顿觉心旷神怡。放眼望去，荷塘的景色与白天相比，更显出了她的妩媚之美。是的，就像朱自清为我们描述的那样：出水很高的叶子，像亭亭舞女的裙；层层叶子中间，荷花袅娜地开着，又如刚刚出浴的美人……

我们终于挡不住这恍若美人的诱惑，纷纷跳上游船，向荷塘深处划去。荷花离我近了，更近了，伸手就可以揽到面前，一股幽香扑鼻而来，让我深深地陶醉……

置身在这静寂幽暗的荷塘深处，耳朵里听到的是忽高忽低的蝉鸣和蛙鸣，还有不知名的夏虫在呢喃，觉得城市的喧嚣离得那么遥远。皓月之下，雾气弥漫，远处山影缥缈，近处荷叶摇曳，让我仿佛进入了神秘莫测的仙境之中。渐渐地，心静了，人世间的所有的烦恼忘却了……难道，我穿越了时空，回到了童年的梦乡？

忽然，游船一侧，一条白鲢闪电一般跃出水面，又"噗通"一声钻进水中。紧接着，又一条白鲢腾空而起，竟重重地跌落在我们的船舱里，引得船上的一位美女作家失声尖叫。

月色迷离的荷塘，原来还有如此刺激的野性之美！

花果山下的月色荷塘，是妩媚的，更是神秘而充满野趣的！

清明三节

清明是农历二十四节气之一，在仲春与暮春之交，也就是冬至后的一百零六天。《历书》记载："春分后十五日，斗指丁，为清明，时万物皆洁齐而清明，盖时当气清景明，万物皆显，因此得名。"清明一到，气温升高，正是春耕春种的大好时节，故有"清明前后，种瓜种豆"及"植树造林，莫过清明"的农谚。

现代人多数只知清明，不知寒食和上巳二节。其实在古代，清明更多的是指节气，清明前夕的寒食节和三月三上巳节才是法宝的节日。

清明节，是由寒食节和上巳节合二为一演变而来。

传说寒食节的起源，是在春秋时代。当时晋国内乱，诸子争夺王位，公子重耳被赶出国门。介子推等大臣忠心耿耿跟随重耳，在国外流亡十九年。重耳流亡到卫国时，饿得晕了过去。介子推为了救他，从自己腿上割下了一块肉，用火烤熟了送给他吃。

重耳归国后做了君王，就是著名的春秋五霸之一晋文公。他在封赏群臣时，唯独忘了介子推。后来有大臣提醒他，晋文公才猛然忆起旧事，心中有愧，马上差人去请介子推上朝受赏封官。介子推不来，晋文公只好亲往恭请。介子推终究不愿为官，背着老母躲进绵山（今山西介休境内）。晋文公手下放火焚山，原意是想逼介子推露面，结果，介子推抱着母亲被烧死在一棵大柳树下。为了纪念这位忠臣义士，晋文公下令把绵山改为"介山"，在山上建立祠堂，并把放火烧山的这一天定为寒食节，晓谕全国，每年这天禁忌烟火，只吃寒食（冷食）。

汉代以前，寒食节禁火的时间较长，以一月为限。汉代确定寒食节为清明前三天，唐宋时定为清明前一天。唐朝的寒食节是一个很隆重的全国性节日。唐朝王冷然《寒食篇》载："秋贵重阳冬贵腊，不如寒食在春前。"即寒食节的重要程度超过了重阳节和年终腊祭。为了方便官吏回乡扫墓，衙门依例放假四至七天。宋代，寒食节也放假七天。

由于节当暮春，万物复苏，生机勃勃，景物宜人，自唐至宋，寒食节也成为郊游娱乐的好日子。宋人就说过："人间佳节唯寒食。"

其实，自晚唐、宋代始，禁火食冷之俗就已转衰，扫墓祭祖、郊游踏青成为这一时节的主题，寒食的名称自然越来越少被人提及，而本是节气名称的清明便凸显出来。著名的"清明上河图"，描绘的就是北宋时期清明时节的热闹景象。明清时，清明之称多于寒食，呈取代后者之势。到了现代，大多数地方的百姓就只知清明节，不知道寒食节之名了。但源于寒食节的一些传统冷食仍为人们所喜爱，如北方的面燕、枣饼、麦糕，南方的青团、糯米糖藕等。

上巳节形成于春秋末期，最初把节日定在农历三月上旬的巳日。魏晋以后，改为三月三日。从先秦到汉代，上巳节的习俗活动有三种：一是到水边举行祭祀仪式，并到水中洗浴，以祓除过去一年中的污渍与秽气，称为"祓"或"禊"。二是招魂续魄，在野外或水边召唤亲人亡魂，也召唤自己的魂魄苏醒、回归。先人认为自己的灵魂如万物一样随四季而变化，经历发芽、成长到凋零的过程，故在初春要招魂。三是春嬉，青年男女到野外踏青嬉戏，并自由择偶或交合。

"祓禊"作为上巳节的重要内容，自上古时期，就不仅是一种祛邪求祥的巫术仪式，更是一种自由快活的春游活动。《诗经·郑风》中描写了水边人群聚集、青年男女交游示爱的场景："溱与洧，方涣涣兮，士与女，方秉兰兮……维士与女，伊其相谑，赠之以芍药。"《韩诗注》写道："今三月桃花水下，以招魂续魄，祓除岁秽。"虽然祓禊、招魂的仪式很重要，但是人们投入时间和精力更多的是快乐的春游和交往。

魏晋以后，水中沐浴、招魂续魄之俗逐渐消失，临水"祓除"转为临水酒会。南朝《荆楚岁时记》载："三月三日，四民并出江渚池沼间。临清流，为流杯曲水之饮。"此时上巳节的习俗主要是一种水边交游、宴饮活动。唐朝时，三月三仍是全国性的重要节日。每逢此节，皇帝都要在曲江大宴群臣，所谓"曲水流觞"。不少文人写有诗文描述这种盛景，民间男女也踊跃来到水边饮宴交游。

由于时间与清明邻近，又都是在郊外的活动，上巳节的踏青饮宴与清明时节扫墓后的春游娱乐开始时尚分头而行，后来逐渐合而为一。上巳节重交游踏青的特点就被整合到清明节习俗之中。也可以说，清明节盛行春游的习俗主要是继承了上巳节的传统。

唐代诗人王维《寒食城东即事》一诗写道："少年分日作遨游，不用清明兼上巳。"这是寒食、清明与上巳三者融合为一体的有力佐证。从宋代至明清，清明节发展到最盛行的时期，其后绵延不绝。

旅途随想

二〇〇九年五月二十九日

今天的杭州之行要从前天说起。

前天中午，鲁克从北京回来，赵士祥在万润商业街附近一家川菜馆设了饭局，邀我去作陪。鲁克是东海人，原名文咏，写诗，在乡信用社工作，九七年辞职去南京，在一家诗歌杂志做过编辑，后举家漂到北京。我是二〇〇五年左右在"中国特稿论坛"与他联系的，在论坛里有过交流，也通过几次电话。〇七年前后，他在中国特稿界声名鹊起，堪称"特稿第一人"，据说一年稿费及奖金收入达六十万元，在京城燕郊买了套一百八十平方的豪宅，是连云港走出去的一个奇才。

因为都是写诗的，鲁克跟士祥、孔灏、张成杰等早就是朋友。这次回连，他跟士祥说要见见我，士祥自然就把我找了去。我写纪实七八年，一直不温不火，特稿圈子也有些朋友，与鲁克虽未谋面，但是神交已久，这次他回到家乡，我当然要尽地主之谊。

鲁克善饮，我在酒桌上素来不会耍滑，陪他喝了满满两大杯，大约有七两酒，当时就有些醉了。

也就在喝下一杯酒后，接到颜廷君从上海打来的电话，说他月底要到杭州讲两天课，邀我和陈武到杭州去玩。他说跟陈武联系过了，陈武已答应。此时，我已有几分醉意，加之房间里声音嘈杂，便含含糊糊地应允下来。

昨天中午，孔灏在海州宴请鲁克，我又作陪。晚上，由我做东，在新浦海昌南路的一家"家常菜馆"请鲁克等人再聚。

酒店不大，仅有的一个大包间坐了十三四个人，大多是与鲁克相熟的诗人。这两天已在一起聚了几场，到了这时，战斗力已明显下降，但气氛还算热烈。酒喝了，心意到了，鲁克这边就不用陪了，心里便想着去杭州的事。

今天上午八点多钟，廷君的电话就到了。他说陈武已把中午去杭州的火车票买好了，问我跟陈武联系了没有。我说还没有，但既然陈武决定去了，我先跟他联系一下，再跟你回话。

放下廷君的电话，我立马打陈武的电话。陈武在家里，说火车票并没有买好（看来廷君用了个激将法），到杭州的火车也不是中午的，而是下午三四点钟。他说我如果没有什么事的话，不妨一起去杭州玩玩；当然，如果我不去的话，他也就不打算去了。

我跟陈武早就提议过，有机会的话，一起去趟杭州，见见张亦辉和李惊涛。现在就是个机会，廷君在杭州讲课，可以为我们提供住处。他还从上海带车到杭州，在杭州活动时用车就会便利许多。这么好的条件，此番不去，更待何时？

因为有惊涛、亦辉在那里，杭州在我心里的意义早已非同一般。这一次能和陈武一起，同时去见惊涛、亦辉、廷君诸兄，这样的旅程实在是充满了诱惑！

上网查了查车次，连云港开往杭州的K8358次列车从连云港站发车的时间是下午五点四十一分。我和陈武约定，下午四点动身去车站。因为要到车站直接购票，时间放得宽裕些。

简单整理一下行李，带了几个粽子路上吃，还带了一本格非的《塞壬的歌声》和一本刘晶林的长篇报告文学《遍地阳光遍地金》。格非这本书是几年前买的，看过几篇，大多数还没有看；晶林的这本书是他昨天吃饭时带给我的，已看了一小半，觉得写得大气，主人公是山东一个转业军人，短短六年时间，他的资产从三十万元变成了数十亿元，是个创业奇才。文字和故事都不错，这样的报告文学很难得。这方面晶林值得我好好学习。

下午四点钟出门，打的带陈武一起到火车站。买了到杭州的票，看时间尚早，陈武提议去吃点饭，晚上在车上就不用再吃了。于是到车站东边一家小酒馆，陈武点了两个菜，一盘青辣炒白虾，一盘青菜豆腐，一人一瓶啤酒，吃得舒服。

上车后，我和陈武对面而坐。我跟他讲了件事。不久前，我去北京参加自由撰稿人联谊会，上车前在售票处买了张连云港至北京西的票，座位号是13车72号。坐了一晚的车，第二天上午到了北京西站，我赶紧到售票窗口买回程的车票，车票拿到手后，座位号竟然也是13车72号。想想这事真的巧啊，这样的概率至少是千分之一吧。我想我应该去买张彩票碰碰运气。

说到彩票，我跟陈武又说起最近看的《收获》第三期上张欣的一个长篇小说《对面是何人》。这个小说里面就有个传奇故事，女主人公如一中了个头彩，税后奖金是一千三百万。这是这篇小说的核心，整个小说就是围绕这个中奖传奇展开的。小说写得很精彩，我在去北京的火车上一口气就读完了。张欣是我喜欢的女作家之一。她的小说文字好，又有故事，甚至是传奇，很好读，耳熟能详的就有《深喉》、《浮华背后》、《锁春记》等，有几部还拍成了电视剧。《对面是何人》，这个名字起得好啊！我指指陈武，又指指自己，我们现在就坐在对面。对面是何人？我们会意一笑。

我和陈武认识二十多年了。最早的那次见面是在市工商局楼上，大约在一九八七年秋冬季节。那时陈武和王鄢珊都在工商局的个体协会，编《个体劳动报》。我跟鄢珊已经认识，我们在《连云港文学》上同一期发过小说，我的那篇叫《墙鬼》，鄢珊那篇叫《冯家婆》。记得当时读鄢珊这篇小说，还以为他是江西或者湖南那一带人，小说中弥漫着那一带特有的味道，文字雕琢得精巧优美，没想到他却是本市灌云县人。鄢珊向我介绍了陈武，说他经常在《新华日报》副刊上发表散文和短小说。

这之后，我便和陈武、鄢珊经常在一起玩，还有咏寒。那时，我们生活得都较寒碜，我和咏寒因为有正式工作，似乎好些；陈武和鄢珊的身份还是农民，但他俩有《个体报》作为阵地，有权开些稿费，而且这两人都极慷慨，似乎吃了这顿就不管下顿，所以在一起玩时，他俩请客居多。当然那时的一顿革命小酒也就二十块钱足也。陈武和鄢珊比我们结婚要早些，他们租住的房子在后河底一带，都很简陋，但并不妨碍我们隔三差五地去他们那里蹭饭吃。

那几年或许是我人生中最快乐的时光。我一九八四年从南通河运学校毕业，学的是港口装卸机械专业，却痴迷上了文学，在学校时就学写小说。临毕业那一年，一篇一万多字的小说《哦，蟹脐河》在南通市文联的《紫琅》（后改刊名《三角洲》）杂志上以头条发表，还配了个编后语。那年我才十九岁，春风得意。毕业后，我先分配在市港务处工作，才干了几个月，就被借用到交通局编史办担任《连云港交通史》主编。在全省十一个地级市交通史主编中，我是最年轻的。省交通厅编史办一位负责人透露出想调我去南京的意思，被我委婉谢绝了。这件事第一次暴露出我的目光短浅。那一阵子，好听的话听了不少，鲜花和掌声，让我有些飘飘然。我也还算争气，只用了一年多时间，就拿到了省自学考试（南京师范大学）汉语言文学专业的大专文凭，这在当时算是件很不容易的事情。紧接着，我又参加了省委党校首届对外经济专业本科班学习。"对外经济"，在二十世纪八九十年代，是多么时髦的专业啊！

由于我在编史办的工作成绩突出，市交通局将我的编制从企业转到事业单位。一九八七年底，到市航道处办公室当秘书。其间，经人推荐，市公安局也决定调我去做秘书，公安局政治处两位负责人专门到交通局调档，还带我跟局长见了面。但当时公安系统住房十分紧张，我如果调入，只能在市区的路南派出所内给我安排一间宿舍，局办公室主任带我到派出所察看了宿舍情况。我犹豫再三，打了退堂鼓。因为当时我想解决婚姻大事，十分想要一套住房，而留在航道处可以解决住房问题。我的目光短浅又一次表现出来。

不过，朋友在关键时候帮了我一个大忙。在咏寒的推荐下，我在航道处只干了一年，就被他所在的市编制委员会办公室借调，几个月后，正式调入，成为市级机关工作人员（那时还不叫公务员）。

毕业后的这几年里，我一边工作，一边习作。一九八六年，我在《北京文学》发表了短篇小说《狐狸谷》，成了我写作生涯一个小小的高峰。这一年，经市文联姜威副主席推荐，我参加了江苏省作协首届青年作家读书班，有幸与无锡的徐朝夫，南通的曹剑、蒋珪、李惠新，徐州的刘本夫、丁可，镇江的王川、蔡再生，南京的王心丽、范泓等成为同班学友。我们还由省作协领导海笑带队，乘长航客轮溯江而上，经湖北枝城转火车到达湘西的大庸（今张家界市）和吉首，饱览了那里的美丽风光。

这几年里，我也结识了我一生中最知己的朋友。比如惊涛、文宝、晶林、咏寒，比如亦辉、郝炜、刘放，比如陈武、廷君、鄢珊……尽管他们都可以做我的老师，但我更觉得他们是我的兄长我的知心朋友，我和他们的友情已经深入骨髓！二〇〇一年冬天，我到吉林看望郝炜，他是一九八八年离开连云港的，我们十三年未见，但见面后那种感觉，就像我们从没有分开过；十三年前的一切，仿佛就发生在昨天！

然而，到了一九九二年下半年以后，我和诸位文友的来往明显少了。这是因为我的人生的车轮跑偏了一段路途。

一九九二年初，我从机关下派到海州区扶贫，在一个街道办事处做助理，接触了一些乡镇企业的头头，还随一个企业老板到海南、深圳转了一圈。回来后，心就野了。恰好这时候邓小平第二次南巡讲话，下海经商成了一种时髦。我还未等年底回机关，就跟某单位订了个协议，创办并承包一个"艺术经济发展中心"。协议的内容比较简单，就是某单位借一万块钱给我，让我承包这么一个空壳公司，到年底时把借款归还，再上交某单位两万元管理费，以后管理费逐年递增。也就是说，某单位给我个名义，让我挂靠在下面办个小公司，给他们每年上交点管理费，搞搞福利。这个条件在当时算是比较苛刻的，但那时的我年轻气盛，跃跃欲试，幻想着能搞出点大名堂，于是一拍即合，欣然接受。

我到某单位办公司，与一位要好的文友有关，这位兄长当时也是诚心实意地引荐了我。我们谁也没有料到，这件事从此改变了我的人生。

公司成立之初，某单位借的一万元钱迟迟没有到位，公司注册、租房子、买办公设施都是我自掏腰包。记得那时候装一部电话都要三千多块钱，我把家底儿全都搭上去了，公司总算开张营业。我踌躇满志，干得也很顺手。我在曾经工作过的单位——市航道处办公楼一楼租了五六间办公室，招聘了十多名员工，主营当时还比较冷门的广告业务。到一九九三年三月份，短短三个月时间，公司的银行账户上，竟然有了十多万元的营业收入。

这时候，某单位的分管领导找到我，说为了加强对我公司的领导，某单位成立了一个公司董事会，由该领导任董事长，某单位另一工作人员及一位我闻所未闻、八杆子都打不着的某福利厂厂长任副董事长，由我任董事兼总经理，公司实行董事会领导下的总经理负责制，动用五百元以上资金均需董事长签字。另外，该领导要我腾出一间办公室，给他购置办公设备，方便他坐镇指挥。事实上，某单位的这一纸通知，等于把我这个总经理完全架空了。这个公司可是我承包的呀，连营业执照都是我跑下来的，为了开展业务，租用广告护栏，我筹款五六万元投了进去，怎么刚经营三个月，见我账上有了钱，他们就置承包协议于不顾，设立什么董事会，这不是"下山摘桃子"么？

那时的我血气方刚，当然不会同意。分管领导便以主管部门名义封掉了我公司的银行账户，并找公司员工逐个谈话，让他们与我划清"界线"。公司经营活动被迫停止。我万般无奈，一纸诉状将该单位告上法庭。经过两个月的审理，市中级人民法院下达了民事裁定书，依法裁定公司仍由我个人负责经营。也就是说，这场官司，我赢了！

分管领导与我再也无法合作下去，于是提出"离婚"，也就是要公司与某单位脱钩。他说："我们两人都个性太强，合不到一起，看来只能'离婚'。"

这场纠纷前后折腾了三四个月，这期间，公司的业务基本停顿，一些骨干员工离职，公司可谓元气大伤。我将某单位借的一万元钱如数归还，并上交了半年的管理费，自此，义无反顾地自己当起了"小老板"。

若干年后的今天，我和陈武说起这一段往事，我们不约而同地发出一声感叹："冲动是魔鬼！"我想那时的我真的有些过激，为什么不与分管领导多沟通沟通？为什么不能多让一步？或许忍一忍就会天开云散，或许那时候掉头回机关，如今又是另一番人生……

此后三四年，我一直忙于公司事务。说实话，那几年公司的业务做得还算不错，但由于我性格上的某些弱点，比如心太软、比如文人的虚荣……一个私营企业却滋生了些许机关作风和国有企业的劣习,人浮于事,人员开支过大,所以挣的钱除了开工资、维持公司日常开销等等,基本上所剩无几,自己倒落得身心疲惫。

就在我这个"小老板"忙得连滚带爬、疲于奔命,与文学、文友们渐行渐远之时,陈武兄在小说创作上的成绩开始突飞猛进,他在全国各地的文学期刊上频频亮相,在全省乃至全国的文学界有了一定的影响。

一九九七年下半年,我实在不想在"商海"里继续折腾下去,我知道我的秉性不适合做一个商人,我把公司关了,轿车和办公用房转让了,感觉浑身轻松了许多。

我又回到朋友们中间。那时陈武已经被市文化局剧目工作室聘为专业编剧,经常到各地去观摩戏剧演出,让我羡慕不已。我动了念头,想成为他的同事。事情经过一番努力,已经有了些眉目,但最终没有成功。个中原因现在想一想,还是怪我自己,一口井没有挖到出水,就自己放弃了。不过话说回来,这种放弃是好事还是坏事,又能说得准吗?

在开往杭州的火车上,我和陈武聊起许多往事,不觉到了十一点钟,两人都有些困。这时列车已经过了蚌埠,陈武说到列车办公席去碰碰运气,说不定能买到卧铺票。我看时间已到半夜,熬一会天就亮了,再花一百多块钱补卧铺不值得。于是就跟他说,你要坚持不住,就去补张卧铺票,我看看书,熬一夜算了。陈武过去了一会,果然买到了卧铺票。他休息去了,我却没了困意,把晶林兄的《遍地阳光遍地金》一口气看完了。晶林这本书的副标题叫"得与失:一个成功企业家的财富之路"。得与失,得与舍,这可是个哲学命题啊!晶林在这方面悟出了很多东西。

二〇〇九年五月三十日

连云港开往杭州的 K8358 次列车正点到达杭州的时间是早上七点二十左右，但我们乘坐的车九点半才到，晚点两个多小时。听列车员和一些乘客说，这是常态，这趟车如果不晚点一两个小时，才叫不正常哩。陈武说，这趟车应该叫"逢人配"，别的列车在它面前都是大爷，它都得低三下四地给人家让路。几次坐连云港到北京的车，也常晚点，不过要比这趟车好些。

昨晚上，我和陈武由晚点的火车说到家乡的火车站。连云港火车站叫"新浦"站时，外地一些人到连云港市区，往往不明就里，一头扎到那时的终点站"连云港"。实际上那儿就是一个小镇——连云镇。我的几个编辑朋友，从外地来找我，都犯过这样的错误。害得人家只好打的从连云镇返回头来，打的费花了五六十块，个个惊呼"连云港"这个城市真大！

一早上，廷君就打来电话，说今明两天在浙江大学管理学院讲课，派他的司机小崔在车站接我们，已经为我们安排好住处。我们说你尽管去讲课，我俩是闲人，不需要陪同，你忙正事要紧。下车后，很快就找到了小崔。小崔是个二十多岁的精干小伙子，赣榆人，听说是廷君的内侄女婿，给廷君开车两年多了。

我和廷君也是二十多年的朋友。我们最初是在《连云港文学》的一次笔会上见的面。那次笔会是在东海县城举办的，由廷君和他的表哥傅先生赞助，时间大约在一九八六年。那时候廷君在东海县电大任教，业余时间做些生意，好像已经是个"万元户"了。他是徐州教育学院毕业生，和徐州丰沛一带的作家丁可、王洪震、周沛生是朋友。后来一段时间，因为他在东海县，跟我交往并不频繁。有时候他从东海过来,我们会在刘放家碰面,一起在刘放家啃羊肉骨头。

刘放,吉林省大安人,白城师院日语专业毕业,被我市淮海大学(现淮海工学院)引进过来当日语教师。当时他已成家,还没有孩子,住在新浦南小区"淮大"宿舍楼底楼一个一室一厅里。刘放的小说写得不错,那时已有文章在《丑小鸭》和《北方文学》上发表,一篇《水仙楼的爷孙们》被当时的市文联主席周维先看好。他性格豪爽,"狼性"十足,做事大大咧咧,经常出乎你的意料,朋友们戏称他是"来自北方的狼"。

刘放特别会烧鱼,我记得他会把鱼和肉放在一锅烧,还会在红烧鱼里放入苹果、西红柿等等。吃他烧的鱼,的确别有风味。冬天,他在家里支了个火炕。坐在他家的火炕上啃羊骨头,吃红烧鱼,听他侃家乡往事,那美丽神秘的查干湖,那美味可口的大马哈鱼,至今让我神往。

我和廷君、刘放三人是个小圈子,相当投缘。廷君应该也是在那次笔会上认识刘放的,后来他只要到新浦,差不多都要跟我和刘放见个面。

一九八九年,我结婚后,住在市区青年路一幢楼房的七楼顶层。这套房子是航道处分配给我的,当时刚结婚的年轻人能分配到两室一厅的住房,算是很不错了。我住到青年路不久,廷君到我那里去过。我烧鱼的水平虽然赶不上刘放,也还算拿得出手,再做个牛肉烧大白菜,便和廷君小酌了一顿。过后有一段时间,廷君忽然没了踪影,直到一年后,他才满脸沧桑地出现在我面前。

原来,在过去的一年里,廷君遭遇了人生的一次重大变故,他的工作、生活,他的婚姻都发生了变故。那天,我们在一起谈了很多。我知道,我并不能给朋友多少帮助,但理解和倾听则是对他精神上的最大支持,这对当时的廷君尤为重要。我同样知道,以廷君的性格和能力,他是不会消沉的。要不了多久,出现在我面前的必定还是一个生龙活虎的廷君。

果然,廷君的人生之路从此出现了一个拐点,他离开了电大的小讲台,走上了宏大壮阔的社会舞台。

不久,经刘放等人介绍,廷君在新开的墟沟海滨浴场经营起游艇业务,生意一度十分红火。后来,听说海滨浴场见这项业务利润可观,就将廷君他们一脚踢开,收回自营。廷君在海滨浴场赚了点钱,腰杆粗了,胆子也大了,就在东海黄川投资了一家米酒厂。酒厂的投资达三十多万元,其中一半是他自己挣的钱,还有一半是从亲朋好友处借贷的。但酒厂所酿的酒太特别了。米酒,虽然好喝、养生,但在白酒盛行的苏北地区却不会有好命运。所以廷君的酒厂最终是赊出去的酒太多,收回的钱却寥寥无几,等待他的只有关门破产的命运。一时间债主盈门,众叛亲离。廷君只好重操旧业,到连岛海滨浴场再次搞起游艇业务。期间,廷君与文学界的友谊仍然很密切。听说张文宝就带过某省作家代表团到连岛游览,专门造访廷君。廷君以侠士形象出现,不仅亲自驾驶游艇带客人游玩,还用大盆海鲜招待宾客,大碗喝酒,高谈阔论。海风将他的脸膛吹得黑里透红,在酒精的刺激下显得愈加雄性勃发,以至于一位外省女作家对他一见倾心,痴迷良久。

在廷君搞游艇期间,我曾无意中让他难堪过。当然廷君如今可能已把这事忘了,但当时我是明显感觉出他的不快。事情是这样的:一九九三年,市文联在连云区远洋宾馆开了个全市青年作者读书班。我因刚搞公司不久,虽没有全程参加,但和惊涛诸兄一起,相聚甚欢。我和惊涛等人第一次提出"弹冠相庆,俱各称老"之笑谈,第一次把惊涛唤作"李惊老",把文宝唤着"张阁老"。一日,刘放把廷君带到会场,因当时不少人还不太熟悉廷君,我自恃与廷君最够哥们,于是向各位与会者介绍廷君为"颜艇长"——汽艇"艇长"。当时,我记得廷君的脸上流露出不易觉察的不悦。他很敏感,我也很敏感。他当时的境况不太好，很不如意，心理脆弱；而我，正是春风得意之时。我的一个无意中的调侃，不经意地刺伤了他。我当时就意识到了自己的鲁莽，我很后悔，想跟廷君解释，但又知道解释是多余的。我想，以廷君的大度，他会原谅我无意中对他的不敬。若干年后，我专门问过廷君，还记得那次在远洋宾馆的不愉快吗？他笑了笑，反问我：有这回事吗？我不记得了。

廷君是个有韧劲的人，永不服输。听说他在连岛海滨浴场经营汽艇业务时，与当地的小流氓发生了冲突。起因是小流氓们仗着自己有后台，欺负他们是外地人，先是白坐汽艇，后来发展到强收保护费。廷君和他的血气方刚的兄弟们忍无可忍，奋起反击，将当地的一帮小流氓打得落花流水。廷君他们出了一口恶气，但也为此付出了沉重代价，当地终止了与他们签订的三年协议，仅仅红火了大半年的生意只好从此收场。但廷君没有趴下，他迅速寻找商机，竟在很短的时间内凑钱买了条渔船，真的做起了船老大，扬帆南下，前往长江口捕捞鳗鱼苗。长江口风高浪急，捕鳗船成千上万，最后演变成一场惊心动魄的捕鳗大战。经历过这场恶战，廷君虽没有捞到"软黄金"，但他的体格变得愈加强壮，人生的经验愈加丰富。

实际上，上世纪九十年代整整十年，我和廷君见面的机会并不多。他很忙，我也整天瞎忙，我们各自为生活奔波，"连滚带爬"（陈武有一部长篇小说的名字就叫《连滚带爬》）就是我们的生活状态。他的这些经历，是他后来断断续续告诉我的。大约到了二〇〇〇年，突然有一天，我接到廷君从济南打来的电话，邀我和张亦辉到济南听他讲课。

面对朋友来自远方的召唤，我和亦辉欣然前往。在济南，我们看到了一个容光焕发、充满自信的廷君。他告诉我们，他此时的身份是山东省科协下属的某培训中心的主任及山东某大学的客座教授。他正在为来自山东全省的近百名科技干部讲课。而此前，他已经在山东的许多大企业和机关、学校开过课，一天的讲课费达数千元。我和亦辉混在科技干部们中间，听了廷君的半天讲座。讲台上的廷君神采飞扬、口若悬河，台下的学员不时爆发赞许和激动的掌声。我和亦辉对廷君的成功甚感欣慰，觉得他已在山东站稳脚跟，有了名气，实属不易。但没想到廷君并没有对此感到满足，他跟我们说起一个更加宏大的计划，他要在近年内到上海或北京开公司，把他的课开到全国去！

果然，短短几年过去，廷君就在上海办起了自己的公司，他的授课更是在全国范围内受到追捧。打开百度搜索"颜廷君"三字，相关结果高达数万条。他的头衔和成果就不一一列举了，总之，廷君真的做大发了！

但廷君从没有忘记朋友们。每年春节回到老家，他总要和朋友们聚上一两次，大杯喝酒，大碗吃肉，一醉方休。这一次，廷君来到与他长期合作的浙江大学管理学院讲课，邀我到这人间天堂与朋友们小聚，我当然非常乐意。

中午，廷君讲课赶不回来，让司机小崔安排我们住在天目路的海外海·西溪宾馆。然后，小崔带我和陈武到附近一家名叫"大宅门"的饭店就餐。在这家颇有特色的饭店里，我们点了几个家常菜，都很爽口。还要了二斤白米酒，甜丝丝的，我喝了三分之二。

午饭后，陈武打电话给陈庆港，让他过来玩。我跟陈庆港接触不多，但他的大名如雷贯耳，对他的经历也略知一二。他原在连云港供电局工作，编过《大众用电报》。我在十年前的《连云港文学》上看过他的几组照片和关于西藏的长篇散文《挑战阿里》，照片照得好，文章也写得好。为了摄影，庆港走过全国最偏远最贫穷的地方，几次死里逃生。后来，他成了《苍梧晚报》的摄影记者，再后来，他从《苍梧晚报》辞职，应聘到《杭州日报》，如今已是该报的首席摄影记者。到了杭州以后的陈庆港，很快成为中国新闻摄影界的领军人物。二〇〇五年,《中国慰安妇》获首届国际新闻摄影大赛金奖;二〇〇七年,《灰度空间——抑郁症》获国际新闻摄影大赛金奖;就在最近,他在第一时间赶到汶川地震现场拍摄的《走出北川》,获得了第五十二届荷赛突发类新闻一等奖,这是中国人首次斩获此项殊荣。

大约下午三点,庆港敲门进屋。这个世界金奖获得者还是多年前的模样,一顶旧帽子盖住了一头乱发。我们一边闲聊,一边等廷君。过了一个多小时,廷君下课回来,带我们到杭州植物园内的玉泉茶苑喝茶、吃饭。请客的是浙大德语教授徐先生。徐教授是廷君的合作伙伴,浙江东阳人,言谈中得知,他是亦辉的弟弟耀辉的同学,是留德海归。上桌的几个菜都是东阳土菜,其中一道砂锅土鸡味道特别,据说炖鸡时加一瓶黄酒,决不能加水。

饭后,庆港驾车带着我和陈武、廷君三人到西湖边看夜景。庆港的车是一辆二手凌志,虽有些老旧,但坐上去觉得宽敞舒适,就如一头雄狮,虽已老去,却余威犹存。车子开到断桥附近,停了下来。我们几人都有些醉意,下了车后,走起路来有些发飘。走不多远,有人要方便,但夜色迷蒙,附近哪能找到厕所?于是每人朝西湖里泄了泡尿,说是跟小狗一样做个标志吧,也算到此一游,没白来西湖一趟。

晚上九点,亦辉、李伟夫妇开车来宾馆。他们今天傍晚刚从临安游玩回来,这么晚还赶来看我们,我心里很感动。廷君让小崔出去买来啤酒和各种袋装小吃,我们一边吃酒一边叙旧,一直到半夜,亦辉夫妇才离开。

喜欢一个楼盘的理由

绿色的畅想

绿色,是当今社会人们最崇尚的色彩。绿色,意味着自然环保,意味着时尚温馨,意味着生命的生机勃勃。

走进同科·汇丰国际,给我最强烈的感受便是她生机盎然的绿色元素。

同科的定位是"全国知名,江苏一流,连云港独树一帜"。在我看来,这一高端定位已经决定了这个楼盘的绿色品质。

同科·汇丰国际是在连云港师专和连云港职大老校区建设起来的标志性楼盘,东邻淮海工学院、新海高级中学和市行政中心,西侧为全市最大的开放式公园苍梧绿园,视野开阔,环境优美,可谓雄踞港城核心地段,是一处不可多得的风水宝地。百年名校的人文积淀,莘莘学子的青春气息,已经渗透其中,氤氲弥漫在这个楼盘的每一个角落。

人与自然和谐相融,是同科的设计理念。走进同科,仿佛走进都市里的自然生态保护区。四百多亩的苍梧绿园和二百多亩的市政滨河公园邻靠在小区的东西两面,形成了第一层生态圈;小区内欧式的皇家园林，主景观轴两旁的小桥流水、古树翠竹、绿色草坪，形成了第二层生态圈；各家各户前庭后院的乔木盆景、奇花异草，构成了家庭园林式的第三层生态圈。放眼所见，绿荫蔽日，翠竹掩户，小径迤逦，花香鸟语……置身于这"天人合一"的醇美景色，所谓人间仙境也不过如此吧。

在所有的花中，我最爱桂花，所有的花香都比不上桂花的香味。"桂子月中落，天香云外飘。"在同科，我见到了平生所见最高大最古朴的两棵桂花树。这两棵桂花树都有一百五十多年的树龄，但枝叶葳蕤，青翠欲滴，粗壮的枝叶扶摇而上，几乎无一根垂枝，小桶般粗细的主杆不见一丝枯迹。据说这两棵桂花王是从湖北深山老林里寻购而来，购价和运费加起来高达五十万元！可以想见，待到这两棵桂花王盛开之时，小区内处处飘香的景况。正应了李清照的名句："揉破黄金万点轻，剪成碧玉叶层层。风度精神如彦辅，大鲜明。"有这两棵桂花王坐镇，同科的绿色品质谁人可比？

为了构建最佳的绿色品质，同科的建设者可谓煞费苦心。他们还从大别山、神龙架等地购来数十棵百年银杏，从北京长城脚下购来三十五株八菱海棠……这些来自远方的珍稀古树，见证过莽莽林海，见证过暮色炊烟，见证过采菊东篱的农舍，今生它们还将见证这片近百万平方米的水岸城邦。这些名贵树木已经在同科扎下根基，茁壮生长。

做一名同科业主，坐拥这美轮美奂的绿色佳景，岂不是人生最快乐的享受！

细节的力量

写文章的人最注重细节。我以为，细节的描写决定一篇文章、一本书稿的品质。同样，一幢楼、一处楼盘的品质高低，也取决于每一个小小的细节。

曾经看过一本书，叫《细节决定成败》。书中对细节有个定义：细节是微小事物和情节，能反映事物的内在联系和本质。也就是说，通过细节可以窥见事物的本质和内在联系。所谓"见一叶落而知天下之秋"、"一滴水可以映照太阳的光辉"，也都是这个意思。

在同科·汇丰国际，有几处细节让我惊叹，让我真切地感受到细节的力量，让我对这个楼盘的品质有了跨越式的认同。

最先看到的一个细节，是这个小区与众不同的路灯。那天，我和一位作家朋友一走进同科，立即就对小区道路两边的路灯产生了兴趣。同科小区的路灯是那种古朴典雅的宫灯造型。在道路一边，每一盏路灯顶上都有个小巧精美的镜框；而在路的另一边，每一盏路灯顶部又都换成了一只小巧玲珑的风车。这种奇特的路灯我们还是第一次见到，出于好奇，到了售楼处，问过售楼小姐，这才知道"镜框"和"风车"的妙处。原来，"镜框"是用作太阳能发电的，"风车"则是一个小型的风力发电机。同科的行道灯、草坪灯及底层照明全部采用这种太阳能和风能灯具，既节能又环保，可以为业主节约公共照明用电的费用。

我的作家朋友听过介绍，不禁连连感慨：同科为业主想得太周到了！他告诉我，他家也住在一个新建的住宅小区里，刚搬过去入住半年，物业公司就收了他家三百多元的公共水电费用。这笔钱看似不多，但长年累月聚在一起，就是一笔不小的开支。同科却在这个小小的细节问题上，充分考虑到业主的利益，体现了同科对业主细致入微的体贴。

除了节能路灯，我们还了解到同科在生态节能方面两处特别的细节。一是小区配置了雨水回收系统。通过系统处理过的天然雨水，主要用于家庭马桶冲水、小区的花草树木浇灌以及水系、道路的清洗等，为业主节省物业管理的公共用水费用；二是设置了生活垃圾处理系统。将收集的垃圾进行分类，然后密闭旋转压缩、收集、贮存，将再生资源得到回收循环再利用，从根本上解决垃圾处理造成的小区环境污染问题。

在细节上力求精致、力求完美，是同科的一大特点。比如，小区的三层别墅和四层阳光排屋，采用的是世界制冷技术应用领域的先导、国际顶端品牌约克中央空调，多层花园洋房，采用的是世界知名的麦克维尔中央空调；三层别墅和商业门面电梯工程，采用的是世界顶级品牌蒂森克虏伯电梯；就连小区内统一安排的太阳能热水器，也是中国太阳能产业的领军品牌"太阳雨"热水器。再比如，同科引入国际金钥匙物业服务项目，让业主成为港城首批享受金钥匙服务的人群，为港城顶级豪宅的物业管理服务建立了一个新标杆。

惠普创始人戴维·帕卡德说："小事成就大事，细节成就完美。"德国连锁超市DM的总裁格茨·维尔纳也说："奥秘全在细微处。"

这些细节上的完美追求，让我们看到同科卓尔不群的品质，体会到"责任同科，品质地产"这一企业精神的真正含义。

牵手"金钥匙"

想象一下，在房间里，你只需打个电话，二十四小时有人为你服务、送餐、维修、医疗、出行……多么美妙的事情，但你绝对不是在酒店，而是在自己家中。这种曾经只能想象的居家生活，在港城有了先例，同科即将让这种惬意的生活变成现实。

原先，人们在买房子时，一般不会考虑这个小区的物业将来由哪个物管公司承担，将提供什么样的服务。就拿我自己来说，十年前我买了套房子，当时小区里还有物业公司管理，但没过几年，物业公司便因种种原因撤退了，于是小区里的下水道堵了，垃圾成堆了，车辆乱停了，都没有人管；居民楼下的公共绿地也被人瓜分成一块块菜地，有人竟然挑来大粪给菜地施肥……偌大一个小区差不多变成了村镇集市。后来，幸亏街道社区插手，环境才有所好转。也许很多人与我有同样的遭遇，如今，越来越多的消费者开始关注楼盘的后期服务了，不少人买房时会详详细细地询问物管公司的情况。

想一想的确如此，当今是崇尚品质与舒适的时代，消费者选择商品房往往是一锤定音，关注硬件设施固然重要，但千万不能忽略了在今后漫长岁月里，与生活品质息息相关的是物业服务的供给水准。物管服务其实跟售后服务一样，一个楼盘很多时候是需要后续服务来完善的，良好的物业管理是提升楼盘品质的关键要素。

好的小区应该有好的物管，好的物管可以让小区品质更上一个台阶。

在同科·汇丰国际，我第一次了解到"金钥匙物业服务"。

二〇一〇年五月八日，是同科与金钥匙物业联盟组织牵手的日子。至此，同科正式成为连云港市迄今唯一引入国际金钥匙物业服务的项目，同科的业主也成为港城首批享受金钥匙服务的人群。

国际金钥匙组织具有八十一年历史，其组织成员遍布三十八个国家和地区，拥有五千多个国际成员，被称为"走遍世界的贴心管家"。同科作为金钥匙物业联盟的会员项目，将弘扬金钥匙"先利人，后利己；用心极致，满意加惊喜"的服务理念，始终站在业主的角度，按照江苏省最高标准——五星级服务标准为业主提供专业的物业服务。

怀着一种好奇的心情，我将这种五星级的物业服务探个究竟。原来，这些服务包括：二十四小时服务热线随时恭候业主的吩咐，倾听业主的意见和建议，贴心为业主服务；小区的共用设施建立完整台账档案，及时保养维护；小区的出入口二十四小时值勤，主干道、重点部位至少每一小时巡查一次，机动车辆进出小区实施证卡管理；电梯出现一般故障，专业维修人员会在两小时内到达现场修理，如发生电梯困人等现象，物业服务人员会在十分钟内到现场应急处理，专业人员四十五分钟内到现场救助；小区进行全天候、全方位的保洁服务，垃圾日产日清。

除了处理日常投诉接待、物业维修、清洁绿化、安全秩序等等大事，就连代缴水电费、代叫外卖、咨询旅游、冲洗照片、修理物品甚至出差订房订票、找保姆、找司机这些生活中的"小麻烦"、"小问题"，"金钥匙"都会努力帮业主做好。一句话，业主的需求就是"金钥匙"应提供的服务，并力求做到完美。

同科牵手"金钥匙"，让业主享受高品质的人居环境有了保证。

追求卓越

我现在居住的小区，总体来说，也算是个不错的时尚楼盘。但有一点，让包括我在内的许多业主很不满意：小区大门至物业会所这段主干道，不到一百米路，是用规格不等的大理石铺成的。可能是大理石厚度不足，加之过往车辆太多的缘故，这段路经常破损，不仅很不美观，而且严重影响车辆的通行。我入住三年，看到这段路大的维修就有三四次，小的修修补补更是时而有之；驾车经过这里，经常感觉车轮下的铺路石悬空晃动、咔嚓作响。不少业主建议，把这段路的铺路石彻底更换。小区物业说，这路是开发商铺的，要更换也得找开发商。可开发商置若罔闻，这段路至今还是如此，不知要修补到什么时候！

不久前到同科·汇丰国际参观，我特别注意到这个小区的道路铺设，不看不知道，不比不知道，同科的精湛完美，让我赞叹不已！

同科社区的主干道，宽达十米，全部采用厚厚的青石板铺就而成。这种青石文化板材是纯天然、无污染、无辐射的新型装饰石材，不仅坚久耐用，最重要的是非常的健康、环保，同时，天然的石材纹路和古朴自然的外观，又使得这种石材兼具了极高的观赏价值和文化韵味。

我们参观的时候，工人们正在小区内的道路边铺路牙石。我第一眼看去，就感觉这些路牙石得确与众不同，不仅块儿大，厚度足有半尺，而且材质精良，让我不由得联想到上海外滩那些经典建筑的用材。我一打听，这样一块路牙石的价格，竟然高达四百多元！

我询问同科的一位技术人员："一块路牙石，你们为什么要用这么好的石材，花这样的大价钱？"他这样回答我："因为同科要的就是高档，要的就是卓越的品质，而这样的品质要体现在每一个细节里。一砖一瓦，一草一木，我们都力求最好。这是董事长杨波的追求，也是全体同科人的追求！"

一块路牙石，让我看到同科人追求卓越的品格。比如，同科·汇丰国际采用的是世界第一品牌德国蒂森克虏勃电梯，是连云港市首家配置抗震结构设计的电梯。这款电梯采用世界尖端科技，运用高性能国际永磁同步曳引技术和全电脑模块智能网络化控制，不仅性能稳定，节能环保，噪音低，而且轿厢宽敞明亮，高雅舒适。又比如，同科引进了国际上仅为星级酒店和高档社区提供服务的物业组织——国际金钥匙物业联盟，为业主提供高品质的服务，树立了港城物业服务的新坐标。

同科人对业主细致入微的体贴，令人感动。参观时，我们得知，同科集团为了做好业主中老年朋友突发心、脑血管疾病的预防工作，为患病业主赢得宝贵的十至十五分钟最佳抢救时机，专门成立了社区卫生服务中心，投入巨资购买了两辆配备先进医疗设备的救护车，为业主的身体健康和生命安全提供第一时间救护和保障。这样的服务，可谓用心至极，真正做到了"温馨无处不在"。

一块路牙石，让我想到"踏实"二字。我想，住在同科·汇丰国际的业主，一定不会遇到我前面提到的那种烦恼。这就是踏实，这就是舒心，每一个购房者要的就是这样的踏实，这样的舒心。

港城"第一门"

周末，带儿子到"皇朝国际水会"洗浴。我们远远地看见前方的小区上空，数百只洁白的鸽子在盘旋飞翔。儿子兴奋地问我："这是什么地方呀，怎么会有这么多美丽的鸽子？"我告诉他，这个小区叫同科·汇丰国际，我们要去洗浴的地方，就在小区的大门西侧。

等我们来到小区门口，儿子更兴奋了："爸爸，这个同科小区的大门真的好高啊，门前有雕塑，还有喷泉，真的太美了！"

说话间，一群鸽子落在面前的广场上。儿子欢快地跑上去，想跟和平鸽"亲密接触"。我赶紧掏出相机，按下快门，把这个快乐的时刻定格。

儿子上小学五年级，正是求知欲最旺的年龄，头脑里装满了"十万个为什么"。这会儿，他玩得开心了，投入了，似乎忘了我们到这里来的目的。

"爸爸，你看，这个雕塑的底座上刻着字哩。"儿子轻轻地念叨："胜利（平安）女神……啊！这就是传说中的女神呀？她还长着一双翅膀，她的手里拿的是什么？"

面对儿子的询问，我当然要竭力搜寻自己的记忆，给他一个满意的回答：胜利女神尼凯是胜利的化身，她的罗马名字叫维多利亚。雕塑的形象为长着一双翅膀、身材健美的女性，像是从天徜徉而下，衣袂飘然。她的上身略向前倾，那健壮丰腴、姿态优美的身影，高高飞扬的雄健而硕大的羽翼，充分体现出胜利者的雄姿和欢乎凯旋的激情。海风似乎正从她的正面吹过来，薄薄的衣衫隐隐显露出女神那丰满而富有弹性的身躯，衣裙的质感和衣褶纹路的雕刻令人叹为观止。她一手做出象征胜利的"V"型手势，一手举着寓意和平的橄榄枝。

这尊雕像是古希腊时期留存下来的稀世珍宝，原作保存在法国罗浮宫，是这座世界艺术殿堂的三件"镇宫之宝"之一……

同科小区将这尊雕像矗立在门前广场，意在年年岁岁、时时刻刻保佑所有业主出入平安。

儿子听得认真，兴致更浓。他跑到小区高大的拱形门前，仔细端详了一番，又向我发问："爸爸，我从没有见过这么高的大门。刚才那个雕像是胜利女神，那这个大门就是迎接胜利的凯旋门喽？"

儿子平时爱上网，知识面广，想像力丰富，他把同科的大门比作凯旋门，我觉得非常贴切。

此时此刻，环顾同科·汇丰国际的主入口，我真的被深深震撼了。儿子，不仅是你第一次见识这么高大气派的门楼，在老爸的记忆里，如此壮观、如此考究、如此富有文化内涵的门户广场设计，也寥寥无几；在我们港城，更是仅此一家！

我以为，同科主入口的设计理念，已经把中西方文化的精髓融会贯通。胜利女神像，是典型的西方文化。你再看，那大门顶部的三块金色浮雕，寓意着天时、地利、人和；大门正面那十根庄重的罗马柱，象征着十全十美；大门东西两排各六棵三十年以上树龄的法国梧桐，则寓意着六六大顺；就连每一个树池的底座，都全部采用福建花岗岩制作，那圆润光滑、工艺精美的弧度造型，展示着设计制作者的精湛技艺。

我羡慕这里的业主，当他带着朋友或客人进出这座凯旋门时，作为这个小区的主人，他的内心将会充满了自豪和荣耀！

我正在浮想联翩，儿子的声音把我的思绪打断："爸爸，我们到小区里面逛逛吧，你看那里还有好多雕塑，好多小亭子，那里的花开得好美啊……"

我一把拉住儿子，笑着说："儿子，我们先去洗澡，洗得清清爽爽的，再到同科小区里逛个够！"

儿子瞅了我一眼,"哼"了一声:"老爸,当初你为什么不来买同科的房子呀?你看连洗澡都这么方便,洗浴城就开在家门口。"

我拍拍儿子的肩膀:"儿子,放心,老爸和老妈一定会努力,争取实现你的梦想!"

现代"孟母"的选择

"昔孟母,择邻处。子不学,断机杼。"《三字经》里这段"孟母三迁"的故事,可谓家喻户晓,人人皆知。古人为了育儿教子,尚能三迁而择邻,现在孩子的家长们,对子女的教育问题,自然是尤为关注。时下"学区房"的热销,正是这个原因。

前些日子到同科看房,忽然觉得眼前一亮。只要你成为同科这个楼盘的业主,孩子们入托入学等一应难题,都将迎刃而解。再深而究之,同科建设者所营造的"同科文化氛围",对生活在这个小区的人们,特别是少年儿童,必将产生潜移默化的深远影响。

我佩服同科的建设者,他们具有高瞻远瞩的目光,具有洞察时局的敏锐,还具有对业主体贴入微的情怀。他们深知,就购房者而言,相当一部分人把关系孩子未来的"学区"划分,亦即教育资源问题,摆在了超越任何一个荣耀生活配套之上的头等位置。因此,在社区规划中,他们投入巨资,引进了港城最令人称道的小学——师专一附小,还引进了港城仅有的两大公有幼儿园之一——机关幼儿园,从而让小区业主的孩子们享受最安全、最便捷的上学环境,让他们接收最优质的幼儿和小学教育。

在同科的东侧,仅一河之隔,就是全市最高学府淮海工学院,对面,则是享誉全省的名牌高中——江苏新海高级中学。同科的学子们跨过百米宽的东盐河桥,就可以轻轻松松地走进新海高中的校园。而新中校园的一侧,便是藏书数十万卷的市图书馆,那可是孩子们节假日里最爱去的地方！相信有这样一种上佳的人文环境，这样一种绝妙的心理暗示，对同科学子们的成长，一定会起到强大的"正能量"作用。

徜徉在花园般的同科社区里，同样让我有种心旷神怡的愉悦。道路旁，古树前，灌木丛中，花影之下，一块块做工精致的指示牌，引起了我的注意。

哦，这棵银杏，已经有二百年的树龄，她来自遥远的神龙架，原来鸭脚、公孙树就是她的俗称；这棵香樟，也有六十年的树龄，她的故乡在美丽的湘西张家界，原来，她还有理气活血，除风湿，治上吐下泻、心腹胀痛、跌打损伤的功效；这里栽植了本地罕有的枇杷，小小枇杷的药用价值很高，可以治疗肺热咳喘、咽干口渴及胃气不足等病症；这里还有紫玉兰、红叶石楠、红木继树、金森女贞、西府海棠……有认识的，也有不认识的，令我眼花缭乱。

哟，这块指示牌上写的是："绕行三五步，留得芳草绿。"又一块牌子写的是："带走的花儿生命短暂，留下的美丽才是永远。"还有一块牌子写得更好："风之轻柔，树之阴荫；草之舞动，君之功劳。"善意而委婉的提醒，让人感到温馨，让人牢记在心！

更让我想不到的是，在这些指示牌上，我读到了《论语·述而》，"子曰：三人行，必有我师焉。择其善者而从之，其不善者而改之。""默而识之，学而不厌，诲人不倦，何有于我哉？"读到了《训俗遗规》："人非圣贤，孰能无过。"还读到了李白、杜甫、苏轼们的美妙诗文："大鹏一日同风起，扶摇直上九万里。假令风歇时下来，犹能簸却沧溟水。""两个黄鹂鸣翠柳，一行白鹭上青天。窗含西岭千秋雪，门泊东吴万里船。""古之立大事者，不惟有超世之才，亦必有坚忍不拔之志。"……

这些指示牌上展示的内容，不仅给人友善的提示，教人知识，还能陶冶情操，育人心灵。同科建设者的良苦用心，让人敬重！